GERHARD LOIBELSBERGER

Kaiser, Kraut und Kiberer

13 Fälle für Nechyba In 13 Kurzgeschichten ermittelt Inspector Joseph Maria Nechyba diesmal nicht nur im alten Wien, sondern auch in Venedig, in Freiburg im Breisgau sowie in Röschitz im Weinviertel. Die Ermittlungen in Freiburg unternimmt Joseph Maria Nechyba im Namen seiner Majestät, des Kaisers Franz Joseph I. Dieser beauftragte den Inspector persönlich mit einer heiklen Mission im Großherzogtum Baden. Zusätzlich erhalten Nechyba-Fans interessante Einblicke in sein Privatleben. So erfährt man vom ersten abgelehnten Heiratsantrag an seine spätere Frau Aurelia, vom Tod seiner Ziehmutter Anna Grubenschlager sowie von der Hochzeitsreise der Nechybas nach Venedig.

Natürlich wird auch wieder gekocht und deftig gespeist: Die Köstlichkeiten reichen von würzigen Krautrouladen über Lammgulasch und Szegediner Krautfleisch bis hin zu Gerösteten Knödeln mit Ei und vielem mehr. Und: Es kommt zur finalen Begegnung zwischen Inspector Joseph Maria Nechyba und dem Naschmarkt-Mörder Aloysius von Schönthal-Schrattenbach.

© Andreas Schmidt

Gerhard Loibelsberger, geboren 1957 in Wien, startete 2009 mit den »Naschmarkt-Morden« eine Serie historischer Kriminalromane rund um den schwergewichtigen Inspector Joseph Maria Nechyba. 2010 wurden »Die Naschmarkt-Morde« für den Leo-Perutz-Preis nominiert. Darüber hinaus wurden die Werke des Autors bereits mit dem silbernen sowie goldenen HOMER Literaturpreis ausgezeichnet. Im Jahr 2017 erschienen der Italien-Thriller »Im Namen des Paten« – als Fortsetzung des Venedig-Thrillers »Quadriga« – sowie der erste Nechyba-Comic »Der Bankert vom Naschmarkt«. Zu Loibelsbergers 60. Geburtstag erschien der Lyrik-Band »Ants & Plants« als E-Book. 2018 folgten der sechste und letzte Nechyba-Roman »Schönbrunner Finale« sowie der Lyrik- & Kurzprosaband »Young Dummies«. 2019 erschien der Kurzgeschichtenband »Morphium, Mokka, Mördergeschichten«.
Infos unter: www.loibelsberger.at

GERHARD LOIBELSBERGER

Kaiser, Kraut und Kiberer

Ermittlungen im alten Wien, in Venedig und Freiburg

GMEINER

Für Lisa

Immer informiert

Spannung pur – mit unserem Newsletter informieren wir Sie
regelmäßig über Wissenswertes aus unserer Bücherwelt.

Gefällt mir!

Facebook: @Gmeiner.Verlag
Instagram: @gmeinerverlag

Besuchen Sie uns im Internet:
www.gmeiner-verlag.de

© 2014 – Gmeiner-Verlag GmbH
Im Ehnried 5, 88605 Meßkirch
Telefon 0 75 75 / 20 95 - 0
info@gmeiner-verlag.de
Alle Rechte vorbehalten
6. Auflage 2023

Lektorat: Claudia Senghaas, Kirchardt
Herstellung: Mirjam Hecht
Umschlaggestaltung: U.O.R.G. Lutz Eberle, Stuttgart
unter Verwendung eines Bildes von: © http://www.zeno.org/Kunstwer-
ke/B/Klimt,+Gustav%3A+Judith+II
Druck: Custom Printing Warschau
Printed in Poland
ISBN 978-3-8392-1577-7

INHALTSVERZEICHNIS

VERZEICHNIS DER HISTORISCHEN PERSONEN

Alexander von Dusch (1851–1923): badischer Regierungschef

Franz Josef I. (1830–1916): Kaiser von Österreich, König von Ungarn

Ferdinand Gorup von Besanez (1855–1928): Zentralinspector der Wiener Sicherheitswache, ab Juli 1908 stellvertretender Polizeipräsident, ab Juni 1914 Polizeipräsident

Johann von Habrda (1846–1916): Wiener Polizeipräsident von 1897 bis 1907

Dr. Albin Haberda (1868–1933): Gerichtsmediziner

Wilhelm Kerl (1854–1922): Besitzer des Café Landtmann

Adolf Kratochwilla (1860–1938): Besitzer des Café Sperl

Josef Lang (1855–1931): Scharfrichter (Henker)

Ludwig Viktor von Österreich (1842–1919): Erzherzog

Ignaz Pamer (1866–1957): Zentralinspector der Wiener Sicherheitswache

Johann Schwarzer (1880–1914): Fotograf, Kameramann und Filmproduzent. Gründete Österreichs erste Filmproduktion, die Saturn-Film

KRAUTROULADEN
(1902)

Liebevoll streichelte Joseph Maria Nechyba den riesigen Krautkopf. Glücklich wie ein Kind, das ein heiß begehrtes Spielzeug erhalten hat, schob er sich durch das Gedränge des nachmittäglichen Naschmarktes. Jetzt drängelten keine Hausfrauen und Dienstmädchen, die hier vormittags anzutreffen waren, sondern Bauern und Fratschlerinnen*, die ihre sieben Sachen zusammenpackten und von dannen zogen. Ja, die meisten hatten ihr Obst und Gemüse schon eingepackt, einige waren überhaupt schon weg. Die Sonne brannte Nechyba auf seinen breiten Buckel, und er schwitzte in seinem Sakko und dem Überzieher. Eigentlich hätte er an so einem schönen Maitag auch ohne diesen ausgehen können, aber die Macht der Gewohnheit hatte ihn dazu veranlasst. Amüsiert betrachtete er das Gewurl** rund um ihn und genoss die Melange aus vielerlei Sprachen, die ihn umgab. Bei der Magdalenenstraße angelangt, beschloss er, noch einen Sprung ins ›Café Sperl‹ zu schauen, bevor er heimging, um mit dem Kochen zu beginnen.

»Nechyba«, lachte der Redakteur Goldblatt, als er den Inspector des k.k. Polizeiagenteninstituts mit einem Krauthäuptel unterm Arm das Kaffeehaus betreten sah. »Wen haben S' denn da geköpft?«

»Einen Delinquenten«, grinste Nechyba und fügte hinzu. »Der ist verurteilt, heut Abend gekocht und geschmort zu werden.«

»Sie und Ihre Kocherei … ich kenn' sonst kein Mannsbild, das selber kocht.«

---

* Marktweiber
** Gewimmel

»Was bitte soll ich denn tun? Ich bin nun einmal Junggeselle. Den anderen Männern kochen ihre Frauen. Da ich keine hab, koch ich selber. Und damit Sie's wissen, Goldblatt: Ich koche gerne.«

Goldblatt, der ebenfalls unverheiratet war, schüttelte den Kopf und schlug Nechyba eine Tarockpartie vor. Gemeinsam mit dem Cafetier Kratochwilla und dem Scharfrichter Lang spielten sie einige Runden, wobei Nechyba unglaublich viel Glück hatte und permanent gewann. Irgendwann knallte Goldblatt seine Karten auf den Tisch und sagte:

»Aus! Schluss! Ich zahl die Runde und hör auf. Das war jetzt das, ich weiß nicht wievielte Mal hintereinander, dass ich lauter Glatz'n* gehabt hab. Aber nicht soviel Glatz'n, dass ich einen Bettler spielen hätte könnte. Ich mag nimmer.«

Die anderen Mitspieler akzeptierten grinsend, und es entspann sich eine freundschaftliche Plauderei. Nechyba brach ziemlich bald auf und eilte heimwärts. Beim Juwelier Löwenstein, der bei Nechybas Wohnung ums Eck sein Geschäft hatte, lag der riesige Bernhardiner Max so wie immer heraußen auf dem Gehsteig. Im Gegensatz zu sonst war er heute merkwürdig verstört. Mit der Hinterpfote kratzte er sich den Bauch und wimmerte leise. Der Juwelier kniete neben dem Hund und tätschelte ihn.

»Was hat er denn, der Max? Hat der böse Wolf einen Haufen Steine g'fressen?«, erkundigte sich Nechyba und streichelte den massigen Hundeschädel.

»Mein Gott, wenn ich das wissert! Seit einer Stunde geht das schon so. Wahrscheinlich hat er g'fressen irgendeinen Dreck«, entgegnete ihm Löwenstein.

---

* Karten, die nicht zählen

Nechyba stapfte die Stiegen zu seiner Wohnung empor, sperrte auf, legte den Krautkopf liebevoll auf den Küchentisch und machte als Erstes Feuer im Herd. Da er sowohl die Herdplatten als auch das Backrohr brauchte, fütterte er beide Heizkammern mit mächtigen Buchenscheitern. Mit kleinen trockenen Spänen legte er dann Feuer unter das Holz. Damit es richtig gut durchzog, ließ er die Ofentüren einen Spalt offen. Als das Feuer allmählich zu knistern und die dicken Holzscheite zu glimmen anfingen, öffnete sich Nechyba ein Fläschchen Wein. Einen Grünen Veltliner vom Nussberg. Mit Bedacht trank er einige Schlucke, dann zerlegte er den Krautkopf. Er schnitt den Strunk weg und löste vorsichtig die großen festen Blätter ab. In einem großen Häfen* holte er Wasser von der Bassena** am Gang und stellte es auf die große Herdplatte, die mittlerweile schon ziemlich heiß war. Er salzte das Wasser, und als es schließlich kochte, gab er zwölf Krautblätter hinein. Binnen kurzer Zeit waren sie blanchiert, und Nechyba schleppte den brennheißen Häfen auf den Gang zur Bassena, wo er das Wasser zischend abgoss. Dann schreckte er die heißen Blätter mit eiskaltem Wasser ab. Der Fleischhauerbub hatte ihm inzwischen das vorbestellte Faschierte*** gebracht, und Nechyba musste jetzt nur noch runter zur Milchfrau, um frischen Rahm zu kaufen. Den hatte er vorher glatt vergessen. Zweimal kam er an David Löwensteins Geschäft vorbei. Und zwar immer dann, wenn Max sich unter Krämpfen wand und merkwürdige Flüssigkeiten auf den Gehsteig erbrach. Nechyba tat das Riesenvieh leid. Er fragte Löwenstein, was er zu tun gedenke, und der antwortete:

---

* Topf
** Gemeinsames Wasserbecken auf dem Gang
* Hackfleisch

»Ich werd Max ausnahmsweise mit nach Hause nehmen. Sonst bewacht er in der Nacht ja immer mein Geschäft. Aber heut möchte ich ihn nicht allein lassen. Meine Frau wird ihm kochen ein Hühnersupperl. Vielleicht hilft das.«

Nechyba wünschte gute Besserung und keuchte die Stiegen zu seiner Wohnung empor. Die Handvoll Reis, die er vor dem Weggehen hingestellt hatte, war nun weich gekocht. Er nahm das Reindl vom Herd und ließ es abkühlen. Inzwischen weichte er eine Semmel ein, schnitt Speck und Zwiebel. Die Letzteren beiden röstete er in einer Pfanne an. Er gab Salz und Pfeffer, eine kräftige Prise Majoran sowie ein bisschen gemahlenen Kümmel dazu. Das Faschierte, die eingeweichte Semmel, den Reis sowie ein Ei mischte er nun darunter und knetete alles zu einer geschmeidigen Füllmasse. Dann holte er eine rechteckige Bratpfanne aus seinem Küchenkastl und schmierte sie mit Butter aus. Aus der Füllmasse formte er dicke Würstchen, die er jeweils in ein Krautblatt einrollte. Jede solchermaßen angefertigte Roulade wurde vorsichtige in die Bratpfanne gelegt. Als er damit fertig war, ging er in die Speisekammer, die auch an einem warmen Tag wie heute recht kühl war, und holte einen Topf Rindsuppe heraus. Er goss fingerhoch Suppe in die Pfanne. Doch halt! Er hatte die Erdäpfel* vergessen. Seufzend ging er nochmals zur Speisekammer und kramte aus der Erdäpfelkiste drei mittelgroße Knollen. Die trug er hinaus zur Bassena und wusch sie unter dem kräftigen Wasserstrahl. Zurück in der Küche, schälte und zerkleinerte er sie in mittelgroße Stücke, die er zwischen die Kraut-

---

* Kartoffel

rouladen legte. Dann nahm er den Rahm, würzte ihn mit Paprikapulver, Salz sowie einem Spritzer Zitronensaft und versprudelte alles. Dieses Gemisch goss er über die Rouladen und die Erdäpfelstücke. Zufrieden betrachtete er sein Werk. Er trank einen Schluck Wein, öffnete das Backrohr und schob die Pfanne hinein. Mit einem Blick auf die Taschenuhr vergewisserte er sich, wie spät es war. In einer Dreiviertelstunde würde alles fertig sein.

Neuerlich zerkleinerte er Speck und Zwiebel. Während er das restliche Kraut für eine Krautsuppe in kleine Stücke schnitt, schwitzte er in einer Kasserolle Speck und Zwiebel an. Anschließend gab er das Kraut dazu. All das röstete er kräftig, staubte es mit Mehl, würzte mit Salz, Pfeffer und Kümmel, rührte mehrmals um und goss schließlich mit der restlichen Rindsuppe auf. Nun kam der Deckel drauf, und die Kasserolle wurde auf eine Stelle der metallenen Herdplatte geschoben, die heiß, aber nicht zu heiß war. Dort konnte die Krautsuppe leise vor sich hinköcheln.

Er hatte es geschafft! Der Krautkopf war verarbeitet. Er zog sich Schuhe und Socken aus, setzte sich hin, trank einen Schluck Wein und genoss die Kühle des Linoleumfußbodens. Nach einem weiteren Schluck faltete er die Hände über dem Bauch und döste ein. Er träumte, dass Einbrecher beim Juwelier Löwenstein eingestiegen waren. Und kein Max war da, der sie hätte stellen oder verbellen können. Plötzlich war Nechyba hellwach und sagte laut zu sich:

»Der Max wurde vergiftet!«

Vom Nickerchen noch ganz benommen schlüpfte er in Socken und Schuhe, warf sich sein Sakko über und stürmte aus der Wohnung. Im letzten Moment, als er die Wohnungstür schon zuwerfen wollte, hielt er inne und erinnerte sich, dass er den Schlüsselbund auf den Küchentisch gelegt hatte. Er ging nochmals zurück in die Küche, nahm die Schlüssel, sperrte die Wohnungstür ab und lief, mehrmals laut gähnend, die Stiegen hinunter. Unten auf der Straße war es bereits dunkel, die Gaslaternen verbreiteten ihr warmes Licht. Plötzlich hielt Nechyba inne und murmelte:

»Ich bin ein alter Depp. Ich träum was und bild mir ein, dass es wahr sei. Wahrscheinlich ist eh nix. Der Hund hat halt irgendeinen Dreck g'fressen. Vergiftet? So ein Blödsinn!«

Fast hätte Nechyba umgedreht und wäre zurück in seine Wohnung gegangen. Da es aber zu Löwensteins Juwelierladen nur mehr ein paar Schritte waren, ging er schließlich doch weiter. Ruhig und verlassen lag das Geschäft da. Nechyba stand vor dem Juwelierladen und stierte in die Auslage. Als er so dastand und sich über sich selbst ärgerte, sah er plötzlich ein flackerndes Licht. Zuerst glaubte er, sich getäuscht zu haben, doch dann sah er es im Inneren des Ladens neuerlich.

»Also doch!«, grunzte er. Eiligen Schrittes ging er zum Haustor und läutete die Hausmeisterin heraus. Er zeigte ihr die Dienstkokarde des k.k. Polizeiagenteninstituts und fragte, ob es einen Hintereingang zu David Löwensteins Geschäft gäbe. Als sie mit einem verschlafenen »Ja, freilich« antwortete, raunzte er sie an:

»Auf was warten S' denn? Zeigen S' ihn mir, aber heute noch!«

Die Hausmeisterin schlapfte[*] voran in den Innenhof. Dort deutete sie auf eine Tür, deren Fenster vergittert war. Das Türblatt war angelehnt, das Schloss aufgebrochen.

»Rennen S' zur Wachstub'n und holen S' Verstärkung. Ich geh inzwischen rein!«

»Wollen S' net warten, bis die Verstärkung da ist?«

Doch Nechyba war schon bei der Tür und öffnete sie vorsichtig. Ein leises Quietschen erklang. Auf Zehenspitzen balancierte Nechyba seinen massigen Körper an einem Büro und einer Toilette vorbei in Richtung Verkaufsraum. Dort sah er zwei Silhouetten, die über eine Vitrine gebeugt waren. Eine Kerze warf flackernde Schatten. Als er näherkam, erkannte er, dass einer der beiden Einbrecher einen Sack aufhielt, in den der andere vorsichtig Schmuckstücke und Uhren hineingleiten ließ. Nechyba schaffte es, unmittelbar hinter die beiden zu kommen, ohne bemerkt zu werden. Als sie sich erschreckt umdrehten, stürmte er vor, packte ihre beiden Köpfe bei den Haaren und stieß sie krachend zusammen. Die Kerle schrien auf und schlugen um sich. Doch sofort krachten ihre Schädel wieder aneinander. Das wiederholte sich so lange, bis die beiden bewusstlos waren. Nechyba ließ sie zu Boden fallen. Er drehte ihre Körper mit dem Gesicht zum Boden. Ihre Arme streckte er breit aus. Dann schnappte er sich einen Stuhl und setzt sich zwischen die beiden. Als einer schließlich aufwachte und sich bewegen wollte, herrschte er ihn an:

»Bleib so liegen, sonst brech ich dir ein paar Knochen!«

Der zweite, der ebenfalls aufgewacht war, nahm diese Warnung nicht ernst. Er stützte sich mit den Händen ab

---

[*] schlurfte

und versuchte, aufzustehen. Nechyba schnellte hoch und sprang mit seinem ganzen Gewicht auf dessen Hand. Es knirschte hässlich. Der Einbrecher jaulte auf und rollte sich wie ein Fötus zusammen. Winselnd begann er zu weinen. Der zweite zuckte am ganzen Körper, blieb aber mit gespreizten Armen am Boden liegen. Bedächtig trat Nechyba neben ihn und stieg sanft auf seine Hand. Dann sagte er mit leiser Stimme:

»Was habt ihr mit dem Max, mit dem Bernhardiner, g'macht?«

Zuerst antwortete der Kerl nicht. Als Nechyba jedoch den Druck erhöhte, stieß er hervor:

»Na was werden wir schon g'macht haben? A Stückl Wurscht hamma g'nommen und Rattengift eineg'steckt. Das hat das blöde Hundsvieh dann schwanzwedelnd g'fressen.«

Es dauerte ziemlich lang, bis die uniformierten Kollegen von der Wachstube eintrafen. Sie schnappten die beiden Einbrecher beim Genick und führten sie ab. Außerdem baten sie Nechyba, mitzukommen, um das Festnahmeprotokoll anzufertigen. Nechyba nickte und ging schweigend mit. Herzlich begrüßte er den dienstführenden Beamten Alois Bitzinger, den er von früher kannte. Bitzinger war ein gemütliches Haus*. Umgehend schickte er einen Untergebenen um zwei Glas Bier. Nechyba bot ihm eine Virginier an, die er dankend annahm. Rauchend und Bier trinkend machten sie sich nach einem kleinen Plausch an das Verfassen des Protokolls. Zu diesem Behufe rief Bitzinger einen weiteren Beamten als Schriftführer zu

---

* gemütlicher Kerl

sich. Der hatte den Mund voll, weil er aus einem Menagereindl* gerade sein Abendessen in sich hineinstopfte. Entschuldigend sagte er:

»Ich hab grad so einen Hunger g'habt. Wollen die Herren kosten? Meine Frau macht ein exzellentes Krautfleisch …«

Nechyba traf fast der Schlag. Er sprang auf, schlug sich auf die Stirn und rief:

»Jessas! Die Krautrouladen!!!«

---

* Verschließbare Rein, in der man früher Essen transportierte

DER KAUDEMHALCHENER
(1904)

»Ja Kruzitürken[*]! Wo in Dreiteufelsnamen ist mein Sakko?«

Die donnernde Stimme des Hofrats Dr. Schmerda ließ die ganze Familie zusammenlaufen. Seine Frau, die Zwillinge Bernadette und Charlotte, Filius Alphonse, die Köchin Aurelia Litzelsberger sowie das Dienstmädel Gerti. Letztere versteckte sich hinter der Köchin und zupfte nervös an ihrer Schürze. Mit hochrotem Kopf und bohrendem Blick musterte der Hofrat die Seinen.

»Gerti, du Trampel! Warum versteckst du dich hinter der Frau Aurelia? Komm einmal her da!«

Zitternd wie Espenlaub trat das Kind vor seinen Dienstgeber.

»Du hast doch mein Sakko heute früh zum Ausbürsten geholt. Wo hast du's hingegeben?«

»Außeg'hängt am Gang hab ich's … zum Lüften.«

»Und dann?«

»Dann war's plötzlich nimma da …«

Auf dieses unter Tränen gemachte Geständnis folgte eine Ohrfeige, die das dickliche Mädchen fast von den Beinen riss. Aurelia Litzelsberger fing die Kleine auf. Sie umarmte das heulende Elend und sagte in ruhigem Ton:

»Gnädiger Herr, ich fürchte, Ihr Sakko ist einem Kaudemhalchener in die Hände gefallen. Die Gerti wird Ihnen jetzt ein anderes holen. Das dunkelgraue vielleicht? Das müsste auch gut zu Ihrem Gilet[**] und Ihrer Hose passen.«

»Kaudemhalchener? Ist das so ein Kerl, der sich in der Früh in Häuser einschleicht und alles stiehlt, was nicht niet- und nagelfest ist?«

---

[*] Altwiener Fluch. Kommt von: Kuruzzen und Türken! Erstere waren ungarische Aufständische.
[**] Weste

Die Köchin nickte.

»Es tut uns leid, gnädiger Herr, dass das passiert ist. Ich werde der Gerti in Zukunft auf die Finger schauen, dass sie nix mehr draußen am Gang herumhängen oder herumstehen lässt.«

»Mein schönes marineblaues Sakko ...«, jammerte der Hofrat. Nun klopfte ihm seine Frau auf die Schulter und sagte:

»Mach so, wie die Frau Aurelia gesagt hat: Nimm das dunkelgraue Sakko und echauffier dich nicht weiter. Du weißt doch, das tut deinem Magen nicht gut.«

Mit leidender Miene griff sich der Hofrat nun an den Leib und jammerte:

»Du hast ja so recht, meine Liebe. Ich spür's eh schon wieder. Das Brennen und Ziehen im Magen.«

Der Hofrat ließ sich in einen Fauteuil fallen und seufzte. Plötzlich sah er auf, fixierte mit strengem Blick seine Kinder und sagte in barschem Ton:

»Was steht ihr da herum wie die Mamlasse*? Schaut, dass ihr in die Schule kommt! Alphonse! Denk daran, wenn du die Lateinarbeit heute nicht meisterst, gibt es Hausarrest. Und nun geht!«

～☙～

Joseph Maria Nechyba zog sich gerade die Schuhe aus, als es an seiner Wohnungstür klopfte. In der Annahme, dass es seine Ziehmutter Anna Grubenschlager sei, rief er:

»Komm rein, du störst nicht.«

---

*Tölpel

Vorsichtig wurde die Tür geöffnet. Aber statt der kleinen, zusammengesunkenen Gestalt der Anna Grubenschlager stand eine groß gewachsene Frau in der Tür.

»Nechyba, erwartest du Damenbesuch?«

Wie vom Donner gerührt sprang er auf. Bloßfüßig und mit rotem Kopf stammelte er:

»Au ... Aurelia ... was tust du denn hier?«

»Ich wollte mir schon seit einiger Zeit deine Wohnung anschauen. Aber heute scheint es ungünstig zu sein. Du erwartest ja jemanden ...«

Nechyba stürmte auf die geliebte Frau zu und umarmte sie. Dabei murmelte er:

»Ja, auf dich hab ich g'wartet. Den ganzen Tag hab ich schon an dich gedacht. Und jetzt stehst da in der Tür ...«

Er wollte sie küssen, doch sie wehrte ab.

»Also, wenn hast erwartet, Nechyba?«

»Niemanden! Aber wenn es so klopft, ist es immer die Antschi-Tant. Von der hab ich dir ja eh schon erzählt.«

Aurelia Litzelsberger sah ihn forschend an, dann nahm sie ihn bei der Hand und sagte:

»Komm, zeig mir deine Wohnung!«

Verlegen führt Nechyba sie durch die Wohnküche in den darauffolgenden Raum, der sowohl als Wohn- als auch als Schlafzimmer diente. Aurelia schaute sich überall um und fuhr dann mit einem Finger über die Oberkante eines Kastens. Den staubbedeckten Finger hielt sie ihm unter die Nase und sagte tadelnd:

»Na, Herr Inspector, beim Aufspüren von Staub sind wir aber nicht so erfolgreich wie beim Aufspüren von Strolchen.«

»Weißt, liebe Aurelia, ich bin halt nur a Mannsbild,

das was alleine wohnt. Einmal im Monat putzt mir die Antschi-Tant die Wohnung. Ich bin ja nur selten da. Ich hab' so viele Nachtdienste und überhaupt … Wenn ich's gemütlich haben will, geh ich ins Café Sperl.«

Und wie er so verlegen dastand und sich schämte, konnte Aurelia nicht anders, als ihn umarmen und küssen. Nechyba ergriff die Gelegenheit und küsste stürmisch zurück. Ehe sich Aurelia versah, lag sie auf Nechybas Bett und schmuste mit dem geliebten Mann. Neuerlich klopfte es.

Es war, wie wenn man einen Kübel kaltes Wasser über die beiden geschüttet hätte. Wie Kinder, die etwas Unrechtes getan hatten, sprangen Joseph Maria und Aurelia vom Bett auf. Beide hatten rote Backen, Aurelia richtete sich hektisch ihr Haar, das sie wieder zu einem Knoten hochsteckte. Nechyba tappte inzwischen durch die Küche zur Wohnungstür und öffnete sie.

»Pepi! Bist schon lang daheim?«

»Nein. Erst seit einer Viertelstunde.«

»Magst auf ein Lammgulasch zu mir rüberkommen?«

»Das geht leider net. Weil … weil ich hab … ich hab was zu tun …«

»Pepi, was hast denn jetzt am Abend noch zu tun?«

»Er zeigt mir gerade seine Wohnung!«, ertönte eine Stimme aus dem Zimmer, »ich nehme an, Sie sind die Antschi-Tant. Joseph Marias Ziehmutter.«

Nechyba stand da wie ein dummer Schuljunge, während Aurelia auf die alte Frau zuging und ihr herzlich die Hand schüttelte.

»Ich bin die Aurelia. Wahrscheinlich hat er Ihnen eh schon von mir erzählt.«

Anna Grubenschlager fasste mit beiden Händen die Hand der Köchin und ließ sie nicht mehr los. Die alte Frau strahlte über das ganze Gesicht:

»Sie sind die Frau Aurelia! Na, dass ich Sie endlich einmal kennenlern. Haben S' einen Hunger? Wollen S' ein bisserl ein Lammgulasch probieren?«

»Ja gerne!«

»Na, dann kommen S' mit in meine Wohnung. Und du, Pepi, könntest runter zum Wirt gehen und einen Krug Bier holen. Damit wir was zum Trinken haben. Zum Gulasch dazu.«

❧

Als er mit dem Krug Bier zurückkam, hatte er den Eindruck, zu stören. Die beiden Frauen unterhielten sich in so einem vertrauten Plauderton, als ob sie einander schon seit Jahrzehnten kennen würden. Sie beachteten sein Erscheinen nicht weiter, denn Aurelia erzählte der alten Frau gerade, wie sie als junges Mädel im Haushalt des Erzherzogs Ludwig Viktor das Kochen erlernt hatte. Schmollend goss Nechyba Bier in die drei am Tisch stehenden Gläser und begann danach wortlos, das wunderbare Lammgulasch in sich hinein zu löffeln. Seine Ziehmutter erzählte nun, dass ihr das Kochen von ihrer Mutter beigebracht worden war. Diese sei eine ausgezeichnete Köchin gewesen, hatte aber eine sehr lockere Hand gehabt, was das Austeilen von Ohrfeigen betraf. Darauf antwortete Aurelia, dass ihr bei ihren Dienstmädeln auch öfters die Hand ausrutsche.

»Das tut mir nachher zwar immer leid, aber die

Mädeln stellen sich manchmal wirklich fürchterlich deppert an.«

Die Antschi-Tant nickte nachdenklich, und Aurelia fuhr fort:

»Besonders leid hat mir das bei der kleinen Mizzi getan. Wie die dann so plötzlich tot war. Letztes Jahr …«

»War das die Kleine, die der Naschmarkt-Mörder umgebracht hat?«

Aurelia nickte, und Nechyba schaltete sich in das Gespräch ein:

»Die war a ganz a Liebe. Ein aufgewecktes Kind, das voll Neugierde und Tatendrang in die Welt hinausgeblickt hat.«

Aurelia nickte und seufzte:

»Aber was willst machen? Tot ist tot. Im Nachhinein kann ich die vielen Watschen, die sie von mir bekommen hat, auch nicht mehr rückgängig machen.«

Die Antschi-Tant merkte die Bedrücktheit, die sich nun breitmachte, und wechselte blitzschnell das Thema. Sie erhob das Bierglas mit folgendem Trinkspruch:

»Kinder, ich darf euch doch so nennen, seid bitte nicht traurig. Genießt vielmehr die Zeit, die euch der Herrgott gegeben hat, in vollen Zügen. Und vor allem: Genießt sie miteinander.«

Aurelia lächelt verlegen, und Nechyba, der die direkte Art seiner Ziehmutter kannte, knurrte:

»Das tun wir eh …«

Die Alte nahm einen kräftigen Schluck Bier und fügte verschmitzt hinzu:

»Aber ihr tut es nicht so richtig. So lieb, wie ihr euch habt, solltet ihr heiraten und zusammenziehen. Glaubt einer alten Frau: Die Zeit vergeht wie im Flug. Und es ist schade um jede Minute, die man nicht mit einem geliebten Menschen beisammen ist.«

Später auf der Straße, Nechyba begleitete Aurelia selbstverständlich zur Wohnung des Hofrats Schmerda zurück, gingen sie eine Zeit lang schweigend nebeneinander. Aurelia hatte sich bei ihm eingehängt, beide waren in Gedanken versunken. Plötzlich brummte Nechyba:

»Weißt du, die Antschi-Tant hat recht.«

»Meinst das mit dem Zusammensein?«

Nechyba nickte, blieb stehen und packte Aurelia bei beiden Händen. Ein eilig dahinschreitender Passant rannte ihn sie hinein und murmelte eine Verwünschung. Dichter Verkehr von Straßenbahnen, Pferdefuhrwerken, Fiakern und Fußgängern umflutete das Paar. Inmitten dieses Gedränges und Lärms fragte Nechyba seine Aurelia mit leiser Stimme:

»Magst mich heiraten?«

Saugrantig betrat der Inspector am nächsten Morgen sein Büro. Eine Zeit lang saß er brütend hinter seinem Schreibtisch und seufzte immer wieder tief. Ursache dafür war die Reaktion seiner Aurelia auf den gestrigen Heiratsantrag. Statt ihm um den Hals zu fallen, hatte sie sich bei ihm eingehängt und ihn wortlos weitergezogen; hinein in das Gedränge der Passanten. Statt ihm eine Antwort zu geben, hatte sie ihm von dem verschwundenen Sakko ihres Dienstherrn erzählt. Und als sie sich vor der Tür der Schmerda'schen Wohnung geküsst hatten, bat sie ihn, in dieser Sache Ermittlungen anzustellen. Kaum war diese Bitte über ihre Lippen gekommen, war auch schon die Wohnungstür hinter ihr ins Schloss gefallen. Er hatte da gestanden wie der Ochs vorm neuen Tor. Gekränkt und verärgert war er dann ins Café Sperl gegangen, wo er sich mit mehreren Schnäpsen versucht hatte zu beruhigen. Doch heute Morgen, als er aufgestanden war, war zusätzlich zu einem beachtlichen Kopfschmerz wieder dieses Gefühl der Kränkung da gewesen. Warum hatte sie ihm nicht geantwortet? Liebte sie ihn nicht? Oder nicht genug? Konnte sie sich ein Zusammenleben mit ihm und all seinen Schrullen nicht vorstellen? Sollte er in sich gehen und sich vielleicht ändern? Womöglich störte sie sein aufgezwirbelter Schnurrbart, der beim Küssen tatsächlich des Öfteren im Weg war? Oder war er ihr einfach zu fett? Gedankenverloren sah er an sich hinunter und strich mit beiden Händen über die gewaltige Wölbung seines Bauches. Andererseits, als sie gestern Abend mit ihm auf dem Bett gelegen hatte und ihren Körper an den seinen presste, hatte er nicht den Eindruck gewonnen, dass sein mächtiger Leib ihr zuwider war. Weiber! Der Inspector seufzte neuerlich. Dann gab er sich einen Ruck und pumperte* mit der Faust an die Wand. Umgehend wurde die Tür zu seinem Zimmer geöffnet, und sein Assistent trat ein.

»Pospischil! Was würde Er tun, wenn man Ihm sein bestes Sakko stehlen würde?«

---

* klopfen

Der Assistent grinste schief, griff in die Innentasche seines Sakkos, zog eine Stahlrute heraus und antwortete:

»Ich würd dem vermaledeiten Kerl, der das wagen würde, eine ordentliche Abreibung verpassen.«

»Und wenn es gestohlen worden wäre, während er es zum Lüften auf den Gang gehängt hat?«

Pospischil schaute seinen Vorgesetzten zuerst blöde an, dann kratzte er sich nachdenklich am Kopf. Schließlich antwortete er:

»Ich würde die ganzen Fetzentandler* und die vazierenden Händler unter die Lupe nehmen.«

Nechyba starrte seinen Untergebenen an, grunzte zustimmend und beschrieb ihm dann das gestohlene blaue Sakko des Hofrats.

»Also, Pospischil. Stehen S' nicht herum, sondern machen Sie sich auf den Weg. Schau'n Sie sich um. Ich stelle Sie für den heutigen Tag von Ihren anderen Pflichten frei.«

»Und wer holt Ihnen das Bier?«

Tatsächlich! Es war bereits Zeit fürs Gabelfrühstück. Der Gedanke, nun ein knuspriges Kümmelweckerl, das mit fein aufgeschnittenem kaltem Schweinsbraten gefüllt war, zu verzehren, heiterte sein Gemüt auf. Nechyba grinste und nuschelte:

»Schicken S' mir den langen Paul. Der wird Sie heute beim Bierholen vertreten.«

❧

Ein schönes Haus … Tja, an der Ringstraße gibt es die prächtigsten Häuser. Da wohnen die ganzen Großkopfer-

---

* Altwarenverkäufer

ten: Magnaten, Adelige, Industrielle. Es wär schön, hier zu wohnen. Aber unsereins kann sich das nicht leisten. Statt in einer 4- oder 5-Zimmer-Wohnung, leben einfache Leute wie ich in einem Untermietzimmer mit Wasser und Klo am Gang. Und damit man sich das überhaupt leisten kann, muss man von früh bis spät unterwegs sein und jedem einzelnen Heller nachrennen. Nein, arm sein ist nicht lustig. Ah! Noch ein schönes Haus. Das sieht überhaupt wie ein Palais aus ...

Die Tür öffnete sich, und ich lüftete geistesgegenwärtig meinen Hut.

»Gott zum Gruß, schönes Kind.«

Das solchermaßen angesprochene Dienstmädchen errötete und eilte leichtfüßig davon. Ich schaffte es gerade noch, einen Fuß zwischen die zufallende Tür und den prachtvollen Türstock zu schieben. Dann war ich drinnen in dem Ringstraßenpalais. Ein leichter Schauer der Ehrfurcht überrieselte mich beim Betreten des mit prächtigem Marmor und funkelndem Messing ausgestatteten Entrees. Leichten Schrittes stieg ich die breiten Treppen empor. Ich fuhr nie mit dem Lift. Nein, ich ging zu Fuß in das Hochparterre, dann in das Mezzanin. Und, was sah ich da? Ein Anzug hängte zum Lüften auf dem Gang. Ich zögerte kurz, dann ignorierte ich ihn und spazierte weiter in die Bel-Etage. Nun musste ich schmunzeln, denn mein Bauchgefühl hatte mich nicht getäuscht. Auch hier hing ein Anzug zum Lüften im Gang. Ein prächtiger Dreiteiler aus feinstem englischem Stoff. Ohne zu zögern, griff ich zu. Meine linke Hand ließ die Schnalle der großen ledernen Arzttasche, die ich immer bei mir habe, aufspringen, und schwuppdiwupp war das Prachtstück von einem Anzug verstaut.

Ich machte kehrt und ging nun mit gesetztem Schritt die Stufen hinunter. Im Mezzanin öffnete ein Dienstmädchen eine Wohnungstür. Es erblickte meine nun prall gefüllte Arzttasche und grüßte mich mit einem:

»Guten Morgen, Herr Doktor.«

Meine handgenähten Budapester knarrten, als ich abrupt im Gehen innehielt. Der Hafer stach mich, und ich machte zwei Schritte auf das Dienstmädchen zu. Mit einer bedächtigen Handbewegung griff ich nach ihrem unteren Augenlid und zog es herunter. Obwohl ich gut durchblutetes Gewebe sah, sagte ich in väterlichem Tonfall:

»Du bist so blass, mein Kind. Nicht gut durchblutet. Trink doch öfters ein Glas Milch. Das wird dir gut tun.«

Die Kleine errötete und machte dankbar einen Knicks vor mir. Ich wendete mich wieder den Stiegen zu und verabschiedete mich mit einem beschwingten:

»Guten Morgen.«

❧

Nechyba stopfte gerade mit Genuss ein Stück Rotschmierkäse in den Mund, als es an der Tür klopfte. Verärgert über diese Unterbrechung seines Gabelfrühstücks, rief er:

»Wer stört?«

Die Tür wurde vorsichtig vom langen Paul geöffnet, der trat jedoch zur Seite, und Polizeirat Valentin Wakaunig, die rechte Hand des Polizeipräsidenten Johann von Habrda, betrat das Zimmer. Nechyba schluckte eilig hinunter und räumte die Reste des Käses sowie des Buttersemmerls in die Schublade seines Schreibtisches. Wakaunig betrachtete diese hektischen Verrichtungen mit steinerner Miene und richtete Nechyba dann Folgendes aus:

»Sie können gleich weiteressen. Wenn Sie fertig sind, sollten Sie aber schleunigst zum Herrn Polizeipräsidenten kommen. Der möchte Sie unbedingt sprechen. Warum, ist mir schleierhaft, aber es ist so. Übrigens ein Rat von mir: Wenn S' net dauernd essen würden, wären Sie auch nicht so dick … Hawedere*, Herr Inspector.«

Damit machte er auf dem Absatz kehrt und verschwand. Nechyba hatte einen roten Schädel bekommen. Er stürzte in einem Zug das restliche Bier hinunter und herrschte den in der Tür stehenden und blöde glotzenden Paul an:

»Was schaut Er so kariert? Mach Er die Tür zu. Und zwar von außen.«

Pospischil nickte und zog sich eilig zurück. Nechyba schnaufte. Was wollte der Polizeipräsident von ihm? Er wusste es nicht. Allerdings war ihm nach Wakaunigs Auftritt der Appetit vergangen. Schade um das gute Stück Käse … Na ja, er könnte es ja auch am Nachmittag als Jause verspeisen. Sorgfältig fegte er mit dem Handrücken die zahlreichen Semmelbrösel von seinem schwarzen Anzug, dann säuberte er seinen gewaltigen Schnauzbart und schließlich rückte er seine Krawatte zurecht. So, nun war er bereit, vor den Polizeipräsidenten zu treten.

»Nechyba! Hab Sie schon lange nicht mehr gesehen. Sie haben in der letzten Zeit aber ganz schön zugenommen … Ich hab gehört, dass Sie mit einer Köchin liiert sind. Kocht diese Person so gut?«

Nechyba biss sich auf die Lippen. Wakaunig hatte dem

---

* Altwiener Gruß und Kurzform von: Habe die Ehre

Polizeipräsidenten offensichtlich von Nechybas Gabelfrühstück erzählt. Woher wusste der aber von seiner Aurelia? Als Habrda Nechybas Verlegenheit und Ratlosigkeit sah, begann er zu schmunzeln. In einem begütigenden Tonfall fuhr er fort:

»Das mit der Köchin hat mir deren Dienstgeber, der Hofrat Schmerda, ein alter Schulfreund, erzählt. Und da sind wir auch gleich beim Grund, warum ich Sie rufen hab lassen. Der Herr Hofrat vom Innenministerium hält große Stücke auf Sie. Und deshalb hat er mich gebeten, dass Sie in einer ärgerlichen Sache die Ermittlungen übernehmen sollen. Anfangs hab ich diese Bitte abgelehnt, aber die Situation hat sich verändert. Stellen Sie sich vor, es gibt da in Wien einen Kaudemhalchener, der sich frech in die allerbesten Häuser einschleicht und dort Gewand und Schuhe stibitzt. Nun ist das eigentlich kein Fall für das k.k. Polizeiagenteninstitut. Aber: Gestern wurde dem Herrn Gerichtspräsidenten Schmidt, der in einem Haus an der Ringstraße wohnt, sein dreiteiliger Anzug gestohlen. So wie vor einer Woche dem Hofrat Schmerda sein Sakko.«

Nechyba atmete erleichtert auf. So verhielt sich das also. Johann von Habrda sah Nechyba ernst an und fuhr in dienstlichem Tonfall fort:

»Inspector Nechyba, ich beauftrage Sie und Ihre Gruppe, diesen Kaudemhalchener so schnell wie möglich zu verhaften und aus dem Verkehr zu ziehen. Der Kerl hat übrigens auch dem Baron Wertstein einen Anzug samt der darin befindlichen Taschenuhr sowie dem Ministerialrat Zmeskal zwei Paar handgenähte Schuhe gestohlen. Dieser Pülcher* treibt offensichtlich nur in den schönsten Häu-

---

* Verbrecher

sern am Ring und in den Prachtbauten entlang des Wien-
flusses sein Unwesen. Betroffen sind immer einflussrei-
che Persönlichkeiten, die sich bei mir dann beschweren.
Nechyba, das geht mir auf die Nerven. Und da Sie letztes Jahr diese rätselhaften Naschmarkt-Morde aufgeklärt
haben, hab ich mir gedacht, Sie sind der richtige Mann
dafür. Also: Setzen Sie alle Agenten Ihrer Gruppe ein.
Rund um die Uhr, wenn es sein muss. Schnappen Sie den
Kerl. Ruckzuck. Haben Sie mich verstanden?«

»Jawohl, Herr Präsident.«

»Na dann: Hawedere, Herr Inspector. Und ruckzuck,
wenn ich bitten darf …«

Nechyba spazierte mit einem Lächeln auf den Lippen aus dem Zimmer des Polizeipräsidenten. Er fühlte
sich geehrt. Außerdem wusste er etwas, was sein obers-
ter Vorgesetzter nicht wusste: Seit gestern war er mit seiner Aurelia nicht mehr nur liiert, sondern auch verlobt.
Nächstes Jahr im Mai würden sie heiraten. Seine geliebte
Aurelia hatte gestern, nachdem er mit einem riesigen Blumenstrauß bei ihr aufgekreuzt war, in die Verlobung und
baldige Heirat eingewilligt.

∽◦∾

Heute hat sie mich wieder gepackt: meine Leidenschaft
für besonders schöne Häuser. Schon früh war ich aufgestanden und von der grauen Vorstadt, wo ich in einer
trostlosen Mietskaserne wohne, hinein in die Innere Stadt
spaziert. Auf der Ringstraße schlenderte ich im milden
Morgenlicht dahin und probierte dort und da, ob nicht
eine Haustür offen stünde. Zwei Mal musste ich ganz

schnell weitergehen, da plötzlich ein Mann in dunklem Anzug mit dunklem Überzieher und schwarzer Melone auftauchte. Jeweils ein anderer. Einer war klein und zniachtig*, der andere lang und dürr. Was, um Gottes willen, war hier los? Seit wann spazierten in aller Herrgottsfrüh k.k. Polizeiagenten über die Wiener Ringstraße? Seltsam … Ich beschloss, mir den wunderbaren Morgen nicht verderben zu lassen. Zügig promenierte ich zum Kärntnerring vor, und siehe da, gerade sperrte ein Hausmeister die Tür eines prächtigen Hauses auf. Ohne zu zögern, trat ich auf ihn zu und grüßte freundlich aber bestimmt:

»Guten Morgen.«

Verschlafen blinzelte der Hausmeister mich an. Eine Wolke alkoholischer Ausdünstungen traf mich. Ich klopfte mit der Hand freundlich auf seinen Wanst, genau auf die Stelle, wo sich seine Leber befand. Der Mann zuckte zusammen und trat einen Schritt zurück ins Haus. Ich begleitete ihn und gab ihm folgenden freundlichen Ratschlag:

»Mein lieber Herr, Sie sollten net so viel biberln**. Ihre Leber ist ganz geschwollen. Gönnen S' ihr a bisserl a Pause.«

»Jawohl, Herr Doktor. Wird gemacht, Herr Doktor.«

Ich stolzierte an ihm vorbei und stieg die breite geschwungene Treppe empor. Schmunzelnd dachte ich mir: Was doch so ein Accessoire wie eine Arzttasche für falsche Vorstellungen in den Köpfen der Menschen erzeugt …

Im zweiten Stock wurde ich fündig. Ein Paar rahmengenähte Herrenschuhe sowie eine Hose aus tadellosem Stoff befanden sich vor einer Wohnungstür. Beides verschwand

---

* klein, blass & mager
** Alkohol trinken

blitzschnell in meiner Arzttasche. Dann stieg ich weiter bis unter das Dach hinauf. Die Dachbodentür war versperrt. Das kümmerte mich aber nicht. Ich setzte mich auf die letzte Stufe der schmalen Treppe, die mich hierher geführt hatte, und zündete mir eine Zigarette an. Ich musste warten. Denn der ›Herr Doktor‹ durfte nicht sofort wieder an dem Hausmeister vorbei aus dem Haus spazieren. Da musste schon ein Viertelstündchen vergangen sein, dann war das für so ein Hausmeistergehirn glaubwürdig. Während ich rauchte, hörte ich unten im Hausflur einen Mordsbahöö[*]. Ein Mann schrie mit einem Dienstmädchen. Ich zuckte zusammen. Das war nicht gut, dass der Diebstahl jetzt schon bemerkt worden war. Das konnte Komplikationen ergeben. Ich hörte eilige Schritte, die nach unten rannten, und dann hörte ich die männliche Stimme erregt mit dem Hausmeister diskutieren. Die Schritte kamen wieder herauf, ich hielt den Atem an. Doch im zweiten Stock war Gott sei Dank Schluss. Dort wurde eine Tür wütend zugeschlagen. Wenig später, ich wollte mich gerade aus dem Staub machen, hörte ich unten die Hausmeisterstimme, die erregt mit zwei Männern sprach. Angespannt lauschte ich den Schritten, die die Treppen emporstiegen. Läuten an einer Wohnungstür. Ein kurzes Gespräch. Läuten an einer weiteren Wohnungstür. Um Gottes willen! Das klang nach Polizei. Das klang danach, dass die Hauspartei gesucht wurde, bei der dieser ›Herr Doktor‹ seinen Besuch abstattete. Vorsichtig schlich ich die Stiege in den vierten und dann in den dritten Stock hinunter. Die Polizisten waren mittlerweile im ersten Stock. Ich wartete, bis sie im zweiten Stock waren und mit dem erregten Mann, dessen Sachen ich gestohlen hatte,

---

[*] Riesenwirbel

34

sprachen. Es wurde heftig diskutiert, und ich huschte wie ein Schatten an ihnen vorbei. Leider bemerkte mich einer der Polizeiagenten. Es war der zniachtige, der mir schon frühmorgens über den Weg gelaufen war.

»Halt! Stehen bleiben!«, schrie er und stürzte mir nach. Ich rannte, so schnell ich konnte, die Stiegen hinunter. Im Erdgeschoss versuchte der versoffene Hausmeister, sich mir in den Weg zu stellen. Ich gab ihm einen Faustschlag auf die Leber, worauf er einknickte. Doch hinter ihm stand plötzlich ein Bär von einem Polizeiagenten. Er hatte einen riesigen aufgezwirbelten Schnurrbart. Seine Faust traf mich mitten im Gesicht. Und als mir schwarz vor den Augen wurde, hörte ich ihn brummen:

»Guten Morgen, Herr Doktor.«

SOMMERFRISCHE-MORD
(1905)

NACH IHRER HOCHZEIT im Sommer des Jahres 1905 begab sich das Ehepaar Joseph Maria und Aurelia Nechyba auf Sommerfrische. Der Inspector des Wiener k.k. Polizeiagenteninstituts und seine Frau besuchten die Resi-Tant, eine der beiden Schwestern von Aurelias früh verstorbener Mutter.

Mit der Franz-Josefs-Bahn fuhren sie nach Eggenburg, wo sie von einem Pferdewagen abgeholt wurden. Die Resi-Tant war nämlich mit einem Weinbauern aus Röschitz verheiratet, der mit diesem Wagen normalerweise nicht Wiener nach Röschitz, sondern Röschitzer Wein nach Wien transportierte.

Verschwitzt und ganz schön durstig kamen die Nechybas in Röschitz an. Onkel Hans, der Mann der Resi-Tant, empfing die Verwandtschaft mit großer Herzlichkeit. Er und Nechyba verstanden sich auf Anhieb gut. Deshalb war es nicht weiter verwunderlich, dass die beiden ziemlich bald im Weinkeller verschwanden.

Statt jedoch dort einem guten Tropfen zuzusprechen, tauchten sie kurze Zeit später wieder im Haus auf. Onkel Hans war kreidebleich und stammelte:

»Do … do liegt aner. Bei uns im Weinkeller unt'n …«

Und Nechyba grantelte:

»Net amal am Land hat man a Ruh von den depperten Leichen …«

❧

»Do unten im Bach hab i unlängst einen ziemlich maroden Schuh g'funden. Von dem wir jetzt wissen, dass ihn die Leich verloren hat«, berichtete der Gendarm Alois

Mitterhuber seinem Vorgesetzten. Der Postenkommandant Franz Blahacek runzelte die Stirn und brummte:

»Red net so an Blödsinn daher, Alois. A Leich kann keinen Schuh verlieren ...«

Dann räusperte er sich, fuhr sich über seinen borstigen Schnauzbart und wendete sich an den Wiener, den Beamten des k.k. Polizeiagenteninstituts:

»Und? Was sagen Sie dazu, Herr Inspector?«

Nechyba kam ins Schwitzen. Was sollte er schon zu diesem merkwürdigen Fund sagen? Weil ihm nichts Besseres einfiel, antwortete er:

»Vermutlich hat der Ermordete ihn verloren. Entweder da oder ein Stückerl weiter bachaufwärts.«

»Also, meine Herren«, replizierte Blahacek, »dann schau'n ma, ob ma ein Stückerl bachaufwärts was finden.«

Wie die Jungfrau zum Kind, so bin ich in meiner Sommerfrische zu den Ermittlungen gekommen, dachte Nechyba und ärgerte sich. Der Weg entlang des Baches führte zu einem Steinbruch. Als die hier arbeitenden Männer die beiden Gendarmen und den Fremden sahen, hielten sie in ihrer Arbeit inne und starrten sie an.

»Griaß euch!«, rief der Postenkommandant Blahacek, „wir ham a Frage ...«

Die Männer starrten ihn weiterhin still an.

»Habt's ihr vielleicht in den letzten Tagen so einen Herumstreuner, einen Landstreicher, g'sehn?«

Drückende Stille. Plötzlich wurde die Tür des Betriebsgebäudes geöffnet, und ein älterer stämmiger Arbeiter trat heraus. Er grüßte den Gendarmen Mitterhuber mit einem freundlichen:

»Servus, Alois! Kann i dir helfen? Sucht's ihr wen?«

Der Gendarm nickte:

»Servus, Bertl. Ja, wir suchen Spuren. Wir schau'n, wo sich der Landstreicher, der Zigeuner … weißt eh … herumgetrieben hat. Was der in unserer Gegend so g'macht hat.«

Zu Nechyba sagte er:

»Das ist der Wieninger Bertl, der ist Vorarbeiter da.«

Der Wieninger kratzte sich am Schädel und fragte:

»Hat er was ang'stellt? Oder was g'stohlen?«

Blahacek schüttelte den Kopf:

»Nein. Tot is er.«

Nechyba registrierte, wie der Wieninger blass wurde. Deshalb fuhr er ihn ziemlich grob an: »Na was is? Was schaust denn so kariert? Erzähl! Komm …«

Der Vorarbeiter riss die Augen auf und stotterte:

»Umbracht hamma ihn net. Der … der hat noch g'lebt … gestern. Wie wir ihn überrascht ham, als er einbrochen is bei uns im Betriebsgebäude. Na und dann hamma ihn halt ausseg'scheucht und birnt*. Er is owe in Bach g'rutscht. A paar von uns san ihm nach und ham ihn weiter birnt. Nachher is er nur mit einem Schuh davong'laufen. Der andere Schuh is den Maignerbach owetrieben.«

»Und wo is der Landstreicher hing'rannt?«

»Na aufe! Den Bach entlang …«

⤳☙⤶

---

* geschlagen

Von fern hörte man das Mittagsläuten der Kirchturmglocken. Wie ein bockiger Gaul blieb Blahacek stehen. Als die beiden Anderen, die inzwischen am Ufer des Baches weitergegangen waren, sich nach ihm umdrehten, rief er ihnen zu:

»Zwölfe is, und i muass z'ruck auf den Posten. Da hab i was Dringendes zu erledigen ...«

Der Mitterhuber grinste und antwortete:

»Is in Ordnung, Franz. Geh heim. Der Herr Inspector und i, wir suchen weiter.«

Kaum war der Blahacek außer Sichtweite, machte Mitterhuber folgende Bemerkung:

»Der Blahacek is a arme Sau ... Wenn's zwölfe läutet, muaß er immer schnurstracks heim.« Als Nechyba ihn fragend ansah, fuhr der Gendarm fort:

»Weil um zwölf deckt sei Frau, die Gerti, den Tisch. Und wehe, wenn der Franz net spätestens um Viertel nach zwölf daheim is ... Da gibt's a Donnerwetter, das sich g'waschen hat. Da versteht die Gerti kan Spaß. Wobei ... an Spaß versteht die sowieso net. Die is a Krampen und a Bissgurn*, wia's im Büchl steht.«

Obwohl es bergauf ging und er ganz schön keuchte, musste Nechyba grinsen. Der Gendarmarie-Postenkommandant war ein Simandl**. Net schlecht ... Und dann ging Nechyba ein Licht auf: Deswegen hatte Blahacek darauf bestanden, dass der Inspector aus Wien an den Ermittlungen teilnahm. Weil er selbst um zwölf daheim am gedeckten Tisch sitzen musste.

---

* Krampen und Bissgurn: hässliche und zänkische Frau
** Pantoffelheld

Wenig später staunte Nechyba. Der Gendarm hatte ihn zu der sogenannten Muschelhöhle geführt, weil er meinte, dass diese einem Landstreicher eine gute Unterkunft bieten würde. Und tatsächlich: Sie fanden eine Feuerstelle sowie ein Bündel Fetzen. Als sich Nechyba die Höhle genauer ansah, entdeckte er außerdem etwas, das ihm gar nicht gefiel: einen faustgroßen Stein, an dem Blut klebte.

⚬◦

Endlich waren sie oben am Reipersberg. Hier arbeitete die Pichler Mizzi in ihrem Weingarten. Überrascht fragte sie: »Griaß euch. Was tuats denn ihr da? Wollt's mir im Weingarten helfen?«

Nechyba wischte sich den Schweiß von der Stirn und antwortete:

»Helfen würden wir Ihnen höchstens beim Weintrinken ...«

Die Pichler Mizzi hielt in der Arbeit inne.

»Ja wollt's was? Seid's durstig?«

Sie ging zum Leiterwagerl, das im Schatten einer Buschreihe stand. Dort nahm sie einen Tonkrug und zwei irdene Becher heraus, in die sie Wein einschenkte.

»Do, trinkt's. Prost, meine Herren.«

Nechyba nahm einen großen Schluck, seufzte laut »Ahh«, dann fragte er:

»Der Gendarm Mitterhuber hat mir erzählt, dass Sie den Landstreicher, der was sich da herumgetrieben hat, unlängst verjagt haben.«

»Freilich. Weil der Saubartel wollt da in mein Weingarten ... der Lump, der ...«

»Was wollte der?«

»Der is von Groß Reipersdorf aufekommen. I hab die windige G'stalt schon a Zeit lang g'sehn. Er aber mi net. Und dann hat er ausgerechnet in meinem Weingarten die Hosen owelassen und wollt sich hinhocken. Na da bin i hinter den Weinstöcken vireg'schossen und hob ihn g'stampert*, den Falotten**.«

Sie deutete in Richtung Röschitz:

»Do is er oweg'laufen. Und die Hos'n is ihm dauernd runterg'rutscht. Mein Lieber, dem hab i an ordentlichen Schreck'n eing'jagt.«

～◦～

Auf dem Weg zurück nach Röschitz gingen Nechyba und Mitterhuber teilweise direkt durch die Weingärten. Bei einem Abhang, der von Bäumen gesäumt war, verweilten sie kurz. Sie setzten sich in den Schatten und genossen den Ausblick. Plötzlich hörten sie Schritte. Und dann stand der Röschitzer Pfarrer vor ihnen. Mit schwarzer Soutane, rundem schwarzem Hut und einem langen Wanderstock in der Hand. Freundlich grüßte er:

»Gott segne euch, meine Kinder.«

»Servus, Herr Pfarrer.«

»Grüß Gott, Hochwürden.«

Der Priester musterte Nechyba und fragte:

»Sie sind also der Sommerfrischegast, der bei den Grubers wohnt?«

Nechyba nickte:

---

* verjagt
** Gauner

»Meine Frau ist die Nichte der Theresia Gruber.«

»Und wie g'fallt's Ihnen in unserem idyllischen Röschitz?«

»Gut. Sehr gut. Bis auf den Umstand, dass ich gleich über eine Leiche g'stolpert bin …« Hochwürden riss erschrocken Mund und Augen auf. Nun schaltete sich auch der Gendarm in das Gespräch ein:

»Brauchst dich nicht schrecken, Herr Pfarrer. Es ist keiner von uns. Es ist nur so ein Landstreicher, den was einer erschlagen hat …«

Der Pfarrer zog unwillig die Augenbrauen zusammen und sagte streng:

»Was ihr einem der Geringsten meiner Brüder angetan habt, das habt ihr mir getan. So steht's in der Bibel, Mitterhuber.«

»Es war net so g'meint, Herr Pfarrer.«

„War das der arme Teufel, der gestern Abend unten im Dorf herumgestreunt is?«

Der Gendarm nickte, und der Pfarrer erzählte seufzend:

»Der hat in den offenen Weinkeller von den Pichlers reingeschaut und um eine milde Gabe gebeten. Daraufhin hat ihn der Wieninger Bertl, der mit mir und den Pichlers gerade das dritte oder vierte Achterl getrunken hat, aus dem Keller raus geprügelt. Der arme Teufel ist dann hinten beim Maignerbach am Boden gelegen. Ich konnte gerade noch das Schlimmste verhindern. Weil der Wieninger war wie von Sinnen. Der hat auf ihn eingetreten und geschrien: ›I bring di um, du Pfeifenstierer!‹*«

$\sim$℘$\sim$

---

* dürrer, hagerer Mann (verächtlich)

»Was treibt's ihr euch da unten am Bach herum? Habt's nix G'scheiteres zu tun?«, kreischte eine Frauenstimme. Das schrille Organ gehörte niemand Geringerem als der Gerti Blahacek, die im ganzen Ort wegen ihres bissigen Mundwerks gefürchtet war.

»Jessas na, die Keif'n* hat uns g'sehn«, murmelte Mitterhuber. Und plötzlich stand sie wie aus dem Boden gewachsen vor den beiden Männern. Ein kräftiges, grobknochiges Weib, das ihre riesigen von der Arbeit roten Hände in die Hüften stemmte und schimpfte:

»Erst gestern am Abend hab ich einen erwischt, der was mir Paradeiser aus meinem Gemüsegarten g'stohlen hat. Wie narrisch hat der Paradeiser g'fressen. Den Kerl hab i mit dem alten Dreschflegel g'haut. So lang, bis er die Paradeiser wieder rausg'spieb'n hat. Meine Paradeiser sind bei mir blieben. In meinem Gemüsegarten, jawohl.«

Sie hielt kurz inne und fuhr dann leiser fort:

»Falls ihr den Blahacek sucht's, der is net do. Der is mit seinem Dienstradl nach Horn g'fahren, um dort seinen Vorgesetzten und den Untersuchungsrichter über den Mord zu unterrichten. Vorm späten Abend wird der net z'ruck sein.«

Ihr hartes Gesicht bekam nun einen weicheren, neugierigen Ausdruck:

»Der Franz wollt ma net sagen, wer der Tote is. Is das am End der Zigeuner, den was i gestern da beim Paradeiserstehlen derwischt hab?«

Nechyba brummte:

»Wie kommen S' denn auf die Idee?«

---

* zänkisches Weib

44

Sie zuckte die Achsel:

»Na weil die Grubers und wir ja Nachbarn sind. Ich hab ihn mit ’m Dreschflegel verjagt. Na und dann is er nebenan bei den Grubers in den Weinkeller eing’stiegen. Weil die sperren ihn ja nie zua. «

Nechyba antwortete in einem scharfen Tonfall:

»Ah so? Das wissen Sie also? Könnte es sein, dass Sie ihn bis dorthin verfolgt haben? Er ist in den Keller geflüchtet, und Sie haben ihn dort mit dem Dreschflegel erschlagen?«

Die Blahacek wurde käseweiß im Gesicht. Mitterhuber räusperte sich, holte tief Luft und sagte ernst:

»Gertrude Blahacek, ich verhafte Ihnen wegen Verdacht auf Ermordung eines noch nicht näher agnostizierten Landstreichers.«

⤙⤚

Der Bezirkskommandant der Gendarmerie, der Untersuchungsrichter und ein Schreiber waren mit einem Pferdewagen aus Horn gekommen. Wenig später erschien auch Franz Blahacek mit seinem Fahrrad. Nun saßen die Herren im Hof der Grubers umgeben von sämtlichen Zeugen. Nur die Blahacek Gerti fehlte, denn die saß als Tatverdächtige im Kotter des Gendarmeriepostens. Dr. Weiß, der Untersuchungsrichter, führte die Befragung der um seinen Tisch stehenden Zeugen durch. Wie ein Lauffeuer hatte es sich im Ort herumgesprochen, dass die Frau des Postkommandanten den Landstreicher erschlagen hatte. Nun belasteten alle die Blahacek. Der Wieninger Bertl sagte zum Beispiel aus:

»Die Gerti kenn ich seit meiner Kindheit. Wir sind gemeinsam in d' Schul gangen. Schon damals hat sie uns Buam regelmäßig verdroschen.«

Auch die Pichler Mizzi ließ kein gutes Haar an ihrer Nachbarin:

»Dauernd hat's mit ihrem Mann g'stritten und g'schrien. Und mit uns war's auch auf Kriegsfuß. Mir hat's mehrmals Watschn androht. So eine is des nämlich ... Eine äußerst rabiate Person ... Stimmt's net, Rudi? So sag doch auch was ...«

Sie gab ihrem Mann einen Ellbogenstoß, und der brummte:

»Jo, jo, rabiat is schon, die Blahacek.«

Schließlich gab der Gendarm Mitterhuber zu Protokoll:

»Die Tatverdächtige ist im ganzen Ort bekannt für ihren Jähzorn und ihre Gewalttätigkeit. Niemandem hat sie auch nur irgendwas gegönnt. Und wehe, man hat sich auf das Bankerl bei ihrem Gemüsegarten am Bach unten gesetzt. Da ist die Tatverdächtige wie eine Furie auf einen losgegangen. Die Gruber Kinder haben mehrmals saftige Ohrfeigen von ihr bekommen, nur weil sie da unten am Bach gespielt haben.«

Mitterhuber hatte einen ganz roten Kopf, als er das zu Protokoll gab. Vor Aufregung platzte außerdem eine frische Wunde an seiner Schläfe auf. Dünn rieselte Blut die Wange hinunter. Nechyba reichte es. Er räusperte sich und trat vor den Untersuchungsrichter. Der Inspector stellte sich vor, zeigte seine Polizeiagenten-Kokarde und schilderte dann die Ermittlungen des vergangenen Tages. Er endete mit der Feststellung:

»Aufgrund all dessen, was ich heute beobachtet und

erfahren hab, schließe ich aus, dass die Frau Blahacek die Täterin ist.«

Lautes Geraune setzte ein. Ratlose Gesichter. Nechyba langte in seine Jackentasche, die merkwürdig verbeult war, und zog daraus einen in ein Taschentuch eingewickelten Stein. Behutsam packte er ihn aus und legte ihn so vor Dr. Weiß auf den Tisch, dass alle Umstehenden die Blutspuren darauf sehen konnten. Dann räusperte er sich neuerlich und fuhr fort:

»Diesen Stein habe ich oben in der Muschelgrotte gefunden, zu der mich der Gendarm Mitterhuber geführt hat. Der passt sehr gut zu der Wunde, die diesem gerade auf der Schläfe aufgeplatzt ist. Weiters hat er mir und dem Herrn Pfarrer heute Nachmittag erzählt, dass der Landstreicher erschlagen worden ist. Woher wusste er das, wenn er es nicht selbst getan hat?«

Vor Aufregung redeten nun alle laut durcheinander. Dr. Weiß musste mehrmals mit der Faust auf den Tisch schlagen und »Ruhe bitte!« rufen. Dann fuhr Nechyba emotionslos fort:

»Ich schlage Ihnen vor, Herr Rat, dass wir uns jetzt in die Wohnung des Gendarmen Mitterhuber begeben und sie nach blutiger Kleidung durchsuchen.«

Als Dr. Weiß zustimmend nickte, platzte es aus Mitterhuber heraus:

»Was glaubt's denn, wer hier im Ort für Ordnung und Ruhe sorgt? Das bin ich, *nur* ich. Weil der Blahacek is a Seicherl* und a Schneebrunzer. Und wie der Landstreicher in Röschitz auftaucht ist, hab ich ihn oben in der Muschelgrotte aufgestöbert. Dann hat er mir den Stein

---

* weicher, duckmäuserischer Mann

an den Kopf geschmissen und ist mir entwischt. Aber in der nächsten Nacht hab ich ihn g'habt. Nach dem Krach, den die Blahacek in ihrem Garten g'macht hat, bin ich ihm nachg'schlichen in den Weinkeller vom Gruber. Dort wollt er Wein stehlen. Aber nicht mit mir. Jawohl, den Lumpenhund, den räudigen, hab ich eigenhändig derschlagen. Weil Ordnung muss sein, meine Herren.«

DER SCHURL VOM
HEUSTADELWASSER (1906)

»A PAAR HUNDERT MANN waren wir ... a paar hundert Mann, die was tschinagelt* haben wie die Viecher. A paar hundert ... vielleicht a tausend ... kaum Hiesige, sondern großteils solche aus der Böhmei, aus Polen, Galizien und Italien. Mein Liaber, ganz schön vü Katzelmacher** war'n unter uns ... Katzelmacher und Pollaken ... damals is das Heustadelwasser entstanden. Und i, i hab a tschinagelt als wie ... mein Lieber, a paar hundert Mann war ma ...«

Joseph Maria Nechyba saß im Schmierbeisl der Theresia Gries im Prater und lauschte den Ausführungen des Heustadelwasser-Schurls. Ein Griasler***, der seine 55 bis 60 Lenze auf dem Buckel hatte und der sich bemüßigt fühlte, Nechyba die Mühen des Donaukanalbaus zu schildern. Nechyba erinnerte sich, dass in den frühen 1870er Jahren, als er noch ein Bub gewesen war, die Donau und der Donaukanal reguliert worden waren. Damals wurden zwei neue Flussbetten gegraben. Die alten Flussläufe wurden zu Altarmen und erhielten die Namen ›Alte Donau‹ bzw. ›Heustadelwasser‹. Der Heustadelwasser-Schurl, der damals an dieser gewaltigen Baustelle mitgearbeitet hatte, verdankte seinen Spitznamen der Tatsache, dass er ständig davon erzählte. Es schien ganz so, als ob der Suff alle anderen Erinnerungen aus seinen Gehirnwindungen gespült hätte. Nur noch der Bau des Donaukanals und die Entstehung des Heustadelwassers waren geblieben.

»Und die Baggermaschinen ... Die Baggermaschinen hättest sehn müssen. Do hättest g'schaut ... wie ein Piksiebener ... so groß war'n die. Und tschinagelt hamma ...

---

* arbeiten
** Italiener
*** Obdachloser

von sechs in der Früh bis um sechse auf d' Nacht. Und im Winter von Tagesanbruch bis zur Dämmerung. Wurscht, ob's g'stürmt oder g'schneit hat. Mein Liaber … das war a Hack'n …«

Mit zitternder Hand stürzte der Schurl den restlichen Schnaps, der sich im Stamperl befunden hatte, hinunter. Dann starrten seine wässrigen Augen ins Nichts, und seine Altmännerstimme verstummte. So wie es aussah, schweifte sein benebelter Geist weit fort in die Vergangenheit, als er noch kein von Alter und Krankheit gezeichneter Griasler, sondern ein kräftiger junger Hackler war. Nechyba betrachtete den Alten mit Mitgefühl und kippte ebenfalls seinen Schnaps hinunter. Träge saß er da und beobachtete die Elendsgestalten um sich herum. Wer ihn so da sitzen sah, hielt ihn ebenfalls für einen Griasler. Seine Hose war abgerissen und der Hosenboden so löchrig, dass man ihn auch als Nudelsieb einsetzen hätte können. Sein Sakko spannte über dem breiten Buckel, die Mittelnaht war aufgeplatzt. Auch sein Hemd hatte schon bessere und vor allem sauberere Tage gesehen. Und die Schuhe? Jessasmarandjosef, die waren beinander! Man hatte den Eindruck, dass sie eher von den zahlreichen Löchern, als von den Nähten zusammengehalten wurden. Der einzige Unterschied zwischen Nechyba und den anderen Griaslern war, dass er nicht stank.

»Weit hab ich's gebracht«, sinnierte Nechyba und strich sich mit der schmutzigen Hand über sein unrasiertes Antlitz. Wehmütig dachte er an die Wohltat einer Rasur, an den Duft von Rasierseife und an das zarte Schaben des Rasiermessers. Sein einstmals kunstvoll aufgezwirbelter Schnurrbart hing kraftlos, fettig und verfilzt diesseits und jenseits seiner Mundwinkel hinunter. Langsam neigte sich die Nacht dem Ende zu, draußen dämmerte es, und Nechyba murmelte schlaftrunken: »Wo bleibt denn nur die Rote Hella?« Neben ihm schnarchte der Heustadelwasser-Schurl. Dieser hatte ihm versichert, dass die Hella immer nach dem G'schäft, irgendwann in den frühen Morgenstunden bei Theresia Gries auftauche. Hier wurde sie vom Wilden Wickerl erwartet, der ihr Strizzi* war und ihren Liebeslohn kassierte. Nechyba nickte kurz ein, und als er aufwachte, war das wegen des Bahöös**, den der Wilde Wickerl machte. Lauthals brüllte er die Wirtin an, dass sie ihm sagen solle, wo die Hella sei. Stockbesoffen war der Wickerl. Das sah man am Schwanken seiner hünenhaften Gestalt. Als er der Gries an die Gurgel ging, stand Nechyba ächzend auf und schob sich zwischen den Strizzi und die Wirtin.

»Lass die Koberin*** in Ruh«, brummte Nechyba. Statt zu antworten, versuchte der Wickerl, ihm im Zeitlupentempo eine in die Goschen zu hauen. Er fing dessen Arm ab, packte ihn und führte ihn zu einem der freien Tische. Dort zwang er den Strizzi, sich niederzusetzen. Nechyba stützte sich mit beiden Händen auf die Tischplatte auf und schaute dem Wickerl in die Augen:

»Die Alte kann do nix dafür, dass dein Mensch net daher kommt. Also: Gib einen Frieden. Ich lad' dich ein, trink ma was …«

Der Wilde Wickerl schwankte auch im Sitzen. Nechyba bestellte zwei große Bier und setzte sich neben ihn. Die beiden Männer tranken und saßen dann eine

---

* Zuhälter
** Lärm
*** Wirtin

Zeit lang still nebeneinander, bis der Wickerl zu lallen anfing:

»Die Hella, des Luder … Seit's dem Großkopferten den goldenen Prader* g'stessn hat, is wie ausg'wechselt.«

Er machte einen Schluck Bier, Nechyba schwieg.

»Die Weiber sind alle G'fraster. Man darf ihnen net trauen …«

»Was is so a goldene Uhr wert?«

»Was waß i … I kenn mi net aus. Deshalb hab ich die Hella ja zum Tschida g'schickt.«

»Tschida? Kenn i net.«

»Na der Tschida hinterm Karamelitermarkt. Der Altwarentandler.«

»So einer versteht do nix von Uhren.«

»Der Tschida schon … Der verdraht** alles. Uhren, Schmuck, Möbel, alles. Wann's sein muaß, a sei eigene Großmutter.«

»So einer is der Tschida?«

Wiederum nahm der Wickerl einen Schluck Bier. Dann nickte er mit schwerem Kopf. Und bevor dieser endgültig auf die Tischplatte fiel, grunzte er:

»Ja, so einer is das …«

~⊚~

»Kartenbändiger, was schaust denn so kariert?«, knurrte Joseph Maria Nechyba, als der Schaffner ihn wegen seiner zerlumpten Kleidung feindselig musterte. Nechyba

---

* Uhr
** verkauft

zückte statt eines Fahrausweises seine Polizeiagenten-Kokarde und brummte: »Schleich dich.« Der Schaffner zuckte ob des rüden Tonfalls zusammen und murmelte: »'tschuldigen S'.« Dann ging er hinaus auf die offene Plattform der Tramway. Nechyba war grantig. Vor allem deshalb, weil er der Roten Hella nicht habhaft geworden war. Gleichwohl hatte er eine Spur, die ihn vielleicht zu der gesuchten Taschenuhr führen würde, gefunden.

Schnaufend keuchte er kurz nach sechs Uhr morgens die Stiegen zu seiner Wohnung im 2. Stock hinauf. Vor seiner Wohnungstür angekommen registrierte er den würzigen Geruch eines Szegediner Krautfleisches. Er lächelte glücklich. Seine Frau Aurelia war ein Engel. Obwohl er sie nicht mehr antreffen würde, da sie in diesen Minuten ihren Dienst bei der Familie Schmerda antrat, hatte sie an ihn gedacht und ihm etwas Gutes gekocht. Mit einem zufriedenen Seufzer warf er die Tür hinter sich ins Schloss und entledigte sich der ekelhaften Kleidung. Bloßfüßig, nur mit Unterhemd und Unterhose bekleidet, schnappte er sich das Reindl vom Herd und setzte sich an den Küchentisch. Aus der Tischlade nahm er einen Löffel und begann voll Gier das wunderbare Krautfleisch zu verschlingen. Der Geschmack von Sauerkraut, Paprika, geröstetem Zwiebel und weich gekochtem, zart süßlich schmeckendem Bauchfleisch besänftigte seinen von unmäßigem Bier- und Schnapsgenuss beleidigten Gaumen. Als er den Großteil des Krautfleischs aufgegessen hatte, rülpste er, dass die Wände wackelten. Nun griff er zum Krug und schenkte sich ein

Glas Wasser ein, das er in einem Zug hinunterstürzte. Danach blieb er einige Minuten zufrieden sitzen und starrte auf seine nackten Zehen. Schließlich stand er auf und ging, so wie er war, mit dem leeren Wasserkrug auf den Gang zur Bassena. Das Wasser rann in den Krug, und er hörte hinter sich, wie die Tür der Nachbarwohnung aufgesperrt und geöffnet wurde. Ohne sich umzudrehen, sagte Nechyba:

»Guten Morgen, Antschi-Tant!«

»Ja, Pepi, wie schaust denn du aus? Genierst dich denn gar nicht, so auf den Gang zu gehen?«

Nechyba grinste wie ein kleiner Bub, der gerade bei einem Streich ertappt worden war.

»Reg dich net auf, Antschi-Tant. Komm zu mir rüber in die Wohnung. Da erklär ich dir alles.« Während Anna Grubenschlager sich an Nechybas Küchentisch setzte, legte er einige Holzscheite in den gemauerten Küchenherd nach und kochte der alten Frau, die ihn nach dem frühen Tod seiner Mutter liebevoll aufgezogen hatte, einen Kaffee. Während dieser Tätigkeit erzählte er ihr von der Nacht bei den Griaslern.

»Du kannst dir gar nicht vorstellen, wie die alle gestunken haben. Es war fast nicht zum Aushalten. Und dann mein eigenes G'wand ... Das heißt, das G'wand, dass ich mir bei uns in der Asservatenkammer ausgeborgt hab, na das hat auch ganz schön gemiachtelt*.«

»Hast dich schon g'waschen, Pepi?«

»Noch nicht! Jetzt trink einmal deinen Kaffee und red ma ein bisserl. Dann, bevor ich mich niederleg, werde ich mich waschen.«

---

* übel riechen

»Was hast denn da unten im Prater bei den Griaslern g'macht?«

Nechyba strich sich über seinen Schnauzbart und räsonierte:

»Das dürft ich dir eigentlich gar net erzählen. Aber weil ich weiß, dass du ka Tratsch'n bist, erzähl ich's dir. Kennst du den Fürsten Weißenberg?«

»Nicht persönlich!«

»Aber gehört hast schon von ihm. Stell dir vor, dieser Halawachel, der mit der Gräfin Kotulinsky verheiratet ist, geht zu den Hurenmenschern in den Prater.«

Die alte Frau riss entsetzt die Augen auf und stammelte:

»Was d' net sagst ...«

»Unlängst war er bei der Roten Hella. Das ist ein übel beleumundetes Weibsstück, das schon mehrere Jahre im Arbeitshaus zugebracht hat. Die hat dem Fürsten seine goldene Taschenuhr g'stohlen. Und weißt, was das Pikante an der G'schicht ist?«

Die Antschi-Tant schüttelte den Kopf.

»Diese Uhr war ein Geburtstagsgeschenk seiner Gattin, auf das sie seinen Namen, sein Geburtsdatum und sein Wappen eingravieren hat lassen. Jetzt geht dem Fürsten, diesem Schweinskerl, natürlich der Reis, dass seine Gattin bemerkt, dass er die Uhr nicht mehr hat. Deshalb ist der Fürst zum Herrn Baron, zu unserem Zentralinspector Gorup von Besanez, gegangen und hat ihm die Sache gebeichtet. Der wiederum hat mich mit den Ermittlungen beauftragt. Ich darf aber weder meinen Leuten noch sonst jemandem darüber etwas erzählen. Denn der Zentralinspector hat mir Folgendes eingeschärft: absolute Diskretion, Nechyba. Absolut höchste Diskretion!«

\~⊗\~

Am nächsten Tag schaute Joseph Maria Nechyba gleich in der Früh zu den Kollegen, die für Diebstähle und Einbrüche zuständig waren. Dort hatte er einen alten Freund sitzen, mit dem er seinerzeit auf dem Kommissariat Alsergrund Dienst versehen hatte.

»Servus, Hortischek.«

»Servus, Nechyba, was verschlagt dich zu uns?«

»Ich brauch a Auskunft.«

»Na, wenn das so ist ... Wie kann ich dir helfen?«

»Ist dir der Name Tschida geläufig?«

Hortischek trommelte mit den Fingern auf die Platte seines Schreibtisches. Er runzelte die Stirn und murmelte: »Tschida ... Tschida ... Meinst du den Hehler vom Karmelitermarkt?«

Nechyba nickte. Hortischek lehnte sich in seinem Stuhl zurück und begann zu erzählen:

»Das ist eine Figur. Ich sag's dir. Der hätt' Schauspieler werden sollen. Vor uns spielt er den Frankisten*, und in Wahrheit ist er ein mit allen Wassern gewaschener Gauner. Praktisch alles, was in der Leopoldstadt und zum Teil auch in der Inneren Stadt gestohlen wird, landet in seinen Händen. Und wenn wir Sachen bei ihm sicherstellen, holt er immer von irgendwo einen Schmierzettel hervor, dass er das nur in Kommission hat und dass er net g'wusst hat, dass das Diebesgut ist. Tausend Aus-

---

* Unbescholtener

reden und Schmähs hat der auf Lager. Trotzdem hamma ihn schon a paar Mal wegen Hehlerei eing'naht. Der Tschida ... das Hundstuttel.«

Nechyba kratzte sich am Schädel. Der Wilde Wickerl hatte ihm also keinen Stuss erzählt.

⚬

Als Nechyba das kleine, vollgeräumte Geschäft des Altwarenhändlers betrat, bimmelte eine an der Tür befestigte Glocke. Aus dem Inneren tauchte wie ein Olm aus seiner Grotte der Altwarentandler Tschida auf. Gekleidet in feines Tuch machte er einen Katzenbuckel und rieb sich die Hände. Da Tschida sich mit Polizeibehörden auskannte, war ihm sofort klar, dass Nechyba kein normaler Kunde, sondern ein k.k. Polizeiagent war.

»Habe die Ehre, Herr Inspector! Womit kann ich dienen?«

Nechyba betrachtete Tschida mit Missvergnügen und brummte:

»Ich hab gehört, dass a Hurenmensch, die Rote Hella, bei dir im G'schäft war.«

Tschida schüttelte mit Bedauern den Kopf:

»Wüsste nicht, dass ich eine derartige Dame kennengelernt habe. Wer soll das denn sein, diese Rote Hella?«

Tschidas gespreizte Ausdrucksweise reizte Nechyba.

»Das is a Hur und ka Dame. Depperter.«

»Ich verkehre nicht mit Damen des horizontalen Gewerbes. Ich ...«

Weiter kam er nicht. Nechyba hatte ihn am Krawattl, das übrigens aus reiner Seide war, gepackt und ihn an einen Biedermeierkasten gedrückt. Schachteln mit allerlei Zeug, die auf dem Kasten aufgestapelt gewesen waren, krachten zu Boden. Nechyba verpasste dem am Boden herumliegenden Zeug wütende Tritte, ohne dabei Tschida loszulassen. Er zog ihn vielmehr ganz eng an sich heran und schrie ihm ins Gesicht:

»Wo hast die Uhren, mit denen du schacherst? Zeig ma deine Uhren!«

Als Tschida bedauernd die Augen verdrehte und mit den Schultern zuckte, bekam er von Nechyba einen wuchtigen Stoß. Er kollidierte neuerlich mit dem Biedermeierkasten. Die Kastentür gab krachend nach, und Tschida setzte es auf seinen Allerwertesten. Nechyba hatte so eine Wut, dass er das nächstbeste Trumm, das herumlag, ergriff und damit auf alles, was ihm in die Quere kam, einschlug. Da es sich bei diesem Trumm um einen eisernen Schürhaken handelte, flogen Glas- und Keramikscherben wie wild durch das Innere des Geschäfts.

»Um Gottes willen, hören S' auf!«, brüllte Tschida, »ich zeig Ihnen alle Uhren und überhaupt alles, was ich im G'schäft hab. Aber bitte hören S' auf!«

Nechyba ließ den Schürhaken sinken, und Tschida, der aus dem demolierten Kasten herausgekrochen war, führte ihn in ein Hinterzimmer, in dem sich der Tresor befand. Er öffnete ihn und ließ Nechyba den Inhalt inspizieren. Am liebsten hätte Nechyba das ganze Zeug konfisziert, da er sich sicher war, dass es sich zum Großteil um Hehlerware handelte. Doch deswegen war er nicht hier. Er suchte die goldene Taschenuhr des Fürsten Weißenberg, und die befand sich nicht im Tresor. Enttäuscht und grußlos verließ Nechyba den Laden. Im Polizeigebäude führte ihn sein erster Weg zu Hortischek, den er über den Inhalt des Tresors informierte. Danach ging Nechyba in die Asservatenkammer, wo er sich neuerlich als Griasler verkleidete.

～ഐ～

Kurz nach Mittag betrat Nechyba das Beisl der ›Reserl‹, wie die Wirtin in ihren Kreisen genannt wurde. Obwohl in der windschiefen Baracke auch sonst nicht gerade eine gute Stimmung herrschte, war ihm die ungastliche Stätte noch nie so düster und deprimierend wie heute erschienen. Er ging zur Schank und bestellte bei der Reserl einen doppelten Schnaps. Auf dem Weg in den Prater hatte er sich bei einem Bäcker zwei Semmeln und beim Gigerer* ein Viertelkilo Leberkäse gekauft, den er auf einer Bank am Donaukanal verzehrt hatte. Nun lag ihm der Pferdeleberkäs wie ein Pflasterstein im Magen. Theresia Gries schenkte ein Stamperl ein, schob es ihm über die Theke hin und sagte:

»Den wirst brauchen, wenn i dir erzähl, was passiert is.«

Nechyba nahm einen Schluck, genoss das Brennen des Schnapses in seinem Schlund und replizierte:

»Was is'n passiert?«

»Die Rote Hella ham s' aus'm Heustadelwasser g'fischt.«

»Was? Die Rote Hella?«

»Ja, erstochen is worden. Und der Schurl hat s' g'funden.«

---

* Pferdefleischhauer

»Und wo is der jetzt?«

»Wer? Der Heustadelwasser-Schurl?«

Nechyba grunzte zustimmend und dachte: Wenn die
Rote Hella tot ist, ist die Uhr wahrscheinlich auch für
immer verschwunden. So ein Schas!

»Den hab i heut noch net gesehen. Der hockt wahrscheinlich in seiner Kaluppn* am Heustadelwasser.«

»Was für eine Kaluppn?«

»Na die, die er sich baut hat. In einer Erdmulden bei
einem umg'fallenen Baum. Mit Fetzen und allerlei Klum-
pert hat er sich da was zusammeng'schustert.«

Eine Dreiviertelstunde später fand Nechyba das Versteck
des Griaslers. Es lag, wie die Wirtin gesagt hatte, in einer
Mulde, über die ein uralter Baumriese gestürzt war. Da
der Baumstamm gut und gerne einen Durchmesser von
zwei Metern hatte, konnte man sich darunter und dane-
ben mit einigem Geschick eine Unterkunft bauen. Genau
das hatte der Heustadelwasser-Schurl getan, und zwar so
geschickt, dass man seine Wohnstätte auf den ersten Blick
überhaupt nicht wahrnahm. Denn Dach und Wände waren
mit Gras bewachsen, vor dem Eingang lagen Hölzer und
dürres Gestrüpp. Das schob Nechyba zur Seite und kroch
hinein in das dunkle Loch, das weich mit einer Unzahl
von Fetzen ausgelegt war. Es stank bestialisch. Als sich
seine Augen an die Dunkelheit gewöhnt hatten, sah er im
hintersten Eck den Schurl kauern. Ohne ihn anzusehen,
begann der Schurl seine altbekannte Leier zu brabbeln:

---

* Hütte

»A paar hundert Mann waren wir … a paar hundert Mann, die was tschinagelt haben wie die Viecher. A paar hundert … vielleicht a tausend … kaum Hiesige, sondern großteils solche aus der Böhmei, aus Polen, Galizien und Italien. Mein Liaber …«

Nechyba versuchte, das Gespräch auf die Rote Hella zu lenken, doch der Schurl reagierte nicht. Sein Blick war ins Nirgendwo gerichtet, sein Oberkörper schwankte vor und zurück. Nechyba versuchte den Schurl zu ermuntern, aus dem Unterstand hinauszukriechen und mit ihm zur ›Reserl‹ auf einen Schnaps zu gehen. Nicht einmal diese Einladung half etwas. In seiner Ratlosigkeit steckte Nechyba dem Griasler zwei Kronen in die Tasche, damit er sich ansaufen konnte, wenn er aus dem Schockzustand aufwachte.

⤙☙⤚

Als Nechyba das Kommissariat in der Leopoldstadt betrat, musterte ihn ein junger Sicherheitswachebeamter kritisch und bemerkte in einem scharfen Ton:

»Wir sind hier keine Wärmestube. Sag, was d' willst, und dann schleich dich!«

Nechyba, dem sowohl die Art als auch die Ausdrucksweise des jungen Kollegen missfiel, baute sich vor diesem auf, schaut ihn böse an, zückte seine Polizeiagenten-Kokarde und grantelte:

»Sind wir ein bisserl vorlaut?«

Der junge Polizist wurde blass und stammelte:

»Aber … aber … wie … ich kann ja nicht …«

Nechyba unterbrach ihn grob:

»Mich interessiert nicht, was Er nicht kann, der Herr

Kollege. Mich interessiert einzig und alleine, dass Er jetzt seinen Allerwertesten vom Sessel erhebt, zum Oberkommissär Blöschberger geht und ihm meldet, dass der Inspector Nechyba da ist.«

Der junge Beamte sprang auf, rief »Jawohl, Herr Inspector!« und verschwand diensteifrig in einem der hinteren Räume. Wenig später kam er gemeinsam mit dem rundlichen Blöschberger zurück. Der strahlte über das ganze Gesicht und rief:

»Nechyba! Na das is a Freud! Dass man dich einmal in unserem Kommissariat antrifft.«

Er schüttelte dem Inspector die Hand und musterte ihn dann ebenfalls von Kopf bis Fuß. Breit grinsend sagte er:

»Bist inkognito unterwegs. Hast dich unter die Griasler gemischt ...«, er stutzte kurz und fuhr dann fort, »du bist wahrscheinlich wegen der erstochenen Hur da ... Wie heißt s'?«

»Wegen der Roten Hella. Kannst mir über die was erzählen?«

Blöschberger nahm Nechyba beim Arm und führte ihn in sein Büro. Dem jungen Polizisten rief er zu:

»Gehen S', Nemetz, gehen S' ins Beisl am Eck und holen S' uns zwei Krügeln Bier.«

Gemütlich beim Bier sitzend erzählte der Oberkommissär dem Inspector alles, was er über die Rote Hella wusste. Und das war nicht viel. Neu für Nechyba war, dass die Rote Hella nichts außer ihren ärmlichen Kleidern bei sich getragen hatte. Kein Geld, keinen Schmuck, nichts, nicht einmal ein Schnäuztuch.

❧

Am nächsten Morgen läutete das Diensttelephon in Nechybas Büro. Er seufzte, denn er hasste dieses moderne Ding. Vor allem dann, wenn es ihn schon in aller Früh belästigte. Unwillig nahm er ab, lauschte und murmelte:

»Jawohl, ich bin schon unterwegs.«

Ein Dreiviertelstunde später war er am Heustadelwasser. Dort lag am Ufer inmitten von wildem Bärlauch und unter grünsprießenden Zweigen die fürchterlich zugerichtete Leiche des Heustadelwasser-Schurls. Es standen einige uniformierte Polizisten, der Oberkommissär Blöschberger sowie eine Schar von Neugierigen herum. Nechyba begrüßte Blöschberger und bedankte sich, dass er ihn sofort angerufen hatte. Da die anderen Polizisten Schurls Unterschlupf nicht kannten, führte Nechyba sie dorthin. Als er vorsichtig hineinkroch, merkte er, dass beim Eingang einige Äste blutverschmiert waren. Was ihm aber besonders ins Auge stach, war ein karierter Stofffetzen, der in den Zweigen hing. Eine Jacke, die aus so einem karierten Stoff geschneidert war, kannte er. Er nahm Blöschberger zur Seite und erzählte ihm seinen Verdacht. Die beiden Männer besprachen die weitere Vorgangsweise. Sie postierten zwei Sicherheitswachebeamten im Umfeld des Beisls von Theresia Gries und harrten im Kommissariat Leopoldstadt der Dinge, die da kommen würden. Als sie gerade das Mittagessen, das Nemeth aus dem Eckbeisl herübergebracht hatte, in Blöschbergers Büro verzehrten, kehrten die beiden Polizisten mit dem Wilden Wickerl zwischen sich zurück. Der staunte nicht schlecht, als er Nechyba wiedererkannte. Nun ging es

Schlag auf Schlag. Nechyba zeigte ihm den gefundenen Stofffetzen, der genau zu seiner karierten Jacke passte. Und als Nechyba genau hinsah, entdeckte er sogar das passende Loch im Schulterbereich. Der Wilde Wickerl war völlig schmähstad. Da Nechyba wusste, dass der Strizzi ein harter Hund war, versuchte er es gar nicht auf die brutale Tour. Er plauderte vielmehr mit ihm, bot ihm eine Virginier an, und Blöschberger ließ dem Wickerl sogar ein Bier holen. Beim Bier wurde er schließlich weich und legte nieder*:

»Ja, ich hab mit dem Schurl an Wickl g'habt. Warum? Na weil er mir die Hella abspenstig g'macht hat. Die Hella, das G'fraßt, hat sich beim Schurl verkrochen, als sie den goldenen Prader g'steßn** hat.«

»Hat der Schurl die Hella am Gewissen?«

Der Wilde Wickerl schüttelte den Kopf:

»Na! Der hat die Hella nur versteckt und mir abspenstig g'macht. Dafür hab i ihm gestern a Wendltreppn in den Schädel g'haut. Der Falott, der … Aber maukas g'macht*** hat er's net. Das war a anderer. Der, was jetzt den goldenen Prader hat …«

»Und wer soll des gewesen sein?«

»I waß net. I wollt das aus dem Schurl ausse prügl'n. Aber der hat die Hella nur um Hilfe schrei'n g'hört. Wie der aus seiner Hüttn ausse kräult is und bei ihr war, is sie schon tot im Wasser g'schwommen.«

Nachdem der Wickerl in eine Zelle gebracht worden war, machte sich Nechyba auf, um Schurls Versteck noch einmal unter die Lupe zu nehmen. Penibel genau unter-

* gestand
** gestohlen
*** umgebracht

suchte er jede Ecke des Unterstandes, doch die goldene Uhr blieb verschwunden.

⚬◦

»Nechyba! Was habe ich Ihnen gesagt? Diskretion! Höchste Diskretion!«, brüllte Zentralinspector Gorup von Besanez ins Telephon. »Und was machen Sie? Sie scheuchen die Wiener Galerie* auf. Kommen S' sofort in mein Büro!« Und damit war die Verbindung unterbrochen. Der Inspector saß mit roten Ohren da und starrte verdattert vor sich hin. Nachdem er sich erfangen hatte, stand er auf und marschierte mit einem flauen Gefühl ihm Magen zum Büro des Zentralinspectors. Paul Piotek, der Adjutant des Zentralinspectors, begrüßte Nechyba mit einem Stirnrunzeln:

»Grüssie, Nechyba. Der Alte erwartet Sie schon. Passen S' auf, der is heut ziemlich grantig.«

Nechyba klopfte an, trat ein und wurde blass. Denn auf dem Besuchersessel, der neben dem Schreibtisch des Zentralinspectors stand, saß Fürst Weißenberg. Nechyba grüßte die beiden Herren, und der Fürst fuhr ihm gleich mit dem Stellwagen ins Gesicht:

»Sie sind also derjenige, der net imstand is, meine goldene Taschenuhr zu finden.«

Nechyba bekam neuerlich rote Ohren. Bevor er etwas zu seiner Verteidigung sagen konnte, schob ihm Gorup von Besanez einen Brief hin. Nechyba, der wie ein Schulbub vor dem Schreibtisch des Zentralinspectors stand, nahm ihn und las:

---

* Unterwelt

Eure fürstliche Hoheit!

Auf verschlungenen Pfaden bin ich in Besitz Eurer Taschenuhr gelangt. Falls Ihr Interesse habt, sie wieder zu bekommen, fordere ich von Ihnen 20.000 Kronen. Andernfalls werde ich mir erlauben, die Uhr Eurer hochverehrten Frau Gemahlin unter selbigen Konditionen zu offerieren.

Ein ergebener Freund Eures Hauses

Post scriptum:

Der Austausch Uhr gegen Geld, das in einer handlichen Reisetasche von Ihro Hoheit persönlich zu transportieren ist, erfolgt kommenden Mittwoch um 4 Uhr nachmittags am Beginn der Prater Hauptallee. Suchen Sie mich nicht, flanieren Sie einfach auf und ab.

Der Fürst musterte Nechyba mit wütendem Blick, und auch Gorup von Besanz schaute finster. Das alles kümmerte Nechyba jedoch nicht, denn er dachte angestrengt nach. Die Handschrift des Briefes kam ihm irgendwie bekannt vor. Gorup von Besanez unterbrach die unangenehme Stille:

»Nechyba, warum sagen S' denn nix? Hat's Ihnen die Sprach' verschlagen?«

Und der Fürst fügte seufzend hinzu:

»Was soll ich nur tun ... was? Sagen Sie mir, was ich tun soll!«

Nechyba räusperte sich und entgegnete ruhig:

»Eure fürstliche Hoheit wird sich morgen Nachmittag um vier Uhr mit 20.000 Kronen in einer Reistasche am Beginn der Prater Hauptallee einfinden. Dort werden Sie das Geld übergeben. Alles Übrige werde ich veranlassen.«

～◎◇～

Oberkommissär Blöschberger und Inspector Nechyba hatten sich in der Wohnung der Amalie Riegelnigg im Stuwerviertel einquartiert. Die Amtsratswitwe wieselte ganz aufgeregt hin und her und versorgte die beiden Herren mit Tee, Likör und selbst gebackenem Gugelhupf. Vor Aufregung hatte die alte Dame feuerrote Backen, was ausgesprochen gut zu ihrem dichten schneeweißen Haar passte, das zu einem Knoten am Hinterkopf hochgesteckt war. Nicht und nicht konnte die Amtsratswitwe ruhig sitzen bleiben. Schließlich befand sich unten im Hausflur, im Abgang zum Keller, ein uniformierter Polizist. Und auf der Straßenseite vis-à-vis, Amalie Riegelnigg musste das ständig am Fenster überprüfen, stand in einem Hauseingang der Polizeiagent Paul. Er drückte sich ganz diskret in die hinterste Ecke des Eingangs, sodass ihn ein Nichteingeweihter überhaupt nicht bemerkte. Und als die beiden Herren dann kurz nach vier Uhr nachmittags von einem berittenen Polizisten die Nachricht überbracht bekamen, dass in der Prater Hauptallee alles wie geplant abgelaufen sei, musste sich die Witwe Riegelnigg schon sehr beherrschen, dass sie ihre blütenweiße Unterhose nicht vor Aufregung befleckte.

Nechyba hatte bei der Planung der Operation an alles gedacht: An mehrere berittene Polizisten am Beginn der Praterhauptallee. Dort spazierten zusätzlich auch vier verkleidete Polizeiagenten herum: zwei in Griasler-Kleidung, einer als betrunkener Bäckergeselle und einer als Salamutschi*. Die Ausrüstung von Letzterem stammte von einem verhafteten echten Wanderhändler, der nicht nur Spezialist für luftgetrocknete Wurstwaren, sondern auch für fremde Portemonnaies war. Der Berittene informierte ihn, dass ein halbwüchsiger bloßfüßiger Bub zum Fürsten gelaufen war, diesem die goldene Uhr in die Hand gedrückt und dann dem verblüfften Aristokraten die Reisetasche mit dem Geld abgenommen hatte. Der Lauser war zu einem zwei Ecken weiter wartenden Radfahrer gerannt, der ihm einen Geldschein zugesteckt und die Tasche übernommen hatte. Der war dann wie ein Verrückter mitten durch die Flaneure, Wanderhändler, Soldaten, Dienstmädel, Kindermädchen und Kinder davon geradelt. So flink, dass die berittenen Polizisten ihm durch die Menschenmenge nicht folgen konnten. Doch das störte Nechyba nicht. Denn fünf Minuten, nachdem der Berittene Amalie Riegelniggs Wohnung verlassen hatte, wurde die Wohnungstür der schräg gegenüberliegenden Wohnung aufgesperrt. Nechyba und Blöschberger nickten einander zu. Nun trat wie vereinbart die Amtsratswitwe in Aktion. Sie klopfte an die Tür des gerade heimgekommenen Nachbarn und rief mit zitternder Stimme:

»Herr Nachbar? Da war jemand da für Sie … da hat jemand nach Ihnen g'fragt.«

Eilige Schritte, dann wurde die versperrte Wohnungstür geöffnet. Der Mann erstarrte im Türrah-

---

* Wanderhändler, der Salami und andere Wurstwaren verkaufte

men, als er Nechyba sah und dessen dröhnende Stimme hörte:

»Schluss is mit den Spompanadln*, Tschida!«

Am darauffolgenden Sonntag ging Joseph Maria Nechyba mit seiner Gattin Aurelia im Prater spazieren. Instinktiv zog es ihn zum Heustadelwasser, wo vor seinem geistigen Auge die Ereignisse der letzten eineinhalb Wochen noch einmal vorüberzogen. Wie man die erstochene Leiche der Roten Hella im Heustadelwasser treibend gefunden hatte. Die dumme Dirne hatte dem Hehler verraten, dass sie sich hier unten vor dem Wickerl, dem sie den Rebbach** aus dem Uhrenverkauf vorenthalten wollte, versteckt hielt. Das nützte Tschida aus, um sie an diesem gottverlassenen Ort umzubringen und ihr die goldene Uhr abzunehmen. Dann erpresste er den Fürsten, da die Hella ihm die ganze Geschichte erzählt hatte. Das Messer, mit dem er die Rote Hella umgebracht hatte, war von Nechyba in seiner Wohnung gefunden worden. Auf Tschida war Nechyba aufgrund des Erpresserbriefes gekommen. Seine Handschrift hatte den Hehler verraten. Nechyba hatte in dessen Tresor nebst den Preziosen auch diverse Buchhaltungs- und Bestandslisten gesehen und sich das Schriftbild gemerkt. Als er sich daran erinnerte, brauchte er nur mehr Tschidas Wohnadresse im Lehmann*** nachzuschlagen. Zur Sicherheit hatte er zwei seiner Polizeiagenten vor Tschidas Laden postiert, sodass dieser mit

---

* Dummheiten
** Gewinn
*** Altwiener Adressbuch

dem erpressten Geld dort nicht unterschlupfen konnte. Und als Nechyba in Gedanken versunken gemeinsam mit seiner Frau am Heustadelwasser entlang spazierte, erinnerte er sich plötzlich an den toten Schurl und murmelte:

»A paar hundert Mann waren wir … a paar hundert Mann, die was tschinagelt haben wie die Viecher …«

LEICHENFLEDDERN
(1906)

»DER FISCH IST SCHON TOT. Den brauchst nicht noch einmal töten.«

Dieser Ausspruch seiner Gattin Aurelia, den sie erst unlängst getätigt hatte, war ihm in den Sinn gekommen, als er lustlos in dem Fisch auf seinem Teller herumstocherte. Es handelte sich um einen Kabeljau in pikanter Sardellensauce, der zu Tode gebraten war. Seine Frau war eine begnadete Köchin, die das Kochhandwerk nicht nur als Beruf, sondern aus Berufung ausübte. Dagegen war er, obwohl er nun schon seit über einem Jahrzehnt daheim den Kochlöffel schwang, nur ein Dilettant. Joseph Maria Nechyba blickte über den Tisch und beobachtete seine Frau, wie sie mit Appetit ein Herrengulasch aß.

»Ist dein Essen in Ordnung?«

Aurelia Nechyba nickte. Sie nahm mit ihrer Gabel ein Stück Fisch mit etwas Sauce von seinem Teller und schob es in den Mund. Ihr vorsichtig kritischer Gesichtsausdruck verzog sich zu einer Grimasse des Unwillens. Und dann passierte etwas, das Joseph Maria Nechyba verblüffte. Seine sonst so zurückhaltende und ruhige Frau rief mit lauter Stimme:

»Herr Ober!«

Der Kellner des Gasthauses zog erstaunt die Augenbraue hoch, bemühte sich dann aber doch zum Tisch der Nechybas.

»Herr Ober, der Fisch ist staubtrocken und hart. Und die Sauce ist fad. Da hat Ihr Koch zu wenig Sardellen und Paprika verwendet. Das schmeckt alles grauslich.«

Der Ober zog den Kopf ein, nahm den Teller, murmelte ein »'tschuldigung, gnädige Frau ...«, und verschwand in der Küche. Kurze Zeit später erschien eine dicke Frau, ganz in Weiß, die energisch auf den Tisch der Nechybas, an dem auch ein ältliches Ehepaar und zwei alte Damen saßen, zusteuerte.

»Was haben S' an meinem pikanten Kabeljau auszusetzen?«, grantelte die Köchin.

Aurelia setzte eine strenge Miene auf und sagte in tadelndem Ton:

»Der Fisch ist zu Tode gebraten, und die Sauce schmeckt nach nix. Wenn ich so was zusammenkochen würde, täte mich meine Herrschaft vor die Tür setzen.«

»Ah, Sie san a a Köchin?«

Nun mischte sich Nechyba ein und brummte:

»Eine ausgezeichnete sogar!«

Zustimmendes Nicken am Tisch, und eine der beiden älteren Damen keifte:

»Wenn die Frau Aurelia sagt, des schmeckt net, dann schmeckt's a net. Die ist nämlich Köchin in einem Hofratshaushalt. Und überhaupt: Früher hat s' für einen Erzherzog gekocht.«

Nun erklang ehrfürchtiges Gemurmel von den umliegenden Tischen, an denen der Disput mit großer Aufmerksamkeit verfolgt wurde. Ein Herr am Nebentisch mischte sich nun ebenfalls ein:

»Wenn der Fisch nix heißt, dann geben S' dem Herrn halt was anderes.«

Die Köchin war nun ganz kleinlaut und fragte Nechyba leise:

»Was wollen S' denn statt dem Fisch essen?«

Nechyba riskierte in diesem Beisl nichts mehr, deshalb antwortete er:

»Bringen S' mir das Gleiche, was meine Frau hat. Da kann nix schiefgehen.«

Die Köchin nickte und murmelte im Weggehen:

»I bin ja a nur a Mensch. A Malheur kann jedem amal passieren.«

Während er auf das Gulasch wartete, starrte Nechyba trübsinnig ins Bierglas. Schließlich hatte er gerade seine über alles geliebte Ziehmutter Anna Grubenschlager auf ihrem letzten Weg begleitet. In seinen Gedanken sah er noch einmal den Sarg in der Aufbahrungshalle, hörte die salbungsvollen Worte des Priesters und ging gemeinsam mit seiner Frau hinter dem Sarg her, begleitet von dem Nachbarehepaar Hodina und zwei weiteren Nachbarinnen, der Smolei und der Horvath. Anna Grubenschlager war ein Waisenkind gewesen, das von geistlichen Schwestern großgezogen worden war und das Glück gehabt hatte, einen Posten als Kanzleihilfskraft beim Ärar* zu bekommen. Dank der geregelten Dienstzeit konnte sich die kinderlose und unverheiratete Grubenschlager um den kleinen Joseph Maria kümmern, als Nechybas Mutter zwei Jahre nach dessen Geburt an Typhus verstorben war. Ein Leben lang hatte sie ihn begleitet, die ›Antschi-Tant‹. Nun lag sie gemeinsam mit den sterblichen Überresten seiner Eltern im Familiengrab. Das Gulasch kam, und Nechyba aß lustlos einige Bissen. Da er mit den Gedanken noch immer bei seiner toten Ziehmutter weilte, rannen ihm plötzlich die Tränen herunter.

»Is es so scharf, das Gulasch?«, fragte die Smolei vor-

---

* Staat

witzig. Nechyba schüttelte wortlos den Kopf, fischte ein faltenlos gebügeltes Taschentuch aus seinem Sakko, stand auf und ging zu den Toiletten. Hinter sich hörte er die Horvath sagen:

»Der arme Bua. Bald, nachdem er auf d' Welt kommen, is, hat er sei erste Mutter verloren, und jetzt hat a die zweite die Patsch'n g'streckt*.«

Der ›Bua‹, der mittlerweile stattliche 46 Lenze zählte, sperrte sich in eine der Toilettenkabinen ein, wo er seiner Trauer und den daraus resultierenden Tränen freien Lauf ließ. Als er sich schließlich wieder gefangen und mehrfach geschnäuzt hatte, verließ er die Kabine und kehrte zu dem Tisch der kleinen Trauergemeinde zurück. Dabei fiel ihm ein freundlicher Mann am Nebentisch auf, der ihm zunickte und ein leises »Mein Beileid« murmelte. Nechyba dankte und streifte mit seinem Blick den zweiten Mann an diesem Tisch, der sturzbetrunken war. Er lümmelte mit beiden Armen auf der Tischplatte und hatte den Kopf auf die Hände gelegt. Seine Augen waren geschlossen, er schien zu schlafen. Der Tischnachbar sah Nechybas Blick und sagte:

»Das is mei Bruder Friedl. Immer, wenn wir ans Grab unserer Mutter gehen, sauft er sich nachher nieder.«

Nechyba nickte verständnisvoll und setzte sich. Mit schnellen Schlucken trank er sein Bier aus. Dann bestellte er sich ein weiteres sowie einen doppelten Schnaps. Es folgten zwei weitere große Schnäpse. Ein Umstand, der seine Frau Aurelia besorgt dreinschauen ließ. Nechyba ging es nun etwas besser. Er rief laut »Zahlen!«, beglich die Rechnung, und die kleine Trauergesellschaft verließ

---

* ist gestorben

das Lokal, das vis-à-vis vom Zentralfriedhof lag. Zurück blieb das Gulasch, von dem Nechyba keinen Bissen mehr runtergebracht hatte.

∿§∿

Eine Woche später richtete Nechyba es so ein, dass er einen Abstecher hinaus nach Simmering zum Zentralfriedhof machen konnte. Er stieg beim Tor 2, das in sezessionistischem* Glanz erstrahlte und im letzten Jahr fertiggestellt worden war, aus dem 71er aus. Dann wanderte er hinein in die stilleren Bereiche des Friedhofsgeländes. Am Familiengrab legte er ein kleines Blumensträußl nieder, bat den Herrgott, die lieben Verstorbenen zu sich zu nehmen, und registrierte mit Genugtuung, dass der Steinmetz seine Arbeit bereits getan hatte. Am Grabstein stand unter den Namen und Lebensdaten seiner Eltern nun: *Anna Grubenschlager, geboren am 31. März 1832 in Mauer bei Wien, verstorben am 9. Juli 1906 in Wien.* Da es ein verdammt heißer Sommertag war, hatte sich Nechyba den Kragen aufgeknöpft und die Krawatte gelockert. Seine Melone trug er in der Hand, als er langsamen Schrittes durch die endlosen Gräberreihen zurück zum Ausgang ging. An einem schattigen Platzerl stand eine Bank, auf der zwei Männer saßen. Als er vorbeiging, riss es ihn. Denn der eine schlief tief und fest, während der andere gemütlich neben ihm in die Sonne blinzelte. Nechyba erkannte den Blinzler, grüßte ihn freundlich und fragte:

»Haben S' heut gar nicht Ihren Bruder Friedl mit beim Grabbesuch?«

---

* zeitgenössische Bezeichnung für Jugendstil

Der Kerl zuckte zusammen. Dann erkannte er Nechyba und erwiderte flüsternd:

»Nein. Der muss arbeiten. Heut hat mich mein Onkel Rudi auf den Friedhof begleitet. Aber sind S' bitte leise, damit wir ihn nicht aufwecken.«

Er deutete auf den neben ihm schlafenden älteren Herrn. Nechyba lächelte verständnisvoll und wünschte sich, auch ein Nickerchen an einem schattigen Plätzchen machen zu können. Doch das konnte er vergessen. Er musste dringend zurück ins Polizeigebäude.

Mitte August hatte Nechyba auf dem Kommissariat in Simmering zu tun. Dort traf er einen alten Bekannten, den Polizeiagenten Sichrowsky. Die beiden hatten seinerzeit gemeinsam am Alsergrund Dienst getan. Sichrowsky freute sich, den Kollegen nach längerer Zeit wiederzusehen, und so gingen sie in ein nahe gelegenes Wirtshaus, wo sie gemeinsam zu Mittag aßen. Nechyba erzählte dem Kollegen von seinen Fällen. Sichrowsky hörte aufmerksam zu und seufzte dann:

»Mir macht im Moment eine Serie von Leichenfledderreien das Leben schwer. Seit dem Frühjahr bekomme ich laufend Anzeigen herein, dass Betrunkene oder Leute, die am Zentralfriedhof ein Schläfchen auf einer Bank gemacht haben, bestohlen worden sind. Es ist immer das Gleiche: Brieftasche, Geldbörsel und Uhren sind weg. Das muss ein geübter Taschendieb sein, der sich da aufs Leichenfleddern verlegt hat.«

Nechyba schmunzelte über den Ausdruck ›Leichenfledderer‹. Darunter verstand man Taschendiebe, die betrunkenen oder schlafenden Personen Wertgegenstände stahlen*. Dies geschah normalerweise auf Bahnhöfen oder in Großgaststätten. Am Zentralfriedhof war das neu. Und als er gemeinsam mit Sichrowsky ein Schnapserl trank, hatte er plötzlich eine Idee.

Eine halbe Stunde später setzte er sich auf ein schattiges Bankerl, das sich in der Nähe seines Familiengrabes befand. Es war drückend heiß, der zuvor genossene Alkohol machte Nechyba schläfrig, die Friedhofsstille tat ein Übriges. Plötzlich war er eingenickt und träumte davon, wieder der kleine Bub zu sein, den die Antschi-Tant liebevoll in die Arme nimmt …

Ein scharfer Pfiff riss ihn aus seinem Traum, und er bemerkte, wie sich neben ihm ein Mann aus dem Staub machte. Nechyba sprang auf und stolperte hinter dem Flüchtenden her. Der war verdammt schnell, und Nechyba musste erst seinen vom Schlaf trägen Körper auf Touren bringen. Schnaufend und fluchend lief er dem Kerl nach, der immer mehr Vorsprung gewann. Doch plötzlich wurde dieser vom Polizeiagenten Sichrowsky gestoppt. Der Leichenfledderer bog abrupt ab und rannte zwischen zwei Grabreihen hindurch. Er stolperte über eine Wurzel und fiel hin. Sofort war Sichrowsky bei ihm und packte ihn am Kragen. Als Nechyba keuchend die beiden erreichte, staunte er nicht schlecht. Vor ihm stand der freundliche Mann, den er bei dem Leichenschmaus der Antschi-Tant kennengelernt hatte. Nechyba war nun

* Definition nach Emil Bader, »Wiener Verbrecher«, 1905

alles klar. Der Gauner hatte im Wirtshaus den Besoffenen abgestiert* und später auf der schattigen Bank den alten Mann. Nechyba durchsuchte den Kerl und fischte seine Taschenuhr sowie seine Brieftasche heraus. Weiters fand er eine Damengeldbörse. Nechyba öffnete sie und sah, dass sie nur ein paar Kronen und etliche Heller-Stücke enthielt. Die Barschaft einer alten Frau. Sichrowsky sah das ähnlich, und bevor er den Leichenfledderer abführte, sagte er zu Nechyba:

»Ich dank dir, dass du dich als Lockvogel zur Verfügung gestellt hast. Das war eine leiwande** Idee. Die Rolle des Schlafenden hast du übrigens perfekt gespielt. Man hätte meinen können, dass du tatsächlich eingenickt bist.«

Nechyba grinste, verabschiedete sich und begann nun, auf dem riesigen Friedhofsgelände die bestohlene alte Dame zu suchen. Zweimal fragte er ein potenzielles Opfer, doch beide Frauen hatten ihre Geldbörsen wohlverwahrt in ihren Handtaschen. Als er schon aufgeben wollte, fiel ihm ein Mutterl mit krummen Beinen auf, das weinend durch die Gräberreihen irrte. Nechyba steuerte auf sie zu, lüftete höflich seine Melone und sagte:

»Gestatten, Inspector Nechyba, k.k. Polizeiagenteninstitut. Kann ich Ihnen helfen?«

»Jetzt nimmer. Jetzt is zu spät.«

»Aber warum denn?«

»Ich bin vorher auf einem Bankerl eing'schlafen. Und wie i aufg'wacht bin, war meine Handtasche offen und mein Portemonnaie weg.«

---

* bestohlen
** super

Tränen der Verzweiflung rannen über ihre faltigen Wangen. Nechyba fischte das gefundene Geldbörsel aus seiner Hosentasche und sagte:

»Is das Ihres?«

Ein Strahlen glitt über das Gesicht der alten Frau. Vorsichtig griff sie nach der Börse und vergewisserte sich, dass ihr Geld noch drinnen war. Dann nahm sie Nechybas Hand und sagte:

»Sie sind ein guter Mensch, Gott vergelt's Ihnen!«

Er lächelte und bot ihr seinen Arm an. So wanderten die beiden vor zur Straßenbahn. Und als er sie kurz von der Seite ansah, hatte er plötzlich den Eindruck, als würde die Antschi-Tant mit ihm da über den Zentralfriedhof spazieren …

LIEBE
(1907)

SCHNEEWEISS WAR DAS GESICHT seines Gegners, der genau 16 Schritte von ihm entfernt stand. Stephan von Göncz kniff die Augen zusammen, sah genau hin und bemerkte einen zarten Film von Schweißperlen auf der Stirn seines Kontrahenten. Seine Augen waren schreckgeweitet und starr, die Bewegungen ruckartig und mechanisch.

Er selbst blieb ruhig. Mit einem ironischen Lächeln auf den Lippen maß er seinen Gegner. Er spürte das Blut in den Adern pochen. Ein vertrautes Gefühl, das er von der mündlichen Maturaprüfung her kannte. Er hatte sich absolut im Griff. So wie er die Matura mit Vorzug bestanden hatte, so würde er auch diese Prüfung, der er über ein Jahr lang entgegengefiebert hatte, bestehen. Er erinnerte sich an die Nächte, in denen er schweißgebadet aufgewacht war, weil er sich im Traum genau in dieser Situation befunden hatte. Doch nun, wo er tatsächlich Teil des Geschehens war, blieb er gelassen. Die frühmorgendliche Stunde, die Stille der Prateraue, das traditionsreiche Ritual sowie die ernsten Gesichter aller Beteiligten waren genau so, wie er es unzählige Male geträumt hatte. Ruhig und gelassen nahm er die Aufzählung des Ablaufs[*] dieses Pistolenduells durch den Kampfleiter zur Kenntnis. Dann wurden ihm und seinem Kontrahenten die Pistolen ausgehändigt. Der Kampfleiter befahl das Spannen des Hahns, bei dem die Mündungen der Pistolen auf den

---

[*] Die in Österreich-Ungarn üblichen Arten des Pistolenduells waren:
    a)   Das Duell bei festem Standpunkt. Entweder mit sukzessiver
            Abgabe der Schüsse oder mit Feuern auf
            Kommando (wie in dem hier geschilderten Fall).
    b) Das Duell mit Vorrücken.

Boden zu richten waren. In die morgendliche Stille hinein fragte er:

»Sind die beiden Kontrahenten zum Schießen bereit?«

Aus Stephans Kehle erscholl ein kräftiges »Jawohl!«, aus der seines Gegners ein krächzendes »Ja«. Es ertönte nun das Kommando »Feuer!«, bei dem die Kontrahenten ihre Waffen erhoben. Stephan von Göncz fixierte das schneeweiße Gesicht seines Gegners und zielte. Sein Arm war gestreckt und ruhig, der Arm des anderen zitterte. Danach klatschte der Kampfleiter drei Mal in die Hände. Beim dritten Schlag und dem gleichzeitigen Ausruf »Drei!« drückte Stephan von Göncz ab. Der Schuss hallte durch die Auen. Ein dünnes Lächeln umspielte seine Lippen. Im Antlitz seines Vis-à-vis tat sich zwischen den Augenbrauen ein Loch auf, aus dem ein dünner Blutstrom zu rieseln begann. Die dunklen angsterfüllten Augen seines Gegners nahmen einen erstaunten Ausdruck an, der Arm mit der Pistole sackte ab. Die Gestalt schwankte, der Kopf fiel nach vorne, die Knie knickten ein, und dann lag er mit dem Gesicht nach unten im vom Morgentau benetzten Gras. Sein Onkel war tot.

Noch immer lächelnd überreichte Stephan seinem Sekundanten Alphonse Schmerda die Duellpistole, die dieser mit steinerner Miene und zitternden Händen verstaute. Dabei vermied Schmerda es, ihm in die Augen zu blicken. Stattdessen unterzeichnete er gemeinsam mit Fritz von Halbwachs, mit den Sekundanten des Gegners und mit den beiden anwesenden Ärzten das Duell-Protokoll. Einer der Ärzte stellte hierauf die Todesanzeige aus, danach diskutierte er mit dem anderen, wer diese der Staatsanwaltschaft übergeben sollte. Stephan von

Göncz hatte mittlerweile seinen Zylinder abgenommen und zusammengeklappt. Sein zweiter Sekundant reichte ihm den Sommerhut und seufzte:

»Jetzt brauch ich aber einen Schnaps.«

Göncz nickte, klopfte Fritz von Halbwachs aufmunternd auf die Schulter, winkte Schmerda zu sich und sagte:

»Kommt's, gemma frühstücken. Ich lad' euch ein.«

◦◦◦

»Nechyba, wir ham a Problem«, raunzte Zentralinspector Gorup von Besanez, ohne von seiner Arbeit aufzusehen. Nechyba schnaufte nur und dachte: Nicht schon wieder! Immer wenn der Zentralinspector was Heikles zu erledigen hat, ruft er mich.

»Nechyba, gestern früh hat's a Duell auf einer Wiese im Prater gegeben.«

»Das soll vorkommen, Herr Baron.«

»Schon, schon … aber wenn das unter Zivilisten passiert, fällt das in unsere Zuständigkeit. Notabene, wenn dabei einer der führenden Industriellen unseres Landes erschossen wird.«

»Was?«

»Na, der Bela von Göncz wurde gestern früh in einem Duell erschossen. Was die Sache besonders delikat macht, ist die Tatsache, dass sein Gegner und Mörder der junge Stephan von Göncz ist. Sein 18-jähriger Neffe.«

Nechyba begann zu schwitzen. Ermittlungen in der Hautevolee – oh, wie er das hasste! Grantig replizierte er:

»Und? Soll ich den Rotzbuben verhaften?«

»Auf jeden Fall! Wenn's ihn erwischen.«

»Was soll das heißen?«

»Na, dass sich der junge Göncz nach Ungarn abgesetzt hat. Und dass das Königlich Ungarische Innenministerium keinen Finger rührt, uns in dieser Causa zu helfen. Die Familie Göncz verfügt dort offensichtlich über so gute Kontakte, dass die Ungarn uns beim Verhaften der Rotznase nicht behilflich sind. Also: Lassen Sie sich was einfallen, Nechyba.«

<hr>

»Sich was einfallen lassen«, murmelte Nechyba in seinen mächtigen aufgezwirbelten Schnurrbart, als er das Polizeigebäude verließ. Für heute reichte es ihm. Seine Arbeit hing ihm beim Hals heraus. Zu Fuß ging er den Ring entlang in Richtung Oper. Beim Café Landtmann ließ er sich im Schanigarten nieder und bestellte einen doppelten Mokka sowie einen Barack*. Einen Barack deshalb, weil seine Gedanken dauernd um Ungarn kreisten. »Sich was einfallen lassen«, murmelte er erneut, als er den ungarischen Marillenbrand auf einen Schluck austrank. »Bin ich Erfinder?« Nechyba war entrüstet und schüttelte den Kopf. Dann bemerkte er, dass ihn die Herren an den Nebentischen merkwürdig ansahen. Er schüttelte noch einmal den Kopf, setzte sich aufrecht an den Tisch und bestellte mit donnernder Stimme:

»Herr Ober, noch einen doppelten Barack!«

---

* Ungarischer Aprikosenschnaps

Als er um viertel neun mit suchender Hand – er stocherte eine Zeit lang herum, bevor er mit dem Schlüssel ins Schloss fand – seine Wohnungstür öffnete, traf ihn der prüfende Blick seiner Frau Aurelia. Er holte tief Luft, flötete »Servus, Schatzi …«, dann schloss er behutsam die Wohnungstür.

»Nechyba, bist andudelt?«

»Aber Schatzi …«

Er wankte zu seiner Frau, umfasste ihre Taille, zog die Widerstrebende an sich und gab ihr ein feuchtes Busserl auf den Mund. Sie wandte sich schaudernd von ihm ab und konstatierte:

»Na servus! Du hast eine Fahne. Wo hast dich denn so ang'soffen?«

»Ich bin doch net ang'soffen …«, lallte er und ließ sich wie ein Mehlsack auf den Küchensessel fallen. Dann konzentrierte er sich, denn das Aufbinden seiner Schnürriemen bereitete ihm größte Mühe. Als er diese Herkulesarbeit vollbracht hatte, zog er sich die Socken aus und ließ die angeschwollenen Füße mit großer Erleichterung auf das kühle Linoleum des Fußbodens klatschen.

»Magst noch was essen oder gehst gleich schlafen?«

»Aber Schatzi … Ich hab einen Hunger wie ein Bär. Warum soll ich schlafen gehen?«

»So andudelt, wie du bist, wär's besser, wennst schlafen gehst.«

Mühsam versuchte Nechyba aufzustehen, resignierte jedoch und sagte leise:

»Komm, Schatzi, gib mir was zum Essen. I verhunger.«

Mit einer steilen Falte des Unwillens rührte Aurelia in der Pfanne am Herd kräftig um und stellte sie dann auf die Seite, auf eine Warmhaltezone des gemauerten Herds. Aus der Küchenkredenz nahm sie zwei Salatteller und zupfte die recht großen Salatblätter in mundgerechte Stücke. Die solchermaßen gefüllten Teller wurden mit einer bereits angerührten Essig-Öl-Marinade übergossen. Nechyba liebte es, seiner Frau bei der Arbeit in der Küche zuzuschauen. Handgriffe, die, von ihm verrichtet, nach harter Küchenarbeit aussahen, wirkten bei ihr mühelos. Als sie die Salatteller auf den Tisch stellte, schnappte er ihre Hand und küsste sie. Aurelia hielt in der Bewegung inne, zögerte und streichelte dann mit der anderen Hand über seinen Kopf.

»Warum saufst denn so? Das is doch net g'sund.«

»Weil i verzweifelt bin …«

Sie verteilte die gerösteten Knödel mit Ei auf zwei Teller. Nechyba stürzte sich wie ein Tier auf seine Portion. Als er alles hinuntergeschlungen hatte, lehnte er sich mit einem zufriedenen Rülpser in seinem Sessel zurück, wischte sich mit der Serviette über den Schnauzbart und schwärmte:

»Also heut hast dich wieder einmal selbst übertroffen. Die gerösteten Knödel waren gerade richtig angebraten. A bisserl knusprig. Und dann die Speckstückerln, die du noch dazu gegeben hast … ein Gedicht. Die haben dem Ganzen so eine würzige, rauchige Note gegeben.«

»Ist schon gut, Nechyba … Sagst mir jetzt endlich, warum du verzweifelt bist?«

»Weil i einen Lausbuben, der nach Ungarn abgepascht*

---

* sich aus dem Staub machen

ist, einfangen soll. Der Zentralinspector hat g'meint, i soll mir was einfallen lassen.«

~⚬~

»Servus, Onkel Wilmos.«

Ehrfürchtig betrat er das große Zimmer im Königlich Ungarischen Innenministerium, die Arbeitsstätte seines Patenonkels.

»Servus, Pista*.«

Der große schlanke Mann stand hinter seinem prunkvollen Schreibtisch auf, ging dem Jungen entgegen und umarmte ihn herzlich. Leise sagte:

»Lass uns Deutsch reden. Falls jemand zuhören sollte.«

Stefan von Göncz nickte und nahm auf dem ihm angebotenen Sessel Platz. Mit kaum verhohlener Bewunderung blickte er sich in dem großen Raum um und sagte zu seinem Taufpaten:

»Schön hast du's hier.«

Wilmos von Karczány lächelte.

»Weißt, mit dem Alter kommen auch die Würden. Und als Sektionschef hat man halt gewisse Privilegien. Wie zum Beispiel ein geräumiges Arbeitszimmer. Magst was trinken? Einen Kaffee?«

Stefan von Göncz verzog das Gesicht.

»Kaffee trink ich eigentlich nur im Kaffeehaus ...«

»Sonst kann ich dir nur Schnaps anbieten.«

»Na ja ... so ein Gläschen Cseresznye Palinka** wäre schon fein.«

---

* ungarische Kurzform für Stephan
** ungarischer Kirschschnaps

Sein Taufpate ging lachend zur Wand, wo sich in der Holzvertäfelung des Zimmers ein geheimes Kästchen befand, das er öffnete. Dahinter verbarg sich eine kleine Bar mit allerlei Schnäpsen und Schnapsgläsern. Karczány nahm zwei Gläser und goss in beide reichlich Schnaps. Dann trat er auf seinen Täufling Pista zu, der aufgestanden war. Die beiden stießen mit einem »Servus« an, tranken die Gläser in einem Zug aus, stellten die leeren Gläser auf den Schreibtisch und setzten sich wieder. Der Ältere blickte den Jüngeren ernst an und sagte leise:

»Du kommst wegen deiner Familienangelegenheit. Die Budapester Polizeidirection hat diesbezüglich vor ein paar Tagen eine Depesche bekommen. Der Polizeidirector ist ein alter Freund von mir, den ich bereits vorinformiert hatte und der das Ansuchen um Amtshilfe an meine Sektion weitergeleitet hat. Dort wird es jetzt einmal eine Zeit lang liegen bleiben.«

»Danke, Onkel Wilmos. Ich dank dir sehr.«

Wilmos von Karczány lehnte sich in seinem Sessel zurück und lächelte versonnen.

»Nichts zu danken, Pista. Wie du weißt, war dein Vater mein bester Freund. Wir waren in Wien bei den Schotten in der Schule und dann sind wir gemeinsam zu den Dragonern eingerückt. So sehr ich deinen Vater mochte, so sehr konnte ich seinen Bruder nicht ausstehen. Der Bela war ein widerlicher Intrigant mit einem erbärmlichen Charakter. Allein die Art, wie er deinen Vater, als er todkrank war, aus der Führung der Göncz'schen Unternehmen gedrängt hatte, war degoutant. So etwas macht ein anständiger Mensch nicht. Als du mich dann vor ein paar Monaten besucht und mir von deinem Vorhaben erzählt hast, konnte ich nicht anders, als dir meine Unterstützung zu versprechen. Also machen wir es wie vereinbart: Du ziehst dich für circa ein Jahr auf euer Anwesen in Nagycenk zurück. Nächstes Jahr, wenn dann Gras über die Sache gewachsen ist, werde ich mit meinem österreichischen Kollegen, dem Hofrat Schmerda, reden. Da wird sich dann eine Lösung finden.«

»Du kennst den Hofrat Schmerda? Ich bin baff*! Sein Sohn Alphonse war mein Sekundant!«

»Na schau, wie klein die Welt ist.«

～۵ᘛ

Beschwingt spazierte Stephan von Göncz durch die Pester Innenstadt. Er genoss den sonnigen Tag und das Gefühl, alles richtig gemacht zu haben. Onkel Wilmos würde hier in Ungarn seine schützende Hand über ihn halten. Und wer weiß? Nächstes oder übernächstes Jahr würde er vielleicht auch wieder unbehelligt durch Wien flanieren können. Das Leben war schön! Er hatte die Matura bestanden, war verliebt bis über beide Ohren und hatte einen wunderbaren Sommer auf dem Schloss in Nagycenk vor sich. Gut gelaunt erledigte er eine wichtige Angelegenheit, bevor er dann zum Café Gerbeaud spazierte, wo er sich eine Melange und ein Stück Dobostorte bestellte. Tja, dachte Stephan von Göncz, wenn man alles genau plante und seine Pläne konsequent ausführte, war man Herr des Geschehens. Er erinnerte sich an die Zeit, nachdem ihn sein Onkel öffentlich beleidigt hatte: wie er regelmäßig Schießunterricht genommen hatte. Wie er lernte, präzise

---

* verblüfft, überrascht

zu zielen und mit ruhiger Hand abzudrücken. Wie er stundenlang im Wald Schießübungen veranstaltet hatte. Und wie der Umgang mit Pistolen ihm zu einer Selbstverständlichkeit, ja zu einer lieben Gewohnheit geworden war. Die Macht des aktiven Eingreifens und selbstbestimmten Handelns durfte man nicht unterschätzen. Wer die Gabe hatte, Dinge vorherzusehen und sie in seinen Zukunftsplänen zu berücksichtigen, der zählte im Leben zu den Siegern. Eine Fähigkeit, die die Familie Göncz seit jeher auszeichnete und die sie zu einer der wohlhabendsten Familien in Österreich-Ungarn gemacht hatte.

<hr />

Schnaufend stapfte Nechyba von der Endstation der Straßenbahnlinie 43 die Waldegghofgasse und die Luchtengasse hinauf zur Promenadegasse. Hier wandte er sich nach links und stand alsbald vor einem gewaltigen Tor. Er läutete beim Pförtnerhaus, worauf zuerst einmal gar nichts geschah. Als er nach einem weiteren dezenten Anläuten schließlich Sturm läutete, erschien ein alter griesgrämiger Kerl.

»Himmelhergottsseiten! Wo brennt's denn? Was wollen Sie!«

Nechyba zückte seine Polizeiagenten-Kokarde und grantelte zurück:

»Nechyba. K.k. Polizeiagenteninstitut. Machen S' das Türl auf. Ich muss mit der Frau von Göncz reden.«

Der Alte sah ihn mit verschlagenem Blick an und antwortete, ohne die Tür zu öffnen:

»Das hier ist die Villa Schöller. Da sind Sie an der falschen Adresse.«

Nechyba bekam einen roten Schädel und brüllte:

»Willst mich papierln*? Du Schneebrunzer! Wennst mich reizt, komm ich mit einem halben Dutzend Kiberern und mit einem Schlosser wieder. Der sperrt mir auf, dich verhaft' ich wegen Behinderung einer Amtshandlung, und die Scheißvilla durchsuch ma vom Dachboden bis zum letzten Kellerloch nach der Frau Göncz.«

Der Alte war käseweiß im Gesicht geworden und murmelte:

»Warum werden S' denn gleich so grob?«

»Sperr auf!«, herrschte Nechyba ihn an und ging, als dies geschehen war, ohne den Alten eines weiteren Blickes zu würdigen, bedächtigen Schrittes die geschwungene steile Zufahrt hinauf auf die Bergkuppe, wo die Villa Schöller einer mittelalterlichen Burg gleich thronte. Rechts hinter der Villa sah Nechyba in einer Senke mehrere Wirtschaftsgebäude, wo rege Betriebsamkeit herrschte. In der überdachten und verglasten Hauseinfahrt stand ein prächtiges Automobil. Beim Näherkommen identifizierte Nechyba es als eine Gräf & Stift Limousine. Der Chauffeur polierte die Messingeinfassung des rechten Frontscheinwerfers, umfangreiches Reisegepäck stand neben dem Wagen.

»Ist das das Reisegepäck der Frau von Göncz?«

Nechyba war leise neben den Chauffeur getreten. Der hatte sich mit solcher Hingabe seiner Arbeit gewidmet, dass er den Inspector gar nicht bemerkt hatte. Es riss ihn herum und er stotterte:

»Wo … woher wissen S' denn das?«

Nechyba zückte seine Kokarde.

---

* verarschen

»Wir im k.k. Polizeiagenteninstitut wissen alles.«

Der Chauffeur machte große Augen. Nechyba klopfte ihm jovial auf die Schulter und sagte:

»Kommen S', führen S' mich zur gnädigen Frau.«

Durch einen Vorraum betraten sie eine gewaltige Halle, die nach oben in den ersten Stock offen war. Hier bat der Chauffeur Nechyba, zu warten. Dann ging er zu einem der Zimmer, klopfte an und trat ein. Wenig später kam er gemeinsam mit einer jüngeren weiblichen Bediensteten wieder heraus. Diese machte einen Knicks vor Nechyba und sagte:

»Die gnädige Frau lässt bitten.«

Nechyba wurde in einen geräumigen holzgetäfelten Salon geführt, von dem es einen herrlichen Ausblick sowie eine Freitreppe hinaus in den Garten gab. Vor der Freitreppe befand sich eine Terrasse, auf der die gnädige Frau saß und ihr Frühstück zu sich nahm. Sie sah Nechyba, dessen Magen hungrig knurrte, mit gerunzelter Stirne an. Ohne aufzustehen, sagte sie in kühlem Tonfall:

»Ein k.k. Polizeiagent will mich sprechen? Sie werden mich doch nicht verhaften?«

Nechyba lüftete seine Melone, verbeugte sich und antwortete höflich:

»Ganz im Gegenteil, gnädige Frau. Ich habe nur ein paar Fragen an Sie.«

»Fragen? Was für Fragen? Wenn es den plötzlichen Tod meines Mannes betrifft, so habe ich eher Fragen an Sie. Wie zum Beispiel: Haben Sie schon diesen Lausbuben, den Sohn meines Schwagers, verhaften können, der meinen Bela erschossen hat?«

»Ich bedaure. Das war uns bisher nicht möglich.«

»Also das versteh ich net! So einen Buben zu verhaften, dürfte doch keine besondere Herausforderung für Sie darstellen.«

»Leider ist die Sache ein bisserl komplizierter, als Sie glauben. Deshalb bin ich ja auch hier. Der Stephan von Göncz ist wie vom Erdboden verschluckt. Und deshalb frag ich Sie: Haben Sie eine Idee, wo er sich aufhalten könnte?«

Frau von Göncz, eine wohlproportionierte Blondine, die das 30. Lebensjahr noch nicht erreicht hatte, musterte Nechyba mit einem boshaften Lächeln.

»Ich heiße zwar Göncz, aber mit der Familie Göncz selbst hatte ich nie viel zu schaffen gehabt. Vor Jahren verliebte ich mich hier in Wien in Bela, meinen Gatten. Doch zu seiner Familie hatten wir wenig Kontakt, da Bela und sein Bruder total zerstritten waren. Ich kenne kaum jemanden von denen. Bedaure.«

»Wissen Sie vielleicht, wo ich den Kammerdiener Ihres Mannes und seinen Chauffeur finden könnte? In Ihrem Stadtpalais waren beide nicht mehr. Dort sind im Moment überhaupt nur mehr die Haushälterin, der Hausmeister und zwei Hausknechte anzutreffen.«

»Bis auf den Chauffeur hab ich alle gekündigt. Jetzt, wo Bela tot ist, werde ich die Stadtwohnung auflassen. Hier auf den Latifundien meiner Familie gefällt es mir eigentlich viel besser als in der Stadt drinnen. Haben Sie sonst noch Fragen?«

»Nein, das war's auch schon. Ich bedanke mich, dass Sie mir Ihre Zeit geopfert haben. Ich empfehle mich. Guten Tag!«

Bevor Nechyba von der jungen Bediensteten hinausgeführt wurde, ließ er noch einen sehnsüchtigen Blick über den üppig gedeckten Frühstückstisch der Frau von Göncz streifen. In der Einfahrt hatte der Chauffeur inzwischen alle Gepäckstücke in der Gräf & Stift Limousine verstaut.

Nechyba blieb stehen und nickte anerkennend mit dem Kopf:

»Ein wunderschönes Automobil.«

Der Chauffeur nickte strahlend:

»Ein Gräf & Stift Doppelphaeton. Den fahren auch einige Mitglieder der kaiserlichen Familie.«

»Sie waren der Chauffeur von Bela von Göncz, nicht wahr?«

»Jawohl.«

»Und jetzt arbeiten Sie für die gnädige Frau?«

»So ist es. Wir fahren heute noch nach Ungarn.«

»Nach Ungarn? Ich dachte, die gnädige Frau kennt niemanden von den ungarischen Verwandten?«

»Das dachte ich auch. Sie war früher nie mit in Ungarn. Da habe ich meinen verstorbenen Herrn immer alleine hingefahren. Aber gestern hat die gnädige Frau ein Telegramm bekommen, und da hat's dann plötzlich geheißen: Packen! Morgen Mittag fahren wir nach Ungarn. Mehr weiß ich auch nicht.«

~⊗~

Was zum Kuckuck tat Helene von Göncz in Ungarn? Wo sie doch mit ihrer angeheirateten ungarischen Verwandtschaft angeblich nichts zu schaffen hatte? Mit noch immer knurrendem Magen stieg Nechyba in Neuwaldegg in den 43er ein, der hier, an der Endstelle, eine Schleife machte.

Auf der gut eine halbe Stunde dauernden Tramwayfahrt zurück in die Stadt überlegte Nechyba seine nächsten Schritte. Irgendetwas war faul an der Sache. Einerseits hatte Helene von Göncz eine deutliche Abneigung gegen die Familie ihres verstorbenen Mannes. Eine Abneigung, die so weit ging, dass sie in das Anwesen ihrer eigenen Familie nach Neuwaldegg übersiedelt war und den Haushalt im Göncz'schen Stadtpalais aufgelöst hatte. Andererseits schien sie irgendjemanden aus der Göncz'schen Sippe gut zu kennen. Anders waren das erhaltene Telegramm und der damit verbundene eilige Aufbruch nicht zu erklären. Vor Hunger und auch durch das Gerüttel der Tramway wurde Nechyba fast übel. Als er in der Schottengasse an der Endstelle des 43ers ausstieg, lenkte ihn sein Magen direkt in das in der Schottengasse befindliche Restaurant Mitzko, wo er sich ein kleines Gulasch und ein Krügel Bier bestellte. Zum Bier verschlang er gierig ein Salzstangerl, als das Gulasch kam, griff er zu einer Semmel. Nachdem sein Magen aufs Wohligste gefüllt war, lehnte er sich zurück, zündete sich eine Virginier an und begann nachzudenken. Und siehe da! Mit vollem Magen arbeiteten auch seine kleinen grauen Zellen wieder. Er erinnerte sich, dass seine Frau Aurelia ihm vor einigen Tagen erzählt hatte, dass Alphonse Schmerda, der Sohn ihres Arbeitgebers, geschockt und traurig sei. Ein Schulfreund hatte ihn nämlich als Sekundant in ein Duell verwickelt, das mit dem Tod des Gegners geendet hatte. Hier in der Schottengasse fiel Nechyba auch wieder ein, dass der Alphonse Schmerda heuer bei den Schotten maturiert hatte. Genauso wie dieses adelige Früchtchen, dieser Stephan von Göncz. Letzteres wusste er von seinen Nachforschungen über die Familie Göncz. Plötzlich wurde der Inspector hektisch. Er sprang auf, rief »Zahlen, bittschön!«, gab dem Kellner ein großzügiges Trinkgeld und war schon auf dem Weg zur Haltestelle der Ringstraßenbahnen.

Mit klopfendem Herzen stieg er die Treppe zur Wohnung der Familie Schmerda empor. Er erinnerte sich an die Zeit, in der er in Sachen Naschmarktmorde ermittelt hatte. Damals war er des Öfteren hier gewesen. Die kleine Mizzi, das Schmerda'sche Dienstmädel, das damals ebenfalls ermordet worden war, fiel Nechyba ein. Es schmerzte ihn noch immer, dass er diesen Mord nicht verhindern hatte können. Er war damals bezüglich der Person des Mörders völlig im Dunkeln getappt. Eigentlich hatte er seinerzeit nur eines im Sinn gehabt: wie er die Köchin Aurelia Litzelsberger bezirzen konnte. Vor lauter Verliebtheit war er damals ganz dumm im Schädel gewesen.

Er läutete, und zu seiner Überraschung öffnete nicht Gerti, das Dienstmädel, sondern die gnädige Frau persönlich. Beim Anblick Nechybas setzte sie ein höfliches Lächeln auf und sagte:

»Herr Inspector … Sie werden doch nicht schon wieder wegen eines Mordfalls bei uns anläuten?«

Nechyba lüftete zum zweiten Mal an diesem Vormittag höflich die Melone und verbeugte sich.

»Ganz so schlimm ist es nicht, gnädige Frau. Es geht um ein Duell mit tödlichem Ausgang.«

»Um Gottes willen! Wer hat denn wen erschossen?«

»Das, gnädige Frau, kann Ihnen Ihr Junior wahrscheinlich viel präziser beantworten als meine Wenigkeit.«

In diesem Moment erscholl Aurelia Nechybas Stimme aus dem Hintergrund:

»Nechyba, was machst du denn da?«

Neuerlich verbeugte er sich und lüftete die Melone:

»Aurelia, sei mir bitte net bös, dass ich stör. Aber ich muss mit dem Alphonse reden. Dringend!«

Die Dame des Hauses öffnete nun die Eingangstür zur Gänze und bat den Inspector, einzutreten, gleichzeitig rief sie ihren Sohn. Der kam mit zerrauftem Haar und in einen Morgenmantel gehüllt aus seinem Zimmer. Als er den Inspector sah, blieb er wie angewurzelt stehen. Nechyba registrierte seine Abwehrhaltung, tippte höflich an seine Melone und verbeugte sich noch einmal:

»Lieber Alphonse Schmerda, ich benötige Ihre Hilfe.«

»Ich soll Ihnen helfen?«, Alphonse lachte kurz auf. »Das kann ich mir nicht vorstellen!«

Seine Mutter ging auf ihn zu und strich sein wirres Haar glatt:

»Alphonse! Benimm dich bitte.«

Nechyba blieb verbindlich im Ton:

»Meine Frau hat mir erzählt, dass Sie der Sekundant von Stephan von Göncz beim Duell gegen seinen Onkel Bela waren. Mich würde folgende Frage interessieren: Was war der Anlass für dieses Duell? Wann hatte Bela von Göncz seinen Neffen so sehr beleidigt, dass dieser ihn zum Duell auffordern konnte?«

Alphonse sah den Inspector mit verstocktem Blick an. Dann wandte er sich an die Köchin:

»Frau Aurelia, dürft ich bittschön einen Kaffee haben?«
Seine Mutter fuhr ihm neuerlich zärtlich durchs Haar
und wandte sich an den Inspector:

»Dürfen wir Ihnen auch einen Kaffee anbieten?«

Als Nechyba nickte, bat die Dame des Hauses den
Besucher, weiterzukommen und im Esszimmer Platz zu
nehmen. Dort fragte sie ihren Sohn:

»Stimmt das, dass du Sekundant bei einem Duell warst?«

Alphonse Schmerda nickte, und seine Mutter schlug
die Hände vor dem Gesicht zusammen:

»Kind! Was machst du für Sachen?«

Unwirsch antwortete er ihr:

»Was hätte ich tun sollen? Stephan saß die letzten vier
Schuljahre neben mir. Er war in der Schule mein bester
Freund. Als er mich bat, sein Sekundant zu sein, konnte
ich ihm diesen Wunsch nicht ausschlagen.«

»Aber warum, um Gottes willen, hat er dieses grässliche Duell provoziert?«

Alphonse Schmerda vergrub das Gesicht in den Händen. Dann rieb er sich die Augen, kratzte sich am Kopf
und brummte schließlich:

»Weil er bis über beide Ohren verliebt ist.«

»In wen denn, um Gottes willen?«

»In seine Tante Helene. In die Frau von Bela von
Göncz.«

༄

Nechyba hatte im Hause Schmerda seinen Kaffee hastig
ausgetrunken und war dann aufgebrochen. Er eilte durch
die schmale Luftbadgasse und über die an deren Ende sich

befindliche Treppe hinauf zur Gumpendorfer Straße und dann weiter zur Wachstube in der Kopernikusgasse. Dort polterte er in die Amtsstube, zückte seine Kokarde und verlangte den leitenden Kommissär zu sprechen. Dieser war gerade nicht vor Ort, aber ein alter Bekannter, der Polizeiagent Drabek, war anwesend. Dem schilderte er in kurzen Zügen den Fall, der sich folgendermaßen darstellte: Stephan von Göncz hatte sich vor rund zwei Jahren in seine angeheiratete Tante verliebt. Auf einem Familienball tanzte er so oft und eng mit ihr, dass sein Onkel Bela einschritt und die beiden trennte. Es gab einen heftigen Disput, bei dem Bela von Göncz seinen Neffen ohrfeigte. Dieser verließ den Ball, schwor sich aber, sobald er satisfaktionsfähig werden würde, seinen Onkel zum Duell zu fordern.[*] Mit der erfolgreich abgelegten Matura war dies nun der Fall gewesen, und so hatte das Unglück seinen Lauf genommen. Nechyba telephonierte ausführlich mit Zentralinspector Gorup von Besanez und schickte dann mithilfe der Beamten des Wachzimmers ein Telegramm ab. Als dies geschehen war, bedankte er sich bei Drabek und dessen Kollegen für ihre Hilfe und machte sich auf den Weg zum Staatsbahnhof[**].

[*] Laut Ehrenkodex nach Gustav Ristow (k. u. k. Oberst): Ist der Minderjährige der Beleidigte und der Beleidiger großjährig, so kann eine Stellvertretung ... stattfinden. Handelt es sich um eine tätliche Beleidigung des Minderjährigen, so hat er das Recht zu warten, bis er die gesellschaftliche Großjährigkeit erreicht hat ... Als Minderjähriger in Ehrensachen wird jener angesehen, der noch nicht das stellungspflichtige Alter erreicht hat. Hat er jedoch bereits eine Lebensstellung erworben, eine Mittelschule absolviert, ist er verheiratet oder vorzeitig in das Heer eingereiht, so genießt er die Rechte der Großjährigen.
[**] Da die Ostbahn – im Gegensatz zur Südbahn – damals schon verstaatlicht war, nannte man sie die Staatsbahn und den Ostbahnhof deshalb Staatsbahnhof.

Der Zug nach Bruck an der Leitha fuhr erst in einer Dreiviertelstunde ab. Also suchte der Inspector das Bahnhofsbuffet auf. Ein zartes Hungergefühl hatte ihn bereits während der Tramwayfahrt zu quälen begonnen. Diese Qual hatte mit einem Schlag ein Ende, als Nechyba auf dem Tresen des Bahnhofbuffets ein Porzellantablett stehen sah, auf dem unzählige Fleischlaberln kunstvoll aufgetürmt waren. Zufrieden ächzend ließ er sich an einem freien Tisch nieder und bestellte beim Ober ein Krügel Bier sowie drei Fleischlaberln* mit Senf und Erdäpfelsalat. Der Ober wollte wissen, ob er die Fleischlaberln gerne gewärmt hätte, doch Nechyba verzichtete darauf. Wenig später biss er mit großem Genuss in das erste der runden Gebilde aus fabelhaft gewürztem Faschierten. Er genoss den zarten Zwiebel- und Majorangeschmack der Fleischlaberln. Dazu schaufelte er mit der Gabel den Erdäpfelsalat in sich hinein. Auch der war mit zünftig viel Zwiebel zubereitet, sodass sich auf Nechybas Gaumen ein Wohlgeschmack von Fleisch, Zwiebel, Majoran und gekochten Erdäpfeln einstellte. Nach dem gierig verschlungenen Essen rauchte er sich in aller Ruhe eine Virginier an und trank sein Bier aus. Dann begab er sich zu dem Perron, auf dem der Zug, der nach Bruck an der Leitha und weiter bis nach Budapest führte, bereits wartete. Das ist der Vorteil eines Kopfbahnhofs, dachte sich Nechyba, da kann man schon früher den Zug besteigen. Hier gibt es auch nicht die Hektik auf den einzelnen Perrons mit den ständig ein und aus fahrenden Zügen, die in einem Durchgangsbahnhof herrscht. Der Inspector suchte sich ein noch nicht besetztes Abteil und ließ

---

* Frikadellen, Buletten, Fleischpflanzerln

sich an einem Fensterplatz in Fahrtrichtung nieder. Dann band er sich die Schuhe auf und platzierte seine seit der Früh eingeschnürten und nun befreiten Füße auf dem Sitzplatz vis-à-vis. Die Sonne schien beim Fenster herein, Nechyba rutschte etwas hinunter, sodass nun auch seine Waden kommod auf dem gegenüberliegenden Sitz lagerten. Dann fielen ihm die Augen zu, und er begann zu schnarchen. Eine Gouvernante, die zwei minderjährige Mädchen im Schlepptau hatte, schaute kurz in Nechybas Abteil herein und wandte sich mit Schaudern ab. Halblaut zischte sie:

»Manche Menschen haben einfach kein Benehmen!«

Etwas hinter Schwechat weckte der Schaffner Nechyba. Dieser zückte seine k.k. Polizeiagenten-Kokarde und murmelte, dass dies eine dienstliche Fahrt sei. Der Schaffner salutierte und versprach Nechyba, dass er ihn kurz vor Bruck an der Leitha wecken würde. Dies geschah aber so knapp vor der Station, dass der Inspector gerade noch in seine Schuhe schlüpfen konnte, bevor der Zug in der Station anhielt. Mit offenen Schnürriemen stolperte Nechyba aus dem Zug und sah sich verschlafen am Bahnhof um.

❧

Helene von Göncz stieg mit einiger Anspannung in die Limousine ein. Zum einen, weil sie erst drei oder vier Mal mit einem Automobil unterwegs gewesen war. Zum anderen, weil ihr bewusst wurde, dass sie die Villa ihrer Familie für längere Zeit nicht mehr sehen würde. Nachdem der Chauffeur den Wagenschlag hinter ihr geschlossen hatte und sie es sich auf dem breiten Rücksitz bequem gemacht hatte, rollte die Limousine den Berg hinunter zur Promenadegasse und dann weiter bergab nach Dornbach und Hernals. Über den Gürtel führte die Fahrt nach Simmering, vorbei am Zentralfriedhof hinaus nach Schwechat. Nachdem sie dieses Städtchen durchquert hatten, ging es aufs flache Land. Helene von Göncz' Anspannung wich, als sie die sanften Hügel und die wogenden Kornfelder sah. Sie seufzte erleichtert und dachte sich: Schön, einmal etwas Neues kennenzulernen. Die Fahrt führte sie durch Schwadorf und danach an den Weinkellern von Gallbrunn vorbei. Ein Schleier des Vergessens fiel über die Aufregung der letzten Tage. Vergessen war auch der überraschende Besuch des Inspectors vom k.k. Polizeiagenteninstitut. Ein Besuch, der ihr heute Morgen einen veritablen Schrecken eingejagt hatte. Kurze Zeit war sie völlig im Ungewissen, ob ihre Pläne auch tatsächlich realisierbar waren. Aber zum Glück hatte der Inspector keine Ahnung. Und nun hatte sie das Gefühl, dass sie dem Zugriff der cisleithanischen* Behörden entkommen war. Bald würde sie in Bruck an der Leitha sein. Nach Überquerung der Leitha war sie sicher. Der Motor schnurrte, und Helene von Göncz gähnte einige Male. Sie kuschelte sich in die Polsterung des Wagens, roch den beruhigend herben Duft des Leders und schlief ein. Sie träumte von ihrem Geliebten und von der Weite der ungarischen Landschaft.

Mit einem plötzlichen Ruck hielt die Limousine. Helene

---

* Die beiden Reichshälften Österreich und Ungarn wurden durch den Grenzfluss Leitha getrennt. Daher sprach man auch von Cis- und Transleithanien.

von Göncz rückte sich in ihrer bequemen Schlafposition zurecht und beschloss, weiterzuschlafen. Von Ferne hörte sie die Stimme des Chauffeurs, der zuerst ruhig und dann immer aufgeregter mit zwei anderen Männerstimmen diskutierte. Endgültig aufgeweckt wurde sie, als der Wagenschlag abrupt aufgerissen wurde. Eine der fremden Männerstimmen sprach sie an:

»Helene von Göncz?«

Sie blinzelte verschlafen und gewahrte unter einem rundlichen Helm ein ebenso rundliches Gesicht. Der Gendarm fragte sie neuerlich:

»Helene von Göncz? Gnädige Frau, sind Sie Helene von Göncz?«

Als sie nickte und murmelte »Ja, wieso?«, verschwand das Gesicht des Gendarms kurz aus ihrem Blickfeld. Sie sah sich um. Die Limousine befand sich direkt vor der Einfahrt zu einer Kleinstadt. Waren sie schon in Ungarn? Das konnte nicht sein, schließlich war sie gerade von einem österreichischen Gendarmen aufgeweckt worden. Außerdem wurde Deutsch gesprochen. Zu ihrem Entsetzen kletterte der Gendarm zu ihr in den Wagen, setzte sich neben sie und erklärte in breiter Mundart:

»Frau von Göncz, mir ham den Befehl aus Wean bekommen, Sie und Ihr Automobü aufzuhalten und aufn Gendarmerieposten zu bringen. Zum Glück sind S' net mit aner Kutsch'n gereist. Da hätt' ma viel Arbeit g'habt, Sie zu finden. Aber so ein Automobü is ja a Seltenheit. So was fallt auf auf der Straß'n. Das sieht man net alle Tage.«

Noch immer schlaftrunken wankte Nechyba zu einer Bank des kleinen Bahnhofs, setzte sich und schnürte seine Schuhe zu. Beim Bücken bekam er einen roten Schädel. Schnaufend saß er da, rieb sich den Schlaf aus den Augen und erblickte sodann den Bahnhofsvorstand, der ihn streng ansah. Der Inspector richtete sich auf, ging auf ihn zu, zückte seine Polizeiagenten-Kokarde und brummte:

»Wie komm ich zum Gendarmerieposten?«

Der Bahnhofsvorstand salutierte und beschrieb ihm mit wenigen Worten den Weg. Nechyba dankte und machte sich auf. Beim Gehen schossen ihm unzählige Gedanken durch den Kopf. Ob es den Gendarmen gelungen war, das Automobil der Frau von Göncz ausfindig zu machen? Ob sie sich gegen das Anhalten gewehrt hatte? Für diese Maßnahme hatte er jedenfalls Rückendeckung vom Zentralinspector persönlich. Lassen Sie sich was einfallen, Nechyba, hatte Gorup von Besanez ihm vor ein paar Tagen befohlen. Und das hatte er heute wirklich getan! Wenn sein Plan aufging, würde er in wenigen Stunden den Göncz Rotzbuben verhaften können …

»Grüssie! Inspector Nechyba, k.k. Polizeiagenteninstitut Wien.«

»Grüß Gott schön, Herr Inschpector. Mir ham Se eh schon erwartet.«

»Und haben S' die Göncz geschnappt?«

»Eh kloar, Herr Inschpector! War ja nicht zu übersehen … das Automobü. Bei Ihnen in der Stadt is des vielleicht anders, aber bei uns am Land fallt so a neumodisches Graffelwerk* sofort auf.«

---

* Zeug

Nechyba grinste. Er wurde zum Kommandanten des Gendarmeriepostens geführt, der genau so dick, aber bei Weitem nicht so groß wie Nechyba war.

»Inschpector Nechyba, habe die Ehre! I haß Pollak, Ägidius Pollak. Kommandant des Gendarmeriepostens Bruck an der Leitha. Nehmens S' doch bittschön Platz.«

Kaum hatten Nechyba und Pollak die Hand geschüttelt und sich gesetzt, kramte dieser aus der unteren Lade seines Schreibtisches eine Doppelliter-Weinflasche sowie zwei Weingläser hervor.

»Sie werden sicher einen Durscht ham, nach der langen Reise. Drum trink ma jetzt a Glaserl Wein. Das is a b'sonders guada. Aus'm Weingart'n vom Schwiegervater.«

Bei einigen Gläsern Wein, der übrigens frisch und fruchtig schmeckte, berieten sie die weitere Vorgehensweise. Sie beschlossen, Frau von Göncz im Gasthof ›Zur ungarischen Krone‹, dem besten der Stadt, einzuquartieren. Dort würde sie unter Aufsicht der Gendarmerie der kommenden Ereignisse harren.

～☙～

Stephan von Göncz versuchte, seine Ungeduld zu meistern. Da ihm dies am besten in Form eines Ausritts gelang, machte er mit seinem Apfelschimmel einen Ausflug durch die sanfthügelige Landschaft Westungarns. Und da er nicht gerne ohne ein konkretes Ziel vor Augen ausritt, galoppierte er auf dem Rücken seines Pferdes bis an die schilfbestandenen Ufer des Neusiedlersees. Hier machte er in einer kleinen Csárda* Pause. Während ein Knecht

---

* Gasthaus

sein Pferd tränkte und dessen Schweiß trocken rieb, saß er gegen Westen gewandt auf einer Holzbank und sah dem Feuerball der Sonne zu, wie er allmählich in den über dem See liegenden Dunst eintauchte. So wie die Sonne brennt, so brennt meine Liebe zu Helene. Wer immer sich zwischen uns stellt, wird von dieser Leidenschaft verbrannt. Stephan von Göncz seufzte. Spätestens in einer Stunde musste die Geliebte endlich in Nagycenk eintreffen. Dann sollte er aber schon dort sein und sie mit offenen Armen begrüßen. Außerdem war es angebracht, zu überprüfen, ob die Dienerschaft auch alles perfekt vorbereitet hatte. Von Helenes Zimmer über ihr Boudoir bis hin zum gemeinsamen Schlafzimmer. Außerdem wollte er noch nachschauen, ob für heute Nacht genügend Champagner eingekühlt worden war. Also schwang er sich auf sein Pferd und trieb es in erbarmungslosem Galopp über Sandstraßen und Feldwege zurück nach Nagycenk. Als er in den Wirtschaftshof preschte, sah er auf einen Blick, dass etwas nicht stimmte. Er sprang von seinem Pferd, warf die Zügel dem Stallburschen zu und herrschte seinen Verwalter, der etwas beiseite stand und ein Österreicher war, an:

»Was gibt's? Was ist passiert?«

»Gnädiger Herr, aus Bruck an der Leitha ist dieses Telegramm gekommen ...«

Stephan von Göncz nahm es ihm mit einer unwirschen Bewegung aus der Hand, riss es auf und las:

hatte panne stop bin im gasthof zur ungarischen krone stop bruck/leitha stop erwarte dich sehnsüchtig

Gegen elf Uhr abends wurde die Ruhe in den Gassen des cisleithanischen Grenzstädtchens Bruck an der Leitha vom Brummen eines Automobils gestört. Vor dem Gasthof ›Zur ungarischen Krone‹ stoppte die Limousine. Man hörte eine Wagentür schlagen, und dann klopfte jemand vehement an die verschlossene Tür des Gasthofs. Als der Wirt im Nachthemd, mit Laterne in der Hand und mit Zipfelmütze auf dem Kopf öffnete, stürmte ein junger Mann in den Gasthof und rief:

»Wo ist die Frau von Göncz untergebracht?«

Überrumpelt murmelte der Wirt:

»Im ersten Stock, Zimmer 7.«

Stephan von Göncz lief, immer zwei Stufen auf einmal nehmend, die Treppe in den ersten Stock hinauf. Mit hektischen Bewegungen fingerte er eine Schachtel Schwefelhölzer aus der Hosentasche und entzündete eines. Dann begann er die Zimmernummer zu suchen. Da sich die N° 7 am Ende des Ganges befand, musste er ein zweites Streichholz entzünden. Als er endlich das Zimmer gefunden hatte, riss er die Tür auf und stürmte in den Raum.

»Helene! Meine Liebe, mein Leben!«

Mit ausgebreiteten Armen rannte er in die massige Gestalt des Inspectors Nechyba. Als Stephan von Göncz von den Gendarmen abgeführt wurde, grinste dieser zufrieden. Das von ihm am Nachmittag abgeschickte Telegramm hatte seine Wirkung nicht verfehlt.

DER GRANAT
(1909)

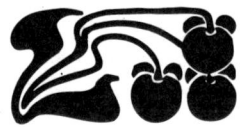

»Hurerei und Bigamie!«, fluchte Joseph Maria Nechyba leise, als ihm beim Tarock im Cafe Sperl sein ›Mond‹ vom ›Gstieß‹* abgestochen wurde. Dies war insofern ärgerlich, da er einen Tarock 3er** spielte und diesen fetten Stich unbedingt benötigt hätte, um das Spiel zu gewinnen. Zusätzlich ärgerlich war, dass es nach einem ›Mondfang‹*** immer eine Runde mit doppeltem Einsatz zu spielen galt. Der Redakteur Leo Goldblatt, ein langjähriger Freund Nechybas und Mitspieler, hob eine Augenbraue und murmelte:

»Beherrschen S' Ihnen, Nechyba. Schließlich sind wir nicht allein da.«

Er machte eine Kopfbewegung in Richtung des aufgeweckten Buben, der unmittelbar hinter ihm stand und mit feuerroten Wangen die Tarockpartie verfolgte. Der Knabe hieß Ignaz und war der Sohn eines weiteren Mitspielers, des Handelsagenten Alfons Witte. Vierter Mann in der Tarockrunde war der Cafetier des Sperl, Adolf Kratochwilla. Er nahm Nechyba in Schutz:

»Na, ich kann das schon verstehen. Es ist ja wirklich unglaublich, was wir für eine Pechsträhne haben. Fortuna schenkt ihre Gunst heute ausschließlich dem Herrn Handelsagenten.«

Damit warf er sein Blatt auf den Tisch, griff zu seinem Portemonnaie und zahlte dem Witte seinen Gewinn aus sowie einen Bonus für den ›Mondfang‹. Kratochwilla wollte nicht mehr. Er stieg aus. Nechyba und Goldblatt

---

* Die zwei höchsten Karten im Tarock
** Ein Spieler, in diesem Fall Nechyba, spielt alleine gegen die anderen 3. Deshalb 3er.
*** Wenn im Spielverlauf die zweithöchste Karte (Mond) von der höchsten Karte (Gstieß) gestochen wird, hat der Gstieß den Mond gefangen (= Mondfang).

taten es ihm gleich, und Witte strich mit zufriedenem Grinsen einen Gewinn von über zehn Kronen* ein. Er winkte dem Marqueur, beglich die Konsumation für sich und seinen Sohn, verabschiedete sich und verließ, begleitet von seinem Filius, das Kaffeehaus. Nechyba blickte ihnen nach und zwirbelte seinen Schnauzbart:

»Ich weiß nicht … Irgendetwas stimmt da net. Seitdem der Herr Witte im Sperl verkehrt und hier tarockiert, gewinnen wir anderen fast keine Partie mehr. Dabei hab ich heut aufgepasst wie ein Haftelmacher, aber er hat net falsch g'spielt. Irgendetwas stimmt trotzdem nicht …«

Kratochwilla schnaufte zustimmend und rief dem Piccolo zu.

»Geh, Karli! Bring uns drei Cognac. Aber französischen!«

Als die drei Herren andächtig an der edlen Spirituose nippten, meinte Goldblatt:

»Ich bin ja heut seit längerer Zeit wieder einmal im Sperl und hab mit dem Witte das erste Mal tarockiert. Aber dass ich an einem Nachmittag so viel Geld verlier, passiert mir selten.«

»Der Bub ist ganz nett«, brummte Kratochwilla, und Nechyba ergänzte:

»Nett und aufgeweckt. Trotzdem würde ich ihn nicht dauernd ins Kaffeehaus mitnehmen. Wenn ich einen Buben in dem Alter hätte, würde er daheimsitzen und lernen. Dass einmal was wird aus ihm. Das Tarockspielen lernt er sowieso später, wenn er erwachsen ist.«

»Der Bub ist ein Phänomen. Andere in seinem Alter

---

* Mittlere Beamte wie Nechyba verdienten um 1910 rund 125 Kronen im Monat

interessieren sich noch nicht fürs Kartenspiel. Trotzdem ist er ein guter Junge. Immer still und diszipliniert. Kein vorlauter Kiebitz, der blöd redet und einem am Ende auch noch Spieltipps gibt. Ganz brav steht er da und schaut uns zu. Ein wirklich wohlerzogener Bursche.«

Nechyba ignorierte Goldblatts Lobeshymne auf den Buben. Er war mit seinen Gedanken ganz wo anders. Er beugte sich zu Goldblatt vor und fragte:

»Was halten S' davon, wenn Sie das nächste Mal, wenn wir mit dem Witte tarockieren, nicht mitspielen? Vielmehr setzen Sie sich als Kiebitz hinter ihn und schauen ihm ganz genau auf die Finger.«

Goldblatt kratzte sich seinen kahlen Schädel und nahm einen Schluck Cognac. Statt Goldblatt antwortete Kratochwilla:

»Nechyba, das ist eine ausgezeichnete Idee. Ich hoffe, der Herr Redakteur ist einverstanden?«

Dieser brummte:

»Normalerweise spiel ich lieber selber mit, als dass ich zuschau. Aber in diesem Fall könnte das Zuschaun auch ganz schön spannend werden.«

⁓ও৹

Ein paar Tage später war es so weit. Witte, Kratochwilla, Nechyba und der Fuhrwerksunternehmer Karl Malotta setzten sich zu einer Tarockrunde im Café Sperl zusammen. Goldblatt, der bald nach Spielbeginn dazu kam, nahm sich einen Stuhl und setzte sich unmittelbar hinter Witte. Diesen schien der hinzugekommene Kiebitz nicht zu stören. Im Gegenteil: Immer wieder lehnte er sich zu

Goldblatt zurück, zeigte ihm seine Karten und plauderte mit ihm. Wieder war die Glücksgöttin einzig und allein dem Herrn Witte hold, und Goldblatt war ausgesprochen froh, dass er nicht als Spieler am Kartentisch saß. Denn Witte gewann diesmal sogar 14 Kronen. Wiederum verließ er, gefolgt von seinem braven Sohn, kurz nach Beendigung des Spiels das Kaffeehaus. Der vierschrötige und bärbeißige Malotta knurrte:

»Was der für ein Massel hat … Normalerweise haben das nur Betrüger. Aber der Kerl hat, so weit ich ihm auf die Finger g'schaut hab, ehrlich g'spielt. Herr Redakteur, was sagen Sie? Sie sind ja die ganze Zeit sein Kiebitz g'wesen.«

»Ich hab keine Unregelmäßigkeit und keine Taschenspielertricks g'sehn. Tut mir leid, aber der Witte scheint wirklich so viel Massel zu haben.«

Malotta schüttelte den Kopf, zahlte und meinte bei der Verabschiedung:

»Das nächste Mal spiel ich wieder mit ihm. So lang, bis ich einmal g'winn. Und wenn ich ihm jemals draufkommen sollte, dass er falsch spielt, dann gnade ihm Gott. Dann brech ich ihm net nur die Finger, sondern auch das G'nack*! Habe die Ehre, meine Herren!«

Nechyba, der als Inspector des k.k. Polizeiagenteninstituts keine Häuser verdiente, war ganz blass. Er nippte an seinem doppelten Mokka, beugte sich über den Tisch zu Goldblatt und sagte:

»Wir bräuchten eine objektive Überwachung dieses Herrn. Eine Fotokamera zum Beispiel. Die Bilder von ihm schießt. Sodass man sich nachher in aller Ruhe und

---

* Genick

mehrmals hintereinander anschau'n kann, was Witte mit seinen Händen und Fingern beim Spielen so treibt.«

Während Kratochwilla zustimmend nickte, ging ein Ruck durch Goldblatt. Seine Augen leuchteten auf, und ein maliziöses Lächeln machte sich in seinem Gesicht breit: »Ausgezeichnete Idee, Nechyba. Eine Fotokamera ist gut, aber eine Filmkamera wäre besser.«

Nechyba zuckte zusammen. Denn der einzige Mensch in Wien, den er kannte, der eine Filmkamera bedienen und auch Filme drehen konnte, war Johann Schwarzer. Seines Zeichens Eigentümer, Produzent, Kameramann und Regisseur der Saturn Film. Eine Firma, die ausschließlich erotische Machwerke produzierte. Nechyba hatte letztes Jahr eine Razzia in der Saturn Film durchgeführt und sie vorübergehend geschlossen.* Aus unerklärlichen Gründen durfte Schwarzer aber wieder aufsperren und weiterhin Schmutz und Schund produzieren.

»Vergessen S' das, Goldblatt. Ich möchte mit dem Schwarzer nichts zu tun haben.«

Kratochwilla, der die Vorgeschichte kannte, da eine ehemalige Sitzkassierin des Café Sperl darin verstrickt war, meinte sachlich:

»Ich finde, diese Idee ist einen Versuch wert. Stellen wir hier im Kaffeehaus eine Kamera auf, und ich erzähl meinen Gästen, dass ich einen Film über das Café Sperl produzieren lasse. In Wahrheit dreht der Herr … dieser Herr … Scherzer, oder wie er heißt … nur den Witte beim Kartenspiel.«

⤜⧉⤛

---

* Siehe »Reigen des Todes«, Gmeiner 2010

Kreischend versteckte sich das nackte Mädel. Sie verschwand hinter der Kulissenwand, die als Hintergrund für den in Arbeit befindlichen Film diente. Johann Schwarzer, dessen Kopf unter dem schwarzen Tuch hinter der Kamera versteckt war, hörte erschrocken mit der Kurbelei des Filmdrehens auf und stolperte über das Dreibein des Kamerastativs. Als er Nechyba sah, setzte es ihn vor Schreck auf den Hintern. Die Augen weit geöffnet, stammelte er:

»Nein! Nicht ... nicht schon wieder Sie ...«

Nechyba, der mit leichenbitterer Miene das Atelier betreten hatte, musste nun grinsen. Schwarzer, der dies als Ausdruck puren Sadismus interpretierte, rutschte auf dem Hosenboden vom Inspector weg; hin zu einer Tür, die in einen Nebenraum führte.

»Ich komm freiwillig mit aufs Kommissariat. Ich mach auch eine Selbstanzeige ... aber lassen S' bitte die Einrichtung in Ruhe und die Kleine lassen S' bitte laufen.«

Nechyba blieb ruhig in der Mitte des Ateliers stehen und sagte, nun ohne zu grinsen:

»Steh auf, Schwarzer. Ich muss mit dir reden.«

Auf einem Sessel lagen die ärmlichen Kleidungsstücke des Mädchens: ein verwaschenes Strickjackerl, ein abgetragenes Kleid, ein Unterhemd und Wollstrümpfe. Nechyba nahm den Sessel und stellte ihn hinter die Kulissenwand. Dann sagte er in väterlichem Tonfall:

»Komm, zieh dich an und verschwind.«

Das Mädl antwortete mit zitternder Stimme:

»Jawohl, Herr Kommissär!«

»I bin Inspector. Aber des ist eh wurscht,«, grantelte Nechyba und zu Schwarzer sagte er:

»Wo können wir uns hinsetzen und in Ruhe reden? Du musst mir nämlich einen Gefallen tun ...«

Schwarzer, der mittlerweile aufgestanden war, lachte bitter:

»Ihnen einen Gefallen tun?«

Als er sah, dass sich Nechybas Miene schlagartig verdüsterte, murmelte er:

»Nix für ungut. Gemma in die Küche und red ma halt.«

In der Küche saßen die beiden Männer einander eine Zeit lang schweigend gegenüber. Plötzlich schlug Schwarzer mit der flachen Hand auf den Küchentisch und sagte in aggressivem Tonfall:

»Wie kommen Sie eigentlich auf die Schnapsidee, mich um Hilfe zu bitten? Sie haben mich letztes Jahr eingesperrt und mein Geschäft nachhaltig gestört. Und jetzt bitten Sie mich um einen Gefallen? Sind Sie meschugge?«

Nechyba bekam einen knallroten Schädel, die Zornadern schwollen an und er beugte sich wie eine kampflustige Bulldogge zu Schwarzer vor. Der zuckte zurück. Nechyba unterdrückte sein Verlangen, dem Sexfilmproduzenten ein paar schallende Ohrfeigen zu verabreichen. Mit zusammengebissenen Zähnen knurrte er:

»Ich sag dir was: Wenn du mir net hilfst, werden wir halt andere Saiten aufziehen. Ich mach dir Schwierigkeiten, dass dir Hören und Sehen vergehen.«

Schwarzer stand auf und ging nervös in der Küche hin und her.

»Und? Was ist das für ein Gefallen, um den Sie mich bitten?«

Nechyba schaute vor sich auf den Küchentisch, wo

sein rechter Zeigefinger mit ein paar Brotbröseln spielte. Ohne aufzublicken, gab er folgende Erklärung:

»Es geht um einen Falschspieler. Er agiert so geschickt, dass wir ihm nicht auf die Schliche kommen. Deshalb haben wir die Idee gehabt, ihm beim Spiel mit einer Kamera auf die Finger zu schauen. Vielleicht können wir ihn dadurch überführen.«

◦◦◦

»Ein Skandal ist das! Net einmal seinen Kaffee kann man in Ruhe trinken«, grantelte ein weißhaariger Oberst von der nahen Kriegsschule. Sonst war die Stimmung jedoch gut. Als es sich herumgesprochen hatte, dass im Café Sperl gefilmt werden würde, strömten die Adabeis und Habakuks* aus dem gesamten Gretzl** herbei, um ja nichts zu versäumen. Kratochwilla schmunzelte zufrieden ob des Besucherandrangs. Er wieselte mit seinen Kellnern durch die Menge, nahm Bestellungen auf und servierte so manchem Gast sogar die Melange, den Fiaker*** oder den Kaffee verkehrt**** persönlich. Mitten im Lokal hatte Schwarzer ein etwa einen halben Meter hohes Podest aufgebaut. Darauf stand das dreibeinige Stativ, auf dem sich die Kamera befand. Schwarzer kletterte immer wieder auf das Podest, verschwand mit Oberkörper und Kopf unter dem schwarzen Tuch hinter der Kamera und begann zu drehen. Dazwischen war er

---

* neugieriger Wichtigtuer
** städtisches Viertel
*** Kleiner Schwarzer mit einem Schuss Rum oder Kirsch
**** Kleiner Schwarzer in einem großen Glas mit viel heißer, aufgeschäumter Milch (Caffè latte)

der begehrte Gesprächs- und Auskunftspartner für die zahlreichen Neugierigen. Als der Handelsagent Witte in Begleitung seines wohlerzogenen Sohnes das Kaffeehaus betrat, runzelte er die Stirn. Kratochwilla begrüßte Witte freundlich und wollte ihn an dem Podest vorbei zu dem für ihn reservierten Kartentisch führen. Doch dieser zögerte. Er machte zwei Schritte zurück und winkte ab:

»Da ist mir heute zu viel los ... Ich glaub, ich komm erst am Donnerstag wieder.« Als er sich umdrehen und gehen wollte, stürzte sich Nechyba auf ihn, packte ihn am Ellenbogen und sagte dröhnend laut:

»Der beste Tarockspieler der Stadt will wegen dem bisserl Wirbel nicht spielen? Das kann ich mir nicht vorstellen!«

Zahlreiche Besucher starrten nun den *besten Tarockspieler der Stadt* an, und Kratochwilla rief in die Menge:

»Meine Herrschaften, darf ich Ihnen vorstellen: Herr Alfons Witte. Handelsagent und begnadeter Tarockierer. Ein Mann, gegen den ich praktisch noch nie gewonnen habe.«

Ehrfürchtiges Raunen und gedämpfter Applaus waren zu hören. Zu dem Handelsagenten gewandt, fuhr Kratochwilla schmeichelnd fort:

»Herr von Witte, ich bitte Sie, geben Sie uns eine Demonstration Ihrer überlegenen Tarockierkunst!«

Ob des Lobs war Witte rot geworden. Schließlich nickte er ernst und schritt bedächtig an der Kamera vorbei auf den freien Spieltisch zu. Da sich gleich mehrere Vorwitzige darum stritten, mit dem besten Tarockierer der Stadt ein Spielchen zu wagen, konnten Nechyba und Kratochwilla diskret im Hintergrund bleiben. Und es kam, wie es kommen musste: Der Fuhrwerksunternehmer Malotta, der Fleischhauer Mostbichler und der Baumeister Böhm, die sich vor allen anderen vorgedrängt hatten, verloren im Lauf der nächsten zwei Stunden die stattliche Summe von zwölf Kronen und 56 Hellern an den Handelsagenten. Nechyba blieb während dieser Zeit neben dem Podest stehen und assistierte Schwarzer, der fleißig kurbelte, beim Austausch der Filmrollen. Wie immer streifte Witte ohne mit der Wimper zu zucken den Gewinn ein, bezahlte seine Konsumation, grüßte allseits höflich und verließ, gefolgt von seinem Sohn, das Café Sperl. Schwarzer baute seine Kamera samt Stativ und Podest ab, wobei ihm Nechyba zur Hand ging. Als alles fein säuberlich geschlichtet beim Eingang stand und sich die Neugierigen allmählich verflüchtigt hatten, setzten sich die beiden Männer an einen kleinen Tisch, der sich unmittelbar neben den Billardspielern befand.

»Was wollen S' denn trinken? Ich lad Sie ein!«

Schwarzer war erstaunt. Dass Nechyba ihn plötzlich nicht mehr duzte und darüber hinaus auch noch einlud, überraschte ihn. Er bestellte ein Viertel Weiß und ein Glas Mineralwasser. Nechyba schloss sich dieser Bestellung an. Schweigend tranken die beiden Männer und lauschten dem Klacken der Billardkugeln. Plötzlich beugte sich Nechyba zu Schwarzer vor und sagte mit leiser Stimme:

»Ganz gleich, ob wir auf den Filmrollen was finden oder nicht. Eines möcht' ich sagen: Dankeschön für die Mühe und den Aufwand! Das werd ich Ihnen nicht vergessen.«

Keuchend und schwitzend stiegen Joseph Maria Nechyba, Leo Goldblatt und Adolf Kratochwilla im Haus Arenbergring N° 15 die Stiegen zum Dachatelier empor. Vor dessen Eingang verschnauften sie. Als sie sich einigermaßen erfangen hatten, läutete Nechyba. Da niemand antwortete, läutete Nechyba noch einmal; diesmal länger und insistierend.

»Ich komm ja eh schon!«, erklang Schwarzers Stimme aus den Tiefen des Ateliers. Eilige Schritte näherten sich. Schwarzer machte die Tür auf, betrachtete die Herren mit missmutigem Blick und grantelte:

»Wenn ich gewusst hätte, wie viel Arbeit das ist, hätt ich mich nie auf diese G'schicht eingelassen.«

Nechyba antwortete betont freundlich:

»Aber gehen S'! Sind S' doch nicht so z'wieder. Schaun S', ich hab ein Flascherl Trebernen* mitgebracht. Da können wir uns bei Ihnen einen Kaffee kochen, den wir uns dann mit dem Schnaps spritzen.«

»Was, einen Kaffee wollen S' auch bei mir trinken? Hätt ich mich nur nie auf diese G'schicht eingelassen …«

Nun mischte sich Kratochwilla ein:

»Mein lieber Herr Schwarzer, regen S' Ihnen nicht auf. Das nächste Mal, wenn Sie ins Sperl kommen, sind Sie mein Gast. Da können Sie so viel Kaffee, Schnaps, Wein und Bier trinken, wie Sie wollen.«

Schwarzer quittierte diese Einladung mit einem gepressten »Ich werd mir's merken«, und führte die drei Herren in sein geräumiges Büro. Die Jalousien waren heruntergezogen, auf einem kleinen Ecktisch stand ein Filmvorführgerät. Eine Schreibtischlampe sowie eine Stehlampe neben

---

* Tresterschnaps; wird aus Pressrückständen der Weintrauben gewonnen

dem Filmprojektor sorgten für eine schummrige Beleuchtung. Nechyba, Goldblatt und Kratochwilla setzten sich auf die drei in einer Reihe stehenden Stühle. Schwarzer schaltete den Filmprojektor ein, der ein grell leuchtendes Rechteck auf die gegenüberliegende, leere weiße Wand warf. Der Projektor fing zu rattern an, und es waren der Handelsagent Witte, sein Sohn Ignaz sowie die Mitspieler Malotta, Mostbichler und Böhm beim Tarockieren zu sehen. Nechyba konzentrierte sich auf Witte. Je länger die Filmaufnahmen liefen, desto enttäuschter wurde er. Nichts, rein gar nichts konnte er an Wittes Spiel entdecken, das zu beanstanden gewesen wäre. Im Gegenteil: Freundlich und entspannt saß Witte da, spielte absolut korrekt, pflegte höfliche Konversation mit seinen Mitspielern und bedachte seinen Sohn des Öfteren mit einem väterlich prüfenden Blick. Als die Filmrolle zu Ende war, blieben alle schweigend sitzen. Schließlich stand Nechyba auf und sagte:

»Also ich hab nix g'sehen. Ich brauch jetzt einen Schnaps. Schwarzer, haben Sie Schnapsglasln in der Küche?«

Der nickte, stand auf und verließ den Raum. Kurze Zeit später kam er mit vier dickwandigen Stamperln zurück, die Nechyba blattlvoll einschenkte. Schweigend stießen die Männer an und tranken. Nechyba sagte:

»Alsdann! Schau ma uns die zweite Filmrolle an.«

Schwarzer legte sie ein, und wieder zeigten die Bilder einen korrekt spielenden und ständig gewinnenden Witte. Plötzlich räusperte sich Schwarzer. Zögernd sagte er:

»Ich bin ja weder Polizist noch ein besonders eifriger Tarockspieler. Aber eines scheint mir evident zu sein: Der

Herr Handelsagent und sein Söhnchen sind das klassische Granat-Kosak-Duo*.«

Kratochwilla lachte laut auf:

»Was? Der brave Bub soll ein Falschspieler sein?«

Nechyba war wie vom Donner gerührt. Er sagte jedoch kein Wort und beobachtete nur mehr den Buben. Und tatsächlich: Als Erstes fiel ihm auf, dass der Bub mit Streichhölzern agierte. Einmal hielt er eines hoch, dann zwei. Nun schob er sich ein Streichholz in den linken Mundwinkel, dann hielt er ein Streichholz waagrecht. Schließlich befand sich das Streichholz in seinem rechten Mundwinkel, dann zupfte er sich am Ohrläppchen oder tupfte sich an den Nasenflügel. Und immer wieder streifte der väterliche Blick den Buben. Was Nechyba vorher als Wahrnehmung der väterlichen Aufsichtspflicht erschienen war, entpuppte sich nun als fragender Blick. Zusätzlich registrierte Nechyba, dass der Bub ständig seinen Standplatz hinter Wittes Mitspielern wechselte.

»Hurerei und Bigamie!«, fluchte der Inspector laut. »Ich bin so ein Rindvieh, dass mir das nicht selbst aufgefallen ist. Wie hab ich den Lausbuben nur für einen armen Patschachta** halten können? Der Rotzer*** ist tatsächlich der Kosak vom Witte.«

Als die zweite Filmrolle abgespielt war, herrschte betroffenes Schweigen. Diesmal brach Goldblatt den Bann. Er griff zu Nechybas Schnapsflasche und schenkte eine weitere Runde ein. Die Männer tranken, und Goldblatt bemerkte lakonisch:

---

* Granat und Kosak: Altwiener Gaunerausdrücke für professionelle Falschspieler
** hilfloser Typ
*** Kurzform für Rotzbub

»Wir Menschen scheinen nur das zu sehen, was wir sehen wollen. In dem kleinen Ignaz Witte haben wir alle den braven Buben und das Waserl* gesehen. Erst Herr Schwarzer hat als Außenstehender bemerkt, dass er ein mit allen Wassern gewaschener Falschspieler ist.«

Da Witte an diesem Nachmittag, so wie an jedem Donnerstagnachmittag, ins Sperl tarockieren kam, eilten Nechyba, Goldblatt und Kratochwilla zurück ins Kaffeehaus. Nechyba stürmte als Erster ins Sperl, wobei er in einen großen vogelgesichtigen Mann hineinrannte, der das Kaffeehaus gerade eilends verließ. Nechyba murmelte eine Entschuldigung, doch der Vogelgesichtige nahm davon keinerlei Notiz und ging einfach weiter. Kratochwilla, der hinter Nechyba war, grummelte: »Die Leute werden immer hektischer und unhöflicher.« Nechyba war das wurscht. Er betrat das Café, und sein Blick strich, Witte suchend, über die zahlreichen Gäste. Zu seiner Enttäuschung sah er nur den jungen Witte, der brav auf einem Sessel neben einem Kartentisch saß und ein Limonadeglas in der Hand hielt. Nechyba stürmte auf den Buben zu. Kratochwilla folgte ihm und fiel ihm in den Arm, als er den Buben beim Genick packen wollte.

»Nechyba, ich bitt Sie! Machen S' keinen Bahöö**. Kommen S' mit dem Buben nach hinten.«

Nechyba nickte. Barsch forderte er Ignaz Witte auf, das Limonadeglas auf ein benachbartes Tischchen zu stel-

---

* harmloser, junger Mensch
** Lärm

len und ihm und dem Cafetier zu folgen. Der Bub zog den Kopf ein und trottete hinter Kratochwilla und vor Nechyba an der Sitzkassierin vorbei. Brav folgte er den beiden Männern in den Gang, von dem es rechts zu den Toiletten und links in die Küche ging. Sie gingen geradeaus weiter, an der Mehlspeisküche und den Umkleideräumen des Personals vorbei. Hier hinten war das Lager des Kaffeehauses. Rechter Hand stand eine Tür offen, und man sah Regale, die mit Kaffee- und Zuckersäcken, Flaschen, Gläsern und allerlei anderen betriebsnotwendigen Dingen vollgeräumt waren. Nechyba packte den Buben beim Genick und drückte ihn grob gegen einen Stapel von Kaffeesäcken.

»Du Rotzpipen*, du!«, fauchte er, »du hast uns die ganze Zeit ang'schmiert** beim Tarockieren, indem du den Kosak von deinem Vater gespielt hast. Mit Streichhölzern und allen möglichen Gesten. Am liebsten würde ich dir das G'nack brechen!«

Tränen schossen dem Buben in die Augen und er schluchzte:

»Tun S' mir nix! Ich geb ja eh alles zu!«

»Und? Wo is dein feiner Herr Papa?«

»Das is ja gar net mein Vater. Weil mei Herr Vater is schon lange tot. So wie mei Frau Mutter. Der Herr Witte hat mich von der Straß'n aufgelesen, wo ich mich herumgetrieben hab. Er hat mich zu sich heimg'nommen und mir die ganzen Zeichen für die einzelnen Karten beigebracht.«

»Und wo ist der feine Herr Witte jetzt?«

---

* anderer Ausdruck für Rotzbub
** betrogen

»Der is aufs Klo gangen …«

Nechyba drückte die schmächtige Gestalt, die lautstark den Rotz aufzog, Kratochwilla in die Hände und ging den schmalen Gang zu den Toiletten vor. Er öffnete die Tür und trat in den Vorraum. Keine Menschenseele war da. Er riss die Tür, die zu ›Herren‹ führte auf, doch auch vor dem Pissoir stand niemand. Er holte tief Luft und rüttelte an der Kabinentür des Herrenklos. Zu seiner Verwunderung ging sie auf. Jedoch nicht ganz, denn etwas blockierte. Nechyba drückte die Tür energisch auf, und ein lebloser Körper fiel ihm entgegen. Der Inspector fluchte. Vor ihm lag Witte. Sein feiner Anzug war zerfetzt und blutgetränkt. Jemand hatte den Handelsvertreter mit unzähligen Messerstichen umgebracht.

❦

Energisch schloss Nechyba die Wohnungstür auf. Mit dem Schlüssel, den er in Wittes Hosentasche gefunden hatte. Die Adresse der Wohnung hatte ihm Ignaz Witte, der eigentlich Pepi Pospischil hieß, verraten. Der Inspector betrat ein längliches Vorzimmer, das auch als Küche diente. Von hier führten zwei Türen in Nachbarzimmer. Durch die erste, die sich gleich vis-à-vis der Eingangstür befand, gelangte man in ein schmales Kabinett mit einem ebenso schmalen Bett; offensichtlich das Kinderzimmer. Nechyba schloss diese Tür, durchquerte die Küche und betrat den zweiten Raum. Er diente als Wohn- und Schlafzimmer. Nechyba griff zu einer Petroleumlampe, nahm den Glaszylinder ab, zündete ein Streichholz an, wartete geduldig, bis der Docht ordentlich brannte, und stülpte dann den Glaszylinder über. Im Schein der Lampe begann er nun systematisch den Kasten, das Bett, die beiden Kommoden und den Diwan zu durchsuchen. Unter der Diwanpolsterung wurde er schließlich fündig. Er zog eine schmale Ledermappe hervor. Sie enthielt erstaunlich viel Bargeld sowie eine Reihe von Dokumenten. Sie alle lauteten auf Gustav Jerzabek.

»So heißt der feine Herr Witte also wirklich«, murmelte Nechyba. Leise pfiff er durch die Zähne, als er auch den Entlassungsschein aus einer Strafanstalt, der auf den Namen Gustav Jerzabek lautete, vorfand. Plötzlich hörte er ein Geräusch. An der Wohnungstür machte sich jemand zu schaffen. So wie es sich anhörte, hatte dieser Jemand keinen Wohnungsschlüssel. Nechyba löschte die Petroleumlampe. Das Schloss sprang auf, die Eingangstür quietschte. Behutsame Schritte in der Küche, dann wurde eine Tür geöffnet und wieder geschlossen. Das Kinderzimmer, dachte Nechyba. Jetzt kamen die Schritte näher. Die Klinke der Wohnzimmertür wurde heruntergedrückt, die Tür ging langsam auf. Ein großer Schatten betrat das Zimmer. Nechyba stand ganz an die Wand gepresst und hielt die Luft an. Der Mann ging einige Schritte vor. Nechyba atmete tief durch und sagte mit dröhnender Stimme:

»Polizei! Bleiben Sie stehen. Beugen Sie sich vor. Stützen Sie sich mit beiden Händen auf der Tischplatte ab!«

Der Mann erstarrte. Nechyba trat hinter ihn. Plötzlich wirbelte der Kerl um die eigene Achse. Das Klicken eines Springmessers. Die blitzende Klinge schoss auf Nechyba zu. Ein brennender Schmerz auf der linken Seite. Nechyba packte den Arm und riss ihn herum. Eine kräftige linke Hand packte ihn an der Gurgel. Nechyba trat gegen das Schienbein seines Gegners. Ein Schmerzensschrei. Nechyba konnten den Arm mit dem Messer von sich weg drehen. Mit seinem ganzen Gewicht stemmte er sich nun gegen den Mann und schob ihn, einer Dampfwalze gleich, durchs Zimmer. Mit einem wütenden Schrei stieß Nechyba den wankenden Körper mit aller Gewalt an die Wand. Da er dabei die Hand des Kontrahenten festhielt, rammte er die Stahlklinge in dessen Bauch. Der Köper des Mannes sackte zusammen. Nechyba trat einen Schritt zurück. Der Oberkörper rutschte an der Wand herunter. Nechyba ging schnaufend zur Petroleumlampe. Mit zitternden Fingern und noch immer schwer atmend zündete er sie an. Er nahm die Lampe und ging zu dem am Boden liegenden Mann. Plötzlich erkannte er dessen Visage. Es war der vogelgesichtige Kerl, der ihn im Eingang des Café Sperl angerempelt hatte. Nechyba kniete sich ächzend zu ihm und untersuchte die Verletzung. Das Messer steckte nicht im Bauch, sondern links unter dem Rippenbogen. Nechyba murmelte:

»Ein Herzstich … verdammt noch einmal!«

Als Nechyba mühsam schnaufend aufstand, öffnete der Schwerverletzte die Augen. Sein Blick traf Nechyba, und ein dünnes Lächeln umspielte seine Lippen. Mit großer Anstrengung sagte er:

»Ich bin a Pechvogel. Selbst jetzt, wo ich den Jerzabek hamg'schickt hab, hab i weiterhin nur Pech. Statt an seinen Schotter* komm ich an einen Kiberer. Noch dazu an so einen Riesen …«

Nechyba fragte ruhig:

---

* Geld

»Was hast mit dem Jerzabek zu tun g'habt?«

Ganz leise kam die Antwort:

»Jahrelang war er mein Granat und ich sein Kosak. Bis wir einmal auf einen Kerl g'stoßen sind, der ein unglaubliches Massel g'habt hat. Der wollt uns aussackeln. Da hat der Jerzabek g'sagt: Da hast mein Mann*. Stich ihn ab! Dafür bin ich etliche Jahre Couvert machen** gangen. Während der Jerzabek sich vor Gericht erfolgreich an mir abgeputzt hat und nur ganz wenig Schmalz*** ausg'fasst hat.«

»Und? Jetzt wie du rauskommen bist, hast den Jerzabek g'sucht und ihn abg'stochen?«

Ein geisterhaftes Lächeln huschte über das Gesicht des Sterbenden:

»Jawohl! Weil einmal muss ein jeder bezahlen. Auch ein Granat ...«

---

* Messer
** Kuvertproduktion in der Strafanstalt Stein
*** Strafe

DER BIERBOYKOTT
(1911)

›*DER BIERBOYKOTT IN SICHT*‹. Eine Zeitungsschlagzeile, die Inspector Joseph Maria Nechyba sofort ins Auge sprang. In dem Artikel wurde geschildert, welche Maßnahmen der Gastwirte-Verein sowie Stadtpolitiker der unterschiedlichsten politischen Couleurs planten, um sich gegen die drohende Bierpreiserhöhung der im Bierkartell vereinten Brauereien zu wehren. ›*Diesbezüglich gaben die Wirte durch stürmische Zurufe dem Wunsche Ausdruck, dass im Fall eines Boykotts überhaupt kein Bier verabreicht werden soll. Auch wurde angeregt, dass die Gemischtwarenverschleißer aufzufordern seien, während des Boykotts kein Flaschenbier zu verkaufen*‹, las Nechyba weiter. Voll Unbehagen strich er sich über den mächtigen Schnauzbart. Das war ihm alles gar nicht recht. Natürlich war er auch gegen die Bierpreiserhöhung! Aber deshalb überhaupt kein Bier trinken? Eine Woche, zwei Wochen oder gar ein Monat lang? Nein, das konnte er sich beim besten Willen nicht vorstellen.

Als er später daheim war, machte er sich eine Flasche Bier auf und schenkte sich und seiner Frau Aurelia jeweils ein Glas ein. Nachdem er mit Genuss einen langen Schluck getrunken hatte, erzählte er ihr von dem geplanten Boykott und von seinen Sorgen, dass man bald überhaupt kein Bier bekommen würde. Aurelia antwortet ihm lachend:

»Hast du keine anderen Sorgen? Weißt, was mir Sorgen macht? Dass alles immer teurer wird. Nicht nur dein geliebtes Bier.«

»Ja, die Teuerung ist ein Hund*«, räsonierte Nechyba. Ächzend stand er auf, holte eine Flasche Slibowitz und

---

* eine Plage

schenkte sich und seiner Frau jeweils ein Stamperl ein. Sie schaute ihn vorwurfsvoll an. Er aber seufzte und sagte in entschuldigendem Tonfall:

»Schau bitte net so bös. Genießen wir lieber den Augenblick. Solange es noch ein Bier gibt ... zum Schnaps dazu.«

Am nächsten Morgen, als er noch keine fünf Minuten in seinem Büro im Polizeigebäude war, läutete der Telephonapparat. Mein Gott! Wie er dieses neumodische Zeug hasste! Jahrzehnte lang war er ohne diesen Apparat ausgekommen. Mürrisch hob er den Hörer ab und murmelte ein »K.k. Polizeiagenteninstitut, Inspector Nechyba«, in die Sprechmuschel. Darauf erklang aus dem Hörer die energische Stimme des Zentralinspectors:

»Nechyba! Grüssie! Ich hab Arbeit für Sie. Könnten Sie auf einen Sprung zu mir ins Büro kommen? Jetzt gleich? Es dauert net lang. Ist aber dringend.«

»Jawohl, Herr Dr. Pamer! Selbstverständlich, Herr Dr. Pamer. Ich bin in fünf Minuten bei Ihnen.«

Nechyba hängte den Hörer auf und starrte missmutig vor sich hin. Nachdem er eine Zeit lang regungslos so verharrt hatte, stand er ächzend auf und verließ sein Zimmer.

»Nechyba, haben Sie schon was vom Bierboykott gehört?«

»Selbstverständlich, Herr Zentralinspector.«

Pamer lehnte sich in seinem Sessel zurück, seine Hände spielten versonnen mit einer silbernen Füllfeder, und während sein Blick einen Punkt weit hinter Nechyba fixierte, begann er zu dozieren:

»Diese Boykottbewegung bringt die Besorgnis weiter Kreise der Bevölkerung zum Ausdruck, dass man sich ob der Teuerung bald nicht einmal mehr die einfachsten Freuden des Lebens wird leisten können. Deshalb findet diese vom Verein und der Genossenschaft der Gastwirte ins Leben gerufene Bewegung breiteste Unterstützung – auch seitens der politischen Parteien. Sowohl sozialdemokratische als auch christlichsoziale Abgeordnete unterstützen aktiv den Boykottaufruf.«

Pamer machte eine Kunstpause und Nechyba dachte bei sich: Wann kommt er endlich auf den Punkt? Der Zentralinspector räusperte sich und fuhr fort:

»Wie Sie vielleicht ebenfalls schon gehört haben, ist das Wiener Brauhaus aus den Reihen der kartellierten Brauereien ausgeschert und hat erklärt, dass es die Preise nicht erhöhen werde. Deshalb machen die Wirte, die ihr Bier vom Wiener Brauhaus beziehen, beim Boykott nicht mit. Das wiederum hat einen bekannten Hitzkopf in den Reihen des Gastwirte-Vereins dazu veranlasst, diese Wirte aufzusuchen und sie massiv zu bedrohen. Ein Umstand, der der Vereinsleitung sowie den involvierten Politikern äußerst peinlich ist. Wiederholt hatten sie deshalb versucht, den Herrn Jellacic, seines Zeichens Besitzer einer Knofelhütt'n* in Ottakring, zu besänftigen. Doch der lässt sich nichts sagen und fährt mit dem Terror gegen die Wiener Brauhaus-Wirte fort. Der Direktor des Wiener Brauhauses, der ein persönlicher Freund unseres Herrn Bürgermeisters ist, hat sich bei diesem über den Jellacic beschwert. Und nun haben wir beide«, dabei zeigte er mit dem Zeigefinger auf sich

---

* miese, kleine Gastwirtschaft, in der es nach Knoblauch riecht

und Nechyba, »vom Herrn Polizeipräsidenten persönlich die Aufgabe übertragen bekommen, den Jellacic aus dem Verkehr zu ziehen.«

»Heißt das, ich soll den Jellacic verhaften?«

»Ich glaube, das wäre die einfachste und sauberste Lösung. Ich könnte mir zum Beispiel vorstellen, dass Sie den Jellacic gemeinsam mit einem Ihrer Agenten daheim aufsuchen. Zu zweit provozieren Sie ihn ein bisserl und locken ihn aus der Reserve. Der soll sowieso ein Häferl* sein. Dann nehmen Sie ihn fest. Wegen Widerstand gegen die Staatsgewalt, wegen Körperverletzung, versuchter Behinderung einer Amtshandlung, Amtsehrenbeleidigung, etcetera, etcetera … Daraus kann ihm der Staatsanwalt dann einen Strick drehen, sodass er einige Zeit hinter Gittern verschwindet. Solange, bis der Bierboykott ausgestanden ist.«

Nechyba strich über seinen Schnurrbart und starrte vor sich hin. Solche Aufträge hasste er. Zugegeben, Jellacic war wahrscheinlich ein äußerst unangenehmer Zeitgenosse, dass er aber Agent provocateur spielen sollte, um diesen Kerl aus dem Verkehr zu ziehen, behagte ihm überhaupt nicht.

Grantig kehrte er in sein Büro zurück. Donnernd schlug er mit der Faust an die Wand, worauf aus dem Nachbarbüro eine Stimme erscholl:

»Sofort, Herr Inspector!«

Und tatsächlich stand wenige Augenblicke später der bullige Wojciech Fraczyk in der Tür des Inspectoren-Zimmers. Nechyba raunzte ihn an:

---

* leicht aus der Reserve zu locken, jähzornig

»Hat Er den Pospischil gesehen? Der soll auch kommen!«

Wenig später betraten die beiden Polizeiagenten Nechybas Zimmer. Der Inspector gab Pospischil Anweisungen, was alles an diesem Vormittag zu erledigen sei. Dann stand er auf, zog seinen Überzieher an, setzte die Melone auf und sagte zu Fraczyk:

»Steh net umadum wie ein Mamlas*. Hol Mantel und Hut, wir machen einen Ausflug!«

Sie verließen das Polizeigebäude, gingen zum Ring und stiegen in eine Tramway der Ringlinien ein, mit der sie bis zur Bellaria fuhren. Dort nahmen sie dann den 46er, der sie in die Thaliastraße brachte. Von der Station Brunnengasse gingen sie ein Stück stadtauswärts, bis sie zu einer schmalen Gastwirtschaft kamen, über der sich ein Schild mit der Aufschrift ›Stephan Jellacic Gastwirt‹ befand. Der Zentralinspector hat recht gehabt. Das ist ja tatsächlich a Knoflhütt'n, dachte sich Nechyba, als er die Gaststube betrat. An zwei Tischen lungerten Männer, die bereits am Vormittag kräftig dem Alkohol zusprachen. Misstrauische Blicke und sich duckende Köpfe waren deren Reaktion, da die Neuankömmlinge unzweifelhaft Polizeiagenten waren. Ein Kellner mit fettiger Frisur und speckigem Gilet fragte schleimig:

»Guten Tag, die Herren! Womit kann ich dienen?«

»Deinen Chef will ich sprechen«, grummelte Nechyba, während sich Fraczyk einem Tisch näherte und ein sich duckendes Individuum ganz genau ansah. Der Kellner zuckte die Achseln und erwiderte:

»Bedaure, Herr Inspector, aber der Chef is net da.«

---

* Steh nicht wie ein hilfloser Dummkopf herum

»Und? Wo is er? Wo wohnt er?«

»Bedaure, Herr Inspector. Aber er hat mich noch nie zu sich heim eingeladen.«

Nechyba juckte es in der rechten Hand, die grinsende Visage abzuwatschen*. Er beherrschte sich, schob den Kellner zur Seite, ging hinter die Schank und von dort weiter in die Küche. Am liebsten hätte er wieder umgedreht. Berge von schmutzigem Geschirr waren aufgestapelt, dazwischen Essensreste, auf denen fette Fliegen saßen, und über allem lag ein unappetitlich säuerlicher Geruch. Nechyba überquerte den klebrigen Küchenboden und öffnete die hintere Küchentür. Er blickte in einen engen, feuchten Hinterhof, von Stephan Jellacic war nichts zu sehen. Nachdem Nechyba die Toilette des Schmierbeisls** kontrollierte hatte und Jellacic auch dort nicht vorfand, packte er das speckwestige Subjekt am Krawattl.

»Wennst mir net sofort verratest, wo dein Chef wohnt, kriegst eine Einladung ins Polizeigefangenenhaus!«

Nechyba packte mit der zweiten Hand zu und schnürte mit dem Hemdkragen dem Kellner die Luft ab. Dessen Gesicht lief knallrot an und er krächzte:

»Der wohnt drüben … in der Neulerchenfelder Straße … Nummer 42 …«

Der Inspector ließ ihn los, wischte sich die Hände an seinem Sakko ab und brummte:

»Na also! Warum net gleich?«

Grußlos verließen die beiden Polizeiagenten das Beisl, wanderten die Thaliastraße ein Stück entlang, bogen dann in die Kirchstetterngasse ein, die sie zur Neulerchenfelder

---

* mehrfach zu ohrfeigen
** schmutzige Kneipe

Straße führte. Das Haus Nummer 42 befand sich gleich gegenüber der Straßenkreuzung. Sie traten in den miefigen, nach Kohl und Feuchtigkeit riechenden Hausflur und stießen auf zwei wild gestikulierende und aufgeregt redende Frauen. Als eine der beiden die Polizeiagenten erblickte, rief sie:

»Gott sei Dank! Die Polizei is da!«

Die zweite hielt in ihrem Redefluss inne und sagte verdattert:

»Aber … wir … wir ham sie ja no gar net gerufen …«

Nechyba schaute sie fragend an und sagte:

»Was is denn los? Warum brauch ma denn die Polizei?«

Aufgeregt kämpfte die Frau mit der Luft und stotterte:

»Weil … weil … da … im Hof da … liegt a Leich!«

Die zweite nickte und kreischte:

»A Leich! A massakrierte Leich! In unser'm Haus!«

Und die erste bestätigte:

»I bin do jetzt schon 15 Jahr Hausmasterin. Aber so was hab i noch nie erlebt. Noch nie! A Leich in unser'm Haus …«

»Meine Damen! Beruhigen Sie sich. Wo liegt denn die Leiche?«

»Na doda! Im Hof, Herr Inspector.«

Die Hausmeisterin wies den Polizeiagenten den Weg. Vor einer Tür mit Milchglasscheiben blieb sie zögernd stehen.

»Na, i trau mi net in den Hof ausse. Mir graust so …«

Nechyba öffnete die Tür und trat in einen kleinen gepflasterten Innenhof, in dem ein rachitischer Baum sein kümmerliches Dasein fristete. Zwischen Baum und Klopfstange lag ein verkrümmter männlicher Körper mit dem Gesicht nach unten. Nechyba ging hin, bückte sich und drehte den blutverschmierten Kopf zu sich. Er blickte in ein grobes Gesicht mit dichten schwarzen Augenbrauen und ebensolchem Schnauzbart. Es wies arge Blessuren auf.

»Jessasna!*«, kreischte die eine Frau, »das is ja der Jellacic aus dem 3. Stock!«

»Das hat ja so kommen müssen«, murmelte die Hausmeisterin, »weil der Jellacic, des war ka Guada net …**«

Am nächsten Morgen war Nechybas Laune ausgesprochen übel. Der Selbstmord vom Jellacic lag ihm im Magen. Irgendetwas stimmte da nicht. Schließlich war die Tür von Jellacics Wohnung aufgebrochen gewesen, und die Küche hatte sich in einem grauenhaften Zustand befunden; wie nach einem wüsten Kampf. Deshalb hatte er die Leiche in die Gerichtsmedizin bringen lassen. In der Früh war er nun in die Spitalgasse gefahren. Dort hatte ihm der Gerichtsmediziner Dr. Haberda an der nackten Leiche zahlreiche Verletzungen, die Jellacic ›ante mortem‹ zugefügt worden waren, gezeigt:

»Salopp formuliert könnt' man sagen, dass irgendwer versucht hat, dem Jellacic die Scheiße aus dem Leibe zu prügeln. Doch daran is er nicht g'storben. G'storben ist er an einem Schädelbasisbruch und einer Verletzung der Arteria carotis interna, vermutlich infolge des Aufpralls im Hof. Aber das hat er nimmer mitgekriegt. Weil so, wie s' den verprügelt haben, war er eh bewusstlos.«

Damit hatte Nechyba einen Mordfall am Hals. Gran-

---

* Ausruf des Schreckens
** Das war kein netter Mensch

tig stapfte er ins Polizeigebäude. Dort brüllte er seinen Adjutanten Pospischil an, weil dieser ihm noch nicht das Bier zum Gabelfrühstück geholt hatte. Dann verzog er sich in sein Büro, wo er eine Mitteilung über den Stand der Ermittlungen im Fall Jellacic schrieb. Diese ließ er dem Zentralinspector bringen. Danach entspannte er sich. Er biss in ein Salzstangerl, in dem sich dünn geschnittener Kümmelbraten befand, und kaute zufrieden. Dann trank er einen kräftigen Schluck vom Bier, das Pospischil ihm mittlerweile gebracht hatte. Gerade als er zufrieden rülpsen wollte, klingelte das Telephon. Nechyba zuckte zusammen und murmelte: »Net jetzt!« Mit leidender Miene hob er den Telephonhörer ab und raunzte ein »Jaaa, bitteee …«, in den Apparat.

»Nechyba! Na, was sagt man dazu? Jetzt brauch ma den Jellacic gar nimmer verhaften. Manche Dinge erledigen sich von selbst.«

»Jawohl, Herr Dr. Pamer!«

»Allerdings hamma jetzt a Leich … Blöde G'schicht! Nechyba, schaun S', dass Sie den Mörder finden. Ich hab da einen Tipp: Es waren drei Gastwirte, die sich über den Jellacic beschwert haben. Alle drei sind draußen in Ottakring. Warten S' einen Moment, wo hab ich mir das aufg'schrieben? Ah ja! Also … es sind der Neumayr in der Grundsteingasse, der Semmelmüller am Lerchenfelder Gürtel und der Hradil in der Neulerchenfelder Straße. Fangen S' bei denen mit Ihren Ermittlungen an … das scheint mir im Moment am vielversprechendsten zu sein.«

»Jawohl, Herr Dr. Pamer, wird erledigt. Kompliment, wünsche einen schönen Tag!«

Nechyba legte auf, nahm einen großen Schluck Bier, aß das Salzstangerl auf und spülte mit einem noch größeren Schluck nach. Dann rülpste er lautstark und stöhnte zufrieden: »Aaahhh!«

Pospischil trat ein, gab dem Inspector Feuer und servierte das leere Bierglas sowie das Papier, in dem das Salzstangerl eingepackt war, ab. Nechyba lehnte sich in seinem Sessel zurück, paffte seine Virginier, schloss die Augen und dachte nach. Als die Zigarre nur mehr ein kurzer Stummel war, dämpfte er sie aus, pumperte mit der Faust an die Wand und rief:

»Fraczyk! Nimm Mantel und Melone und komm! Wir machen noch einen Ausflug nach Ottakring.«

In der Grundsteingasse betraten Nechyba und Fraczyk eine gepflegte Restauration, die auch über einen eigenen Saal für Veranstaltungen verfügte. Neumayr, der Wirt, war ein Bär von einem Mann und von der Statur her Nechyba durchaus ähnlich. Er pendelte zwischen der Küche und den beiden Gastzimmern, half hinter der Schank und rief seinen Speisenträgern und Lehrlingen ständig Anweisungen zu. Da es bereits halb zwölf war, trafen die ersten Mittagsgäste auf die Letzten, die noch dem Gabelfrühstück frönten. Kurzum, in der Restauration Neumayr war ziemlich viel Betrieb. Als Neumayr hinter der Schank mit viel Liebe ein Krügel Bier zapfte, zückte Nechyba seine Polizeiagenten-Kokarde und stänkerte:

»Der Bierboykott ist Ihnen anscheinend vollkommen powidl*?«

---

* egal

Neumayr schaute ihn kurz aus seinen roten, versoffenen Augen an, zapfte dann seelenruhig das Bier weiter und antwortete:

»So ist es.«

»Und Sie haben keine Angst vor den Bierboykott-Befürwortern?«

Neumayr hatte sein Krügel fertig gezapft und rief mit dröhnender Stimme:

»Anton!«

Aus der Küche kam ein kahlköpfiger Riese, der ein volles Tablett mit frisch gekochten Speisen auf einer Hand über der Schulter balancierte.

»Haben wir Angst, Anton?«

»Naa!«

»Vor nix und niemandem?«

»Vor nix und niemandem, Chef!«

Neumayr nahm das Krügel und brachte es, ohne die beiden Polizeiagenten weiter zu beachten, einem Gast an den Tisch. Dann nahm er neue Bestellungen auf. Als er schließlich wieder hinter der Schank angelangt war, fragte er mit einem aggressiven Unterton:

»Gibt's sonst noch was? Oder wollen S' was essen?«

Nechyba, dem ob der köstlichen Gerüche, die aus der Küche kamen, das Wasser im Mund zusammengelaufen war, beherrschte sich eisern. Bei diesem arroganten und aggressiven Alkoholiker würde er sicher nicht zu Mittag essen. Er knurrte:

»Sie haben einen Wickel mit dem Jellacic g'habt. Was war denn da los?«

»Nix war. Der Jellacic ist reinkommen und hat an Wirbel g'macht. Drauf haben der Anton und ich ihn g'nommen, aus dem Lokal ausse tragen und in hohem Bogen aufs Pflaster g'worfen. Dort is er unsanft gelandet. Dann war a Rua.«

Nechyba nickte, drehte sich um und verließ grußlos die Restauration Neumayr. Draußen sagte er zu Fraczyk:

»Ein echter Ungustl*!«

Grantig gingen die beiden zum Gürtel hinunter, wo sich das nächste Lokal befand, das Wiener Stadtbräu ausschenkte, und das Jellacic des Öfteren heimgesucht hatte. Es war ein ärmliches Beisl. Drinnen saß der Wirt mit einigen Gästen am Stammtisch und diskutierte laut. Als die Polizeiagenten eintraten, verstummte die Runde. Der Wirt stand auf, richtete sein weißes Kapperl, holte tief Luft und fragte in ernstem Ton:

»Die Herren sind vom Polizeiagenteninstitut? Womit kann ich dienen?«

Nechyba sah auf den einen Kopf kleineren Kerl hinunter und erwiderte:

»Herr Semmelmüller, ich hab ein paar Fragen zu Ihnen und zu Ihrem Kollegen Jellacic.«

Kaum hatte er diesen Namen ausgesprochen, lief der Wirt im Gesicht rot an und begann zu brüllen:

»Was fällt Ihnen ein? Mich in einem Atemzug mit diesem Pülcher zu nennen? Ich werd Sie …«

Wie ein tollwütiger Terrier stürzte er sich auf Nechyba, der verblüfft einen und dann mehrere Schritte zurück trat. Das gab Fraczyk die nötigen Sekunden, um seinen Totschläger zu zücken und dem Wirt eine über den Schädel zu ziehen. Der taumelte, griff hinter sich ins Leere und fiel rücklings auf den Boden. Die Stammgäste sprangen

---

* widerlicher Typ

auf und schauten böse. Nechyba gab dem ihm am nächsten Stehenden einen ordentlichen Rempler, sodass dieser zurück auf seinen Sessel fiel. Fraczyk erhob drohend den Totschläger. Darauf besannen sich die Männer und setzten sich finster dreinschauend nieder. Inzwischen hatte sich der Wirt aufgerappelt. Er hielt sich den Kopf und schimpfte:

»Nix als Zores hat man mit euch Kiberern!*«

Fraczyk ging hinter die Schank, nahm ein Geschirrtuch, hielt es unter kaltes Wasser und reichte es dem Wirt.

»Da, halten Sie das an den Schädel. Damit er net so anschwillt ...«

Grummelnd nahm der Wirt das kalte Tuch. Nun tat er Nechyba leid. Begütigend sagte er:

»Sie können doch nicht einen Beamten tätlich angreifen! Sind Sie verrückt geworden? Ich könnt Sie jetzt mitnehmen und wegen Widerstand gegen die Staatsgewalt einsperren.«

Der Wirt hielt sich das Tuch an den Kopf, setzte sich und schaute belämmert. Nechyba fuhr fort:

»Kommen S', erzählen S' schon, was vorg'fallen is.«

Der Wirt zuckte mit der Achsel:

»Na was wird schon gewesen sein? Der Jellacic is reingekommen, hat g'stänkert, und ich hab ihm ein paar in die Gosch'n g'haut. Das war's. Verhaften S' mich jetzt wegen Körperverletzung?«

Nechyba machte eine wegwerfende Handbewegung.

»Wo haben S' ihm in die Gosch'n g'haut? Da im Lokal?«

Einer der Gäste antwortete für Semmelmüller:

»Da im Lokal. Und wir ham alle dem Schurli, unserem

---

* Nichts als Ärger hat man mit euch Polizisten

Wirt'n, g'holfen. Der depperte Jellacic hat Prügel bekommen wie noch nie in seinem Leben.«

Und ein anderer Stammgast stimmte ein:

»I hab eam a Ohrringerl geben, dass es nur so g'scheppert hat*.«

Nechyba stellte sich die Szene bildlich vor und musste grinsen.

»Und das is alles hier im Lokal passiert?«

Semmelmüller verdrehte die Augen und raunzte:

»Na wo denn sonst?«

»Ihr seid's net mit ihm heimgegangen und habt's ihn dort weiter gebirnt**?«

Einer der Stammgäste schüttelte den Kopf:

»Na! Ganz sicher net! Wir waren froh, wie er sich g'schlichen hat***. Dann hamma endlich in Ruhe unser Bier weiter trinken können.«

»Und wann war die Prügelei?«

»Vor drei Tagen. Der Jellacic ist ja früher auch schon stänkern gekommen. Aber dermal hat's uns g'reicht. Dermal hamma ihm zeigt, was wir von seinem depperten Bierboykott halten.«

Nechyba und Fraczyk verließen grinsend das Beisl. Fraczyk murmelte:

»Sind eigentlich ganz leiwande**** Burschen …«

Das Essen war vorzüglich, wie auch alles andere im Gasthaus ›Zum goldenen Luchs‹, das sich vis-à-vis des Jellacic'schen Wohnhauses befand. Herr Hradil, der Wirt, trug

---

* Ich habe ihm eine schallende Ohrfeige verpasst
** geschlagen
*** gegangen ist
**** nette

ein weißes Hemd und eine blitzsaubere weiße Schürze. Freundlich hatte er die beiden Polizeiagenten gebeten, Platz zu nehmen, als sie ihn nach Jellacic gefragt hatten. Hradil hatte sich zu ihnen gesetzt, eine Zigarette der Marke ›Nil‹ angezündet und sich bitter über Jellacic beklagt. Da es aus der Küche wunderbar roch, hatten Nechyba und Fraczyk hier zu Mittag gegessen. Nach dem Essen erschien Frau Hradil. Sie war die Köchin und fragte die beiden Herren, ob es ihnen geschmeckt hatte. Nechyba lobte das Essen und bat sie, sich kurz zu ihnen zu setzen.

»Sagen Sie, wie haben Sie den Jellacic erlebt?«

Die Frau wurde plötzlich sehr ernst. Nach einer kurzen Nachdenkpause murmelte sie:

»Mein Gott! Ein temperamentvoller Mensch ... einer, der halt die Gosch'n net halten konnte. Jetzt ist er tot. Der Herr habe ihn selig.«

Hradil fügte hinzu:

»Temperamentvoll ist a bisserl a Untertreibung. A richtige Landplage war der. Lästig wie ein Zeck.«

Der Wirt gab Nechyba Feuer. Er selbst zündete sich eine weitere ›Nil‹ an. Während der Inspector an seiner Virginier paffte, philosophierte Hradil über die Abgründe der menschlichen Existenz. Kettenrauchend mutmaßte er, dass der Jellacic ein völlig wahnsinniger Mensch gewesen sein musste. »Rabiater als alle anderen ... Und penetrant! Der hat mich wegen dem depperten Bierboykott bis auf's Blut sekkiert*.«

Nechyba und Fraczyk, die nach dem Mittagessen jeweils zwei Stamperln Kriecherl**-Schnaps getrunken

---

* gepiesakt
** Mirabelle

hatten, wollten gar nicht mehr aufstehen. So gut gefiel es ihnen im Gasthaus ›Zum goldenen Luchs‹. Als sie schließlich doch aufbrachen, beschloss Nechyba, noch einmal in das Haus gegenüber zu schauen, wo Jellacic ermordet worden war. Aus einer spontanen Eingebung heraus klopfte er bei der Hausmeisterin an der Tür. Als sie ihm öffnete, strahlte sie:

»Ah, der Herr Inspector! Auf Sie hab ich eh schon g'wartet. Ich muss Ihnen nämlich was erzählen. Die alte Kadlec, die im 3. Stock neben dem Jellacic wohnt, hat vorgestern Nacht was beobachtet. Durch ihr Guckloch hat s' g'sehn, wie zwei Männer beim Jellacic an die Tür gepumpert haben. Als der Jellacic aufg'macht hat, sind sie zu ihm rein, und es hat fürchterlich gescheppert. Dann sind die zwei aus der Wohnung gelaufen. G'standene, kräftige Männer waren das. Und wissen S' was? Die Kadlec glaubt, dass sie einen erkannt hat.«

Nechyba hielt den Atem an. War das die erste heiße Spur? Als er nichts sagte, fragte die Hausmeisterin kokett:

»Und? Wollen S' net wissen, wen s' erkannt hat?«

Nechyba grunzte zustimmend, und sie fuhr fort:

»Der Neumayr war's. Der, dem die Restauration in der Grundsteingass'n g'hört. Das war nämlich a Rauferei unter Wirt'n …«

Nechyba stieß einen Seufzer aus. Schnaufend stieg er die Stiegen in den 3. Stock hinauf und läutete die Kadlec aus ihrer Wohnung heraus. Sie bestätigte ihm die Geschichte, die die Hausmeisterin erzählt hatte, und erinnerte sich auch noch an ein weiteres Detail: Der Begleiter des Herrn Neumayr hat eine Glatze gehabt.

Nechyba hatte gut daran getan, vor der Verhaftung Neumayrs aufs Kommissariat Ottakring zu gehen. Dort erklärte er dem leitenden Kommissär den Sachverhalt, und dieser stellte ihm zwei unformierte Beamte zur Verfügung. Vom Kommissariat aus hatte Nechyba telefonisch einen Arrestantenwagen angefordert. Wider Erwarten verlief die Verhaftung Neumayrs und seines Kellners Anton Blahazek ohne gröbere Zwischenfälle. Und nun saß ihm Neumayr in einem der Verhörräume des Polizeigebäudes gegenüber. Neumayr hatte auf stur geschaltet. Er saß mit blutunterlaufenen Augen und nach Alkohol stinkend da und sagte gar nichts. Nechyba stellte ihm beharrlich eine Frage nach der anderen. Als er mit seinem Fragenkatalog fertig war, begann er mit den Fragen von vorne. Nach über einer Stunde, als Nechyba schon an seiner Taktik zweifelte, riss Neumayr der Geduldsfaden. Er sprang auf und schrie:

»Du Oaschkiberer!«

Gleichzeitig packte er seinen Sessel und zertrümmerte ihn auf dem verblüfften Inspector. Nechyba konnte gerade noch die Arme hochreißen. Wie ein Platzregen prasselten Schläge nieder, die Neumayr ihm mit einem abgebrochenen Sesselbein verpasste. Nechyba wehrte sich verzweifelt. Der Krach im Verhörzimmer alarmierte den am Gang wachhabenden Polizisten. Er stürzte sich auf Neumayr. Zu zweit bändigten sie den Tobenden. Nechyba, der eine Platzwunde oberhalb des linken Auges sowie etliche blaue Flecken am ganzen Körper hatte, rief schnaufend:

»Alarm!«

Umgehend erschienen weitere Polizisten. Nechyba ließ eine Zwangsjacke bringen. In die wurde Neumayr, obwohl er sich nach Kräften wehrte, gesteckt. Zusätzlich orderte er einen Kübel kaltes Wasser. Grinsend zogen sich die Polizisten aus dem Verhörraum zurück. Nur Fraczyk, der mittlerweile auch dazugestoßen war, blieb auf Nechybas Wunsch im Zimmer.

»So … Jetzt verpass ma dir eine Abkühlung, Neumayr«, grantelte Nechyba und steckte dessen Schädel in den Wasserkübel. Der Gastwirt sträubte sich und strampelte. Erst als seine Gegenwehr nachließ, riss der Inspector den Kopf aus dem Wasser. Neumayr krümmte sich am Boden, hustete, spuckte und würgte. Nechyba ließ ihm Zeit. Schließlich riss er den Kopf des Gastwirts an den Haaren hoch und tunkte ihn wieder in den Kübel ein. Das wiederholte er etliche Male. Dann bekam Neumayr wiederum Zeit, sich zu erholen. Als Nechyba ihn neuerlich bei den Haaren packte, verdrehte der Gastwirt panisch die Augen und schrie:

»Aufhören! Ich gesteh alles! Aufhören!«

Nechyba tauchte ihn kurz ein und sagte dann:

»Ich will nur die Wahrheit hören!«

»Jawohl! Die Wahrheit!«

Der Inspector ließ ihn los und kommandierte:

»Steh auf!«

Mühsam rappelte sich Neumayr hoch. Nechyba lehnte sich an den Tisch, an dem Fraczyk mit Papier und Feder saß, um das Geständnis zu protokollieren.

»Also, warum warst vorgestern in der Nacht beim Jellacic in der Wohnung?«

»Weil ich endlich a Ruh haben wollt.«

»Ich hab gedacht, du hast ihn auf d' Straßen aussег'haut und dann war eh a Ruh?«

»Net mit dem Jellacic. Ausseg'haut hamma ihn ein paar Tage vorher. Aber vorgestern ist er plötzlich wieder in meinem Wirtshaus g'standen und hat g'stänkert. Da hab ich ihm vor Zorn ein Krügel-Glas an den Schädel g'schmissen. Das hat ihn so g'schreckt, dass er sich g'schlichen hat.«

»Und dann?«

»Nach der Sperrstund' bin ich mit dem Anton zum Jellacic, um ihm eine ordentliche Abreibung zu verpassen … Wie er die Tür aufg'macht hat, hat er nur eine Unterhosen ang'habt. Wir haben ihm ein paar Stesser* geben und dann zu zweit auf ihn eingeprügelt. Bis er am Boden g'legen is. Dann hat ihn der Anton noch ein paar Mal an den Kopf und in die Nieren getreten.«

»Und dann habt ihr ihn g'nommen und beim Fenster runtergestürzt. Damit für immer a Ruh is …«

»Nein! Um Gottes willen! Das hamma net g'macht. Das war ja auch gar net möglich …«

»Wieso? Ihr seid doch zwei kräftige Burschen!«

»Ja, aber da war ja noch wer …«

»Was?«

»A nackertes Weibsbild ist aus dem Zimmer geschossen. Wie eine Hyäne hat sie sich auf uns gestürzt. Die war komplett narrisch. Da hamma uns aus dem Staub g'macht …«

»Und das soll ich dir glauben?«

»Aber das is die Wahrheit. Nix als die Wahrheit!«

❧

---

* Stöße

Nechyba fuhr alleine nach Ottakring hinaus. Er verzehrte im Gasthaus ›Zum goldenen Luchs‹ einen köstlichen Kümmelbraten mit knusprigem, bei jedem Biss krachendem Schwartel, Sauerkraut und Semmelknödel. Da Frau Hradil den Schweinsbraten mit Schwarzbier aufgegossen hatte, war der Saft ganz besonders köstlich. Zufrieden brummend zündete sich Nechyba nach dem Essen eine Zigarre an und gab dem Wirt, der sich zu ihm gesetzt hatte, Feuer. Gemeinsam genossen sie zwei Stamperln Kriecherl-Schnaps und plauderten über Gott und die Welt. Auch diesmal fiel es Nechyba schwer, das gemütliche Gasthaus zu verlassen. Am liebsten wäre er bei einigen Bieren und Schnäpsen im ›Goldenen Luchs‹ sitzen geblieben. Seufzend stand er auf, zahlte und begab sich in das Jellacic'sche Wohnhaus. Dort stieg er schnaufend in den 3.Stock hinauf, öffnete die provisorisch verschlossene Tür und sah sich das gewaltsam geöffnete Schloss noch einmal genau an. Es war mit einem Geißfuß oder einem Stemmeisen aufgebrochen worden. Langsam schlenderte er durch die verwüstete Küche. Er machte die Tür auf, die zum einzigen Zimmer der Wohnung führte. Nun fiel wesentlich mehr Licht in die Küche. Und plötzlich sah er beim Fuß der Kredenz etwas glitzern. Er hob es auf und erstarrte. Es war ein goldenes Armketterl mit einem herzförmigen Anhänger, das er irgendwo schon gesehen hatte. Wo, fiel ihm aber im Moment nicht ein. Er seufzte und suchte weiter. Und dann fand er das, was er eigentlich gesucht hatte offen am Küchentisch zwischen alten Zeitungen, schmutzigem Geschirr und Essenresten liegen: einen Geißfuß. Er nahm ihn und verglich die Breite der Eisenspitze mit den Spuren im Holz. Das passte. Nechyba ging zum Küchentisch, setzte sich hin und zündete sich eine Virginier an. Nachdenklich paffte er die Zigarre und dabei fiel ihm auf, dass es in der Küche keinen Aschenbecher gab. Er sah auch keine herumliegenden Zigarettenstummel. Jellacic war offensichtlich Nichtraucher. Der Inspector saß völlig in Gedanken versunken da und starrte vor sich hin. Plötzlich entdeckte er auf dem Küchenboden etwas, das ihn verwunderte. Sorgsam hob er es auf, untersuchte es und packte es fein säuberlich in ein Taschentuch ein. Ein massiver Verdacht formte sich in seinem Kopf.

∽◉∾

Am nächsten Tag saß die Hausmeisterin des Hauses, in dem Jellacic gewohnt hatte, nervös im Verhörzimmer des Polizeigefangenenhauses. Nechyba hatte sie von einem seiner Polizeiagenten abholen und herbringen lassen. Dann ließ er sie eine halbe Stunde dunsten*, bevor er mit dem Verhör begann. Grußlos nahm er ihr gegenüber Platz und brummte:

»Name?«

»Anna Smetana.«

»Beruf?«

»Hausmeisterin.«

»Polizeiliche Vorstrafen?«

»Um Gottes willen! Keine!«

»Na, dann werden S' jetzt eine kriegen.«

»Was? Wieso? Ich hab nix angestellt! Ich hab den Jellacic net beim Fenster oweg'stess'n**!«

---

* warten
** hinunter gestoßen

»Sie haben der Polizei aber wichtige Beobachtungen vorenthalten. Das ist strafbar.«

»Ich hab' Ihnen alles g'sagt!«

»Alles?«

Nechyba lehnte sich zurück und schaute die Smetana mit bohrendem Blick an. Sie duckte sich, biss an ihren Fingernägeln und stammelte schließlich:

»Naa … net alles. Aber das betrifft gute Bekannte von mir. Die kann i net vernadern*.«

»Na gut, dann bleiben S' halt da. So lange, bis Sie reden!«

Damit verließ Nechyba den Verhörraum. Als er zwei Stunden später wiederkam, redete Anna Smetana wie ein Wasserfall.

In blütenweißem Hemd und mit blütenweißer Schürze saß Emil Hradil ihm gegenüber. Neben ihm saß seine Frau, die sich ein Strickjackerl über die weiße Koch-schürze angezogen hatte. Grußlos war Nechyba in das Verhörzimmer gekommen, wortlos knallte er das goldene Armkettchen vor den beiden auf den Tisch. Frau Hradil konnte sich nicht zurückhalten:

»Jö! Mein Armketterl! Das is mir eh schon abgegangen.«

Als sie es zu sich nehmen wollte, legte Nechyba seine Pranke darauf. Und brummte:

»Wissen S', wo i des g'funden hab?«

Sie schüttelte den Kopf und schaute ihm treuherzig in die Augen. Sie kocht zwar brillant, ist aber eine falsche Gretl, dachte Nechyba. Dann polterte er:

---

* verpfeifen

»In der Küche vom Jellacic! Dort, wo Sie splitternackt wie eine Furie den Neumayr und seinen Kellner attackiert haben.«

Hradil blickte seine Frau zuerst entgeistert an und schrie dann:

»Was hast g'macht?«

Voll Wut begann er auf sie einzuschlagen. Nechyba warf sich dazwischen und brüllte:

»Alarm!«

Zwei Uniformierte stürmten in den Raum und bändigten den tobenden Gastwirt. Nechyba ließ die Frau hinausführen. Hradil setzte sich und griff mit zitternden Fingern nach einer Zigarette. Nechyba gab ihm Feuer. Dann erzählte ihm Nechyba, dass es Zeugen für den vorher erwähnten Zwischenfall gäbe.

»Außerdem hat die Hausmeisterin, die Smetana, ausgesagt, dass Sie und Ihre Frau in der Mordnacht im ›Goldenen Luchs‹ lautstark gestritten hätten. Wenig später hat sie gesehen, wie Sie mit einem Geißfuß in der Hand Ihre Gastwirtschaft verlassen haben.«

Hradil rauchte nervös. Nechyba sah ihn lange schweigend an. Hradil dämpfte die Zigarette aus und zündete sich gleich eine neue an. Schließlich fuhr Nechyba fort:

»Nach dem Streit im Gasthaus haben Sie die Wohnung vom Jellacic aufgebrochen. Der ist bewusstlos am Küchenboden gelegen. Nervös haben sie eine ›Nil‹ geraucht und nachgedacht. Die Zigarette haben Sie neben dem Tisch am Boden ausgetreten. Woher ich das weiß?«

Nechyba kramte aus seiner Tasche ein Taschentuch hervor, aus dem er einen ›Nil‹-Stummel auf den Tisch kullern ließ.

»Weil ich diesen Tschik* in der Küche vom Jellacic gefunden hab.«

Nechyba machte wieder eine Pause, bevor er weiter sprach:

»Schließlich haben Sie den bewusstlosen Jellacic durchs Zimmer geschleift, das Fenster geöffnet und ihn hinuntergestürzt. Und das alles wegen dem Bierboykott.«

Hradil erwiderte trocken:

»Ich hab ihn umgebracht … Aber net wegen dem depperten Bierboykott, sondern wegen meiner Frau …«

---

* Zigarette, im alten Wienerisch: Zigarettenstummel

A SCHOAFE
(1912)

»Wollen s' a Schoafe*?«

Joseph Maria Nechyba war überrascht. Schon seit einigen Jahren frequentierte er den Würstelmann am Platz am Hof, aber diese Frage hatte ihm der Herr Anton noch nie gestellt.

»Ist sie wirklich scharf?«, fragte er skeptisch, worauf Herr Anton entgegnete:

»Na kosten Sie s' halt.«

Nechyba nickte, und der Würstelmann öffnete den Wurstkessel. Eine dampfende Wolke stieg in die klirrend kalte Winterluft empor und vernebelte ihm vorerst die Sicht. Während Nechybas Frnak** den fettigen Duft von gekochten Würsten einatmete, stocherte der Würstelmann mit einer langen hölzernen Zange in seinem Wurstkessel herum. Schließlich zog er die gesuchte Wurst an Land. Es handelte sich dabei um ein großes, dickes Würstel von feuerroter Farbe. Na serwas, dachte sich Nechyba, die schaut ja schon wahnsinnig scharf aus. Da hat der Fleischhauer ordentlich viel Paprikapulver in das Wurstbrät gemischt. Und genauso war es dann auch, als er hineinbiss. Die höllisch scharf gewürzte Wurst brannte am Gaumen, doch gemeinsam mit einem Stück Brot war sie durchaus genießbar. Als er die Wurst verspeist hatte, war sein Kreislauf äußerst angeregt, Nechybas Wangen glühten. Nicht schlecht, dachte er sich, die Schoafe ist eine echte Winterspezialität. Er zahlte und ging über den Platz am Hof, wo ein eisiges Lüfterl wehte, weiter in Richtung Porzellangasse. Denn was der Inspector jetzt wirklich brauchte, war ein kühles Bier, um sei-

---

* scharfe Wurst
** Nase

nen in Flammen stehenden Gaumen zu besänftigen. In der Gastwirtschaft ›Zum Rebhuhn‹ überlegte er beim Bier, wie lange er schon den Herrn Anton kannte. Na mindestens 15 Jahre, seit er seinen Dienst in der nahe gelegenen Polizeidirection am Schottenring angetreten hatte. Ob Sommer oder Winter – immer stand der Herr Anton unter seiner Plane am Platz am Hof und garte in einem ovalen silberfarbenen Kessel Würste. Wobei in der kalten Jahreszeit sein Geschäft naturgemäß besser ging. Als er so über den Würstelmann nachdachte, kam ihm ein Artikel des legendären Wiener Feuilletonisten Friedrich Schlögl in den Sinn.

Später, als er daheim war, kramte er in seinem Bücherregal so lange herum, bis er das Büchlein ›Wienerisches, Kleine Culturbilder aus dem Volksleben der alten Kaiserstadt an der Donau‹ fand. In dem Kapitel ›Die Saison der Wurst‹ schrieb Schlögl über den Winter: … *er offeriert uns nicht nur Schneegestöber und markerschütternde Stürme und separate nur unter seiner Aegide werthvolle Delicatessen, wovon ich nur die köstlichen Withestable-Austern und den famosen Cognacpunsch anführen will. Und wer aus zwingenden Ursachen derlei Kostbarkeiten aus seinem Programm gestrichen, der begnügt sich mit der demokratischen Wurst und erklärt auch dieses Erzeugniß heimatlichen Gewerbefleißes für einen Leckerbissen, wenn – er einer ist …*

Die Wurst in Wien! Wer ihre sociale Mission erschöpfend schildern könnte! Ihre Anfänge, ihren Werdeproceß, ihre Entwicklung, ihre Veredelung (mitunter auch Verschlechterung), ihre Fortpflanzung bis auf das heutige

Geschlecht, ihre Arten und Abarten, und ihre Ueberwu-
cherung in allen Schichten der Gesellschaft. Gewiß ein
lehrreiches Bild, das uns einen tiefen Blick in die Minen-
gänge jenes schleichenden Gespenstes liefert, das – Ver-
armung heißt.*

Nechyba nahm einen kräftigen Schluck Bier, strich sich
über seinen an den Enden aufgezwirbelten Schnurrbart
und rülpste leise. Der alte Friedrich Schlögl, der diese
Polemik vor über 25 Jahren verfasste, hatte schon recht.
Wenn Nechyba sich zurückerinnerte, so war früher ein
Stück Fleisch durchaus leistbar gewesen. Nun mussten
selbst bürgerliche Haushalte wie der seine auf jeden Heller achten. Und so kochten seine Frau und er viel öfter
ein Stück Wurst als ein Stück Fleisch zu den Erdäpfeln
und zum Gemüse. Die Saison der Wurst, die zu Schlögls
Zeiten nur die kalte Jahreszeit umfasste, hatte sich auf das
ganze Jahr ausgedehnt.

⚒

Der nächste Morgen begann ungemütlich. Ein heftiger
Wind, der dicke, wässrige Schneeflocken vor sich hertrieb,
vermieste ihm den Weg ins Büro. Dort wurde er von Zentralinspector Dr. Pamer zu einem Leichenfund beordert:
»Nechyba, Sie wohnen doch in Mariahilf. Dort,
genauer gesagt im Raimundhof, sind Leichenteile gefunden worden. Ziemlich unappetitliche Sache. Das zustän-
dige Kommissariat hat unsere Hilfe angefordert, also sind
S' so gut und fahren S' gleich hin.«

---

* Zitiert aus: Friedrich Schlögl: Wienerisches. Kleine Culturbilder aus
dem Volksleben der alten Kaiserstadt an der Donau. A. Hartleben Verlag,
Wien, Pest, Leipzig.

Grantig saß Nechyba wenig später in der Tramway und ärgerte sich, dass er heute um sein morgendliches Gabelfrühstück umgefallen war. Er seufzte tief. Auf lieb gewordene Rituale zu verzichten, fiel ihm schwer.

Bei der Stiftgasse stieg er aus dem 52er aus und ging die paar Schritte vor zum Raimundhof. Dort tauchte er in den langen Schlauch dieses Durchhauses ein. Er musste mehrere Höfe durchqueren, bis er im vorletzten Hof eine kleine Gruppe von Menschen im Schneetreiben stehen sah. Ganz hinten in einem Winkel lag ein Bündel Fetzen. Dies wäre nicht ungewöhnlich gewesen, doch der Inhalt, den die Fetzen bargen, war grausig. Zersplitterte Schädelteile, Haare, Knochen, Zähne und Kieferstücke waren hier abgelagert worden. Nechyba grüßte die anwesenden Herren, unter ihnen befanden sich sein alter Bekannter, der dem Kommissariat Mariahilf zugeteilte Polizeiagent Drabek, sowie dessen Vorgesetzter, der Oberkommissär Suchanek. Letzterer begrüßte Nechyba mit Erleichterung in der Stimme:

»Endlich sind S' da, Herr Inspector. Mir sind schon sämtliche Zehen eingefroren.«

Nechyba murmelte: »Kein Wunder bei diesem Sauwetter«, hockte sich hin und besah sich die Leichenteile. Drabek, der sich ebenfalls hinhockte, hatte ein Stück Holz in der Hand, mit dem er die Teile dessen, was ehedem ein Mensch gewesen war, vorsichtig auseinander schob, um sie besser betrachten zu können. Schnaufend stand Nechyba auf und sagte zu den beiden uniformierten Polizisten, die bisher regungslos dagestanden waren:

»Meine Herren, packen S' das alles zusammen und bringen S' es bittschön dem Doktor Haberda in die Sensengasse. Der soll sich das in Ruhe ansehen, und dann red ma weiter.«

Zu Suchanek gewandt fuhr er fort:

»Wer hat denn die Sauerei gefunden?«

Ein Uniformierter stupste eine zerlumpte Gestalt vor den Inspector hin. Suchanek erläuterte:

»Die Griaslerin* da. Sie hat geglaubt, dass was Essbares in den Fetzen eingepackt is. Wie s' g'sehen hat, was wirklich drinnen ist, hat's laut zum Schreien ang'fangen. Dann sind die Leut' aus den benachbarten Werkstätten und Geschäften zusammeng'rannt, und einer von denen hat uns verständigt. Die Leut' sind aber jetzt alle wieder drinnen und arbeiten.«

Nechyba nickte und sagte:

»Das war's dann auch schon, meine Herren. Habe die Ehre. Sie hören von mir.«

Zur Griaslerin gewandt, sagte er in barschem Ton:

»Und du kommst mit mir mit. Gemma!«

Knapp vor der Mariahilfer Straße, als er außer Sichtweite der anderen war, drehte er sich abrupt um, drückte der Alten eine Krone in die Hand und brummte:

»Kauf dir was zum Essen. Der Rest ist für eine Schlafstätte. Weil bei dem Hundswetter erfrierst mir sonst noch.«

Die Alte riss ihren zahnlosen Mund auf und blickte den Inspector fassungslos an. Dann küsste sie ihm die Hand und humpelte eilig davon.

～☙～

---

* Obdachlose

Ein paar Tage später schlenderte Joseph Maria Nechyba über den Naschmarkt. Er hatte heute etwas früher mit seiner Arbeit Schluss gemacht und war nun auf der Suche nach großen Erdäpfeln, denn er gedachte, heute Abend Erdäpfeln mit Butter zu essen. Erst gestern hatten seine Frau Aurelia und er darüber geredet: über schöne, große mehlige Erdäpfel, die mit der Schale gekocht und anschließend aufgeschnitten werden. Dann kamen Salz und Butterflocken über das dampfende Innere der köstlichen Knollen. Ein einfaches und doch wohlschmeckendes Mahl. Kritisch prüfte er bei den wenigen am Nachmittag noch verbliebenen Marktständen die angebotene Ware. Bei einer Bäuerin aus dem Tullnerfeld wurde er fündig. Mit einem Sack Erdäpfel unterm Arm flanierte er entspannt den Markt entlang. Beim Würstelmann sah er eine bekannte Gestalt: den Polizeiagenten Drabek. Mit einem jovialen »Habedieehre!« klopfte er dem Kollegen auf die Schulter, als der gerade in eine heiße Wurst biss.

»Was ess ma denn da Gutes?«

Drabek, der sich aufgrund Nechybas Schulterklopfens fast verschluckt hatte, räusperte sich und antwortete mit vollem Mund:

»A Schoafe, mein lieber Nechyba.«

»Ah da schau her! Jetzt gibt's die auch schon am Naschmarkt. I hab glaubt, dass es die nur beim Herrn Anton am Hohen Markt gibt.«

»I ess sie zum ersten Mal. Aber des Würschtel schmeckt wirklich net schlecht.«

»Wie geht's Ihnen so, Drabek?«

»Danke der Nachfrage. Bescheiden. Mein Vorgesetzter, der Oberkommissär Suchanek, hat mich auf die verschwundenen Dienstmädeln angesetzt. Weil die Zeitungen ka Ruh' geben und immer wieder drüber schreiben. Es ist ja auch wirklich zu blöd, dass die Dienstmädeln alle in unserm Bezirk verschwunden sind. Ich sag Ihnen, das is a Sisyphus-Hack'n*.«

»Ah geh! Warum denn?«

Drabek steckte das letzte Stück Wurst in den Mund und antwortete kauend:

»Weil die Mädeln alle wie vom Erdboden verschwunden sind. Plötzlich is wieder eine weg. Ohne Zeugen, ohne gar nix. Einfach so. Deswegen hat mir der Suchanek den Fall zuwebeutelt**. Weil ihm die Sucherei selber zu blöd is.«

»Sie Armer!«

Weiter kam Nechyba nicht, denn ein Mann neben ihm spuckte einen Bissen von einem Würstel aus und begann laut zu schreien:

»So a Sauerei! So a vermaledeite Sauerei. Da is a Finger drin in meinem Würstel!«

Er hielt dem verdutzten Würstelmann seine angebissene Wurst hin, aus der tatsächlich ein Fingerspitzel mit einem schmutzigen Fingernagel hervorlugte. Er packte den Würstelmann beim Kragen und schrie ihn an:

»Du Hundstuttel***, wo hast denn dieses grausliche Würschtl her?«

Nun schritt Drabek ein. Er zückte seine Polizeiagenten-Kokarde und kommandierte:

»Geben S' ma des Würschtl und hören S' auf zu schimpfen. Des bringt nix.«

---

* Sisyphus-Arbeit
** zugeteilt
*** Hundetitte

Er wandte sich an den Würstelmann:

»Und Sie geben ihm sein Geld zurück. Das Würschtl is konfisziert. Was is das für eins?«

»A … a … Schoafe …«

Drabek wurde schlagartig blass im Gesicht. Und während sein Adamsapfel infolge heftiger Schluckbewegungen auf und nieder hüpfte, fuhr er mit zitternder Stimme fort:

»Fischen S' die restlichen Schoaf'n aus dem Wurstkessel, die nehm ich alle mit. Die kommen auf die Gerichtsmedizin in die Sensengasse.«

Und während der Würstelmann Drabek das angebissene Würstel sowie die beschlagnahmte Ware in Zeitungspapier einpackte, verabschiedete sich Nechyba von seinem Kollegen. Gemütlich wanderte er die Engelgasse* zum Café Sperl hinauf, streichelte über die Rundungen seiner Erdäpfel und murmelte versonnen:

»Bei meinen Erdapferln weiß ich wenigstens sicher, was in der Schale drinnen ist. Bei der Wurscht weiß man das nie …«

☙❦❧

Nechyba betrachtete die vor ihm penibel aufgereihten Knochenteile. Er atmete flach. Wegen des hier herrschenden Gestanks und wegen des makabren Anblicks. Dr. Haberda hatte die im Raimundhof gefundenen menschlichen Überreste zueinander passend aufgelegt, sodass vor Nechyba nun die Fragmente menschlicher Körper lagen.

»Das sind ja drei verschiedene«, murmelte er fassungslos. Haberda nickte und begann zu dozieren:

---

* Heute: Girardigasse

166

»Wissen Sie, Nechyba, diese Fundstücke haben mir anfangs ein ganz schönes Rätsel aufgegeben. Ursprünglich dachte ich so wie Sie, dass die einzelnen Stücke alle von ein und derselben Person stammen. Aber dem war nicht so. Da nix zusammengepasst hat, bin ich zur Überzeugung gekommen, dass es sich um zwei Personen handeln muss. Wie dann noch immer ein paar Stückerln übrig geblieben sind, war mir klar, dass es insgesamt drei Leichen sind. Das passt jetzt alles recht schlüssig zusammen.«

»Männer oder Frauen?«

»Alles Frauen. Junge Frauen, würde ich sagen.«

»Haben Sie was dagegen, wenn wir ein bisserl raus an die frische Luft gehen? Ich würd mir gerne ein Zigarrl anrauchen und das Ganze ein bisserl durch den Kopf gehen lassen.«

»Kommen S' mit in mein Zimmer. Dort können wir, wenn Sie frische Luft wollen, das Fenster aufmachen.«

Wenig später ließ sich Nechyba auf dem Besuchersessel in Haberdas Büro nieder. Er fingerte eine Virginier aus der langen, schmalen Packung und bot auch dem Pathologen eine an. Kunstvolle Rauchkringel paffend saßen sich dann die beiden Herren einige Minuten schweigend gegenüber. Plötzlich fragte Nechyba:

»Sagen S', haben Sie die Wurst mit dem Finger auch schon untersucht?«

Haberda sah ihn erstaunt an.

»Woher wissen S' von der?«

»Ich war dabei, wie einer beim Würstelmann am Naschmarkt in die Schoafe einebissen hat. Der Drabek hat das Zeug dann konfisziert und Ihnen zukommen lassen.«

Haberda seufzte:

»Ja, diese Würstln sind tatsächlich eine Schweinerei. So wie's aussieht, ist da möglicherweise nicht tierisches, sondern menschliches Fleisch drinnen ...«

Nechyba bekam einen Hustenanfall. Als er sich beruhigt hatte, fuhr Haberda fort:

»Ich kann's nicht 100-prozentig beweisen, deshalb hab ich noch mit niemandem darüber gesprochen. Sie sind der Erste, Nechyba.«

Nechyba beherrschte sich eisern, damit das flaue Gefühl in seinem Magen nicht zu einer Übelkeit ausuferte. Um sich abzulenken, sprang er auf und ging im Zimmer aufgeregt auf und ab. Schließlich fragte er den Pathologen:

»Wäre es möglich, dass die Fingerkuppe und das Fleisch von einer der drei toten Frauen stammen, die wir uns vorher gerade ang'schaut haben?«

Haberda kratzte sich nachdenklich am Schädel und antwortete:

»Möglich wär es. Weil die Fingerspitze, die offensichtlich irgendwie durch die Faschiermaschine* durchgerutscht ist, stammt auch von einer weiblichen Person.«

⚬෨⚬

Im Sturmschritt eilte Nechyba durch die verschneite Stadt. Er überquerte beim Schottentor den Ring, ging die Herrengasse entlang und bog dann in die Freyung ein, von wo er schließlich auf den Hohen Markt kam. Ohne zu zögern steuerte er den gut besuchten Stand des Herrn Anton an.

---

* Fleischwolf

Nechyba griff ihm in den Arm, als der gerade ein Paar Frankfurter aus dem Kessel herausnehmen wollte. In einem Tonfall, der keinen Widerspruch duldete, sagte er:

»Kommen S'! Ich muss mit Ihnen unter vier Augen reden.«

Er zog den Würstelmann von seinem Stand weg. Versteckt hinter einem anderen Markstand fragte er ihn:

»Wo haben S' die Schoaf'n her?«

»Was geht Ihnen das an?«

»Wollen Sie mit ins Polizeigebäude kommen?«

»Na! Aber ich möchte net darüber reden …«

»Gut. Dann verhafte ich Sie. Sie kommen auf der Stelle mit mir mit.«

»Und mein Stand und meine Würsteln?«

»Die sind mir wurscht. Gemma!«

»Na! Ich bitt Sie! Ich sag's ja eh schon. Die hab i unter der Hand sehr günstig von einem Salamutschimann* gekauft.«

»Seit wann verkauft a Salamutschimann Würsteln, die noch gegart werden müssen?«

»Normalerweise eh net. Aber der, bei dem ich die Schoaf'n gekauft hab, der schon.«

»Wissen S', wo i den Kerl find?«

»Na. Aber der treibt sich seit einigen Monaten da herum. Wahrscheinlich nicht nur bei uns, sondern auch auf anderen Märkten.«

Nechyba ließ den Würstelmann los, grüßte kurz und stapfte davon. Er erinnerte sich, dass der Würstelmann am Naschmarkt auf Drabeks Fragen eine ähnliche Aus-

---

* aus Italien stammende fliegende Händler, die Salamis und luftgetrocknete Würste verkauften

sage gemacht hatte. Nun hieß es strategisch vorgehen und die Würstelmänner auf Märkten, die eine Schoafe führten, zu überwachen.

✧

Nach einem kurzen Mittagessen führte ihn sein Weg zum Kommissariat nach Mariahilf. Dort beriet er sich mit Oberkommissär Suchanek und dem Polizeiagenten Drabek. Beide stimmten ihm zu, dass ein Zusammenhang zwischen dem Finger in der Wurst und dem Fund der Leichenteile bestehen könnte. Suchanek übernahm mit seinen Leuten die Überwachung des Würstelmanns am Naschmarkt, Nechyba würde Polizeiagenten seiner Abteilung für die Überwachung der anderen Würstelmänner abstellen. Salamutschimänner, die sich auf einem der Wiener Märkte herumtrieben, würden ausnahmslos festgenommen und einem Verhör durch Nechyba und Drabek zugeführt werden. Weiters wurde beschlossen, dass Nechyba und Drabek ab sofort gemeinsam in Sachen Leichenteile ermittelten. Suchanek betonte ausdrücklich, dass Drabek vorerst nicht weiter nach den verschwundenen Dienstmädeln suchen sollte. Die Fahndung nach dem Kerl, der in Wien die Leichen junger Frauen in Hinterhöfen und möglicherweise auch in Wursthäuten verstecke, habe höchste Priorität.

Müde und ausgelaugt kam Nechyba kurz nach acht Uhr abends nach Hause. Seine Frau Aurelia war schon da und wärmte gerade ein Süppchen. Nachdem er seine Frau umarmt und geküsst hatte, zog er sich die Straßenschuhe aus. Er schlüpfte in bequeme Patschen*, hängte sein Sakko und sein Hemd auf Kleiderhaken auf und schlurfte dann im Ruderleiberl** mit herunterhängenden Hosenträgern zum Herd. Vorsichtig hob er den Deckel des Suppentopfes. Was da leise vor sich hin köchelte, erfreut ihn sehr: Im Topf befand sich eine Altwiener Gemüsesuppe mit Erdäpfeln und Schwammerln. Nechyba seufzte erleichtert und sagte:

»Gott sei Dank ist das keine Rindsuppe. Weil Fleisch und Knochen kann ich heut' wirklich nimmer sehen!«

∿∾

»Und? Haben Sie einen welschen*** Gesellen oder Meister, der bei Ihnen arbeitet?«

Direktor Wiesner, Besitzer der gleichnamigen Wurstfabrik, zuckte mit den Achseln und lamentierte:

»Woher soll ich das wissen? Ich kenn mich in meiner Fabrik leider gar nicht aus. Wissen S', die Fabrik hab ich von meinem Herrn Papa geerbt. Aber die Fleischerei war nie so meins. Zum Glück hab ich einen tüchtigen Fleischermeister, der den Betrieb führt. Und um die Finanzen kümmert sich meine Frau. Meine Herren, Sie sehen, ich hab mit der Fabrik nichts zu tun.«

Nechyba und Drabek sahen ihn überrascht an. Als Wiesner das merkte, lehnte er sich zu den beiden vor und sagte leise:

»Ganz unter uns, meine Herren: So eine Wurstfabrik ist fad. Man kann mit ihr zwar einiges Geld verdienen,

---

* Hausschuhe
** Unterhemd
*** italienischen

aber Geld ist nicht alles im Leben. Wissen Sie, ich verbring meine Zeit lieber im Kaffeehaus und im Theater. Das ist amüsanter.«

Damit stand Wiesner auf und zog an einer Klingelschnur. Kurz darauf wurde die Tür des Direktorenzimmers geöffnet, und der junge Sekretär, der die beiden Polizeiagenten vor nicht einmal zehn Minuten zu Wiesner geführt hatte, erschien.

»Mein lieber Unterebner, sind S' so gut und führen Sie die Herren zu unserem Meister, zum Herrn Pötschl. Der kann ihnen vielleicht die benötigte Auskunft geben.«

Mit einem jovialen Handschlag verabschiedete sich Wiesner von den Polizeiagenten und rief seinem Sekretär nach:

»Und noch eines, Unterebner: Sorgen S' dafür, dass jeder der beiden Herren einen Kranz Extrawürste mitbekommt. Für die sind wir berühmt!«

Als sie dem Sekretär durch unzählige Gänge des verwinkelten Gebäudes, in dem es nach Geselchtem und allerlei anderem roch, folgten, überlegte Nechyba, ob der Besuch in der Wurstfabrik eine gescheite Idee war. Diese hatte seine Frau Aurelia am Vorabend gehabt, als er ihr von seinem Besuch bei Dr. Haberda und den Leichenstücken im Raimundhof erzählt hatte. Aurelia machte ihn darauf aufmerksam, dass es ganz in der Nähe, in der Liniengasse, die Wurstfabrik Wiesner gab. Als er das heute Morgen Drabek erzählt hatte, beschlossen die beiden, sich die Fabrik näher anzusehen.

Unterebner führte sie zu einem winzigen Büro, in dem ein beleibter Mann in weißem Fleischhauergewand saß.

Die Rückseite des Büros bildete ein großes Fenster, durch das man in eine Halle sah, in der Fleisch von unzähligen fleißigen Händen zerteilt und verarbeitet wurde. Auf die Frage nach einem welschen Gesellen schüttelte Meister Pötschl unwillig den Kopf:

»Hamma net.«

»Und Sie haben auch in den letzten Monaten keinen Welschen beschäftigt?«

»Na.«

Drabek sah Nechyba ratlos an. Dieser zwirbelte seinen Schnurrbart und machte einen neuerlichen Versuch:

»Sie erzeugen auch Debreziner und Burenwürste?«

»Jo.«

»Brauchen S' für diese Würschteln viel Paprika?«

»Kommt drauf an.«

»Wo haben S' denn die Gewürze gelagert?«

»In einem Kammerl.«

»Könnten Sie mir das Gewürzlager zeigen?«

Pötschl rollte mit den Augen und machte einen unwilligen Schnaufer. Als Unterebner, der die ganze Zeit still danebengestanden war, zustimmend nickte, stand er auf und brummte:

»Folgen Sie mir.«

Es ging eine steile Treppe hinunter in den Verarbeitungsraum, wo es intensiv nach Fleisch und Blut roch. Die beiden Polizeiagenten und Unterebner schlängelten sich hinter Pötschl durch die hier arbeitenden Fleischhauer. Pötschl führte sie in einen Gang, wo er rechts eine Tür aufmachte. Er entzündete eine Petroleumlampe und leuchtete in den Raum.

»Das Gewürzlager.«

Nechyba sah riesige Säcke von Salz, Pfeffer, Majoran und anderen Gewürzen. Von der Decke hingen Zöpfe mit Knoblauchknollen.

»Wo ist denn der Paprika?«

Pötschl kramte herum und rief dann mit donnernder Stimme:

»Schani, wo is der Paprika?«

Ein bleicher Fleischhauergeselle erschien und begann zwischen den Säcken zu wühlen. Schließlich zog er einen fast leeren Sack hervor.

»Des is alles, was man no haben. I hab eh schon der Chefin g'sagt, dass sie einen nachbestellen soll.«

Pötschl sah sich den Sack an und brummte:

»Das gibt's net. So viel Debreziner und Burenhäutln hamma in der letzten Zeit gar net g'macht.«

Plötzlich blickte er mit interessierten Augen Nechyba an und fragte:

»Warum haben S' ausgerechnet nach dem Paprika g'fragt?«

Nechyba und Drabek wechselten einen schnellen Blick. Dann antwortete Drabek:

»Weil in Wien plötzlich scharfe Würstln aufgetaucht sind. Ein Salamutschimann hat sie unter der Hand verkauft. Wir vermuten nun, dass die irgendwo schwarz hergestellt wurden. Heimlich und schlampig, weil … weil …«

»Weil das Wurstbrät net besonders fein fasciert worden is«, kam Nechyba Drabek zu Hilfe.

»So, so«, brummte Pöschl, »a Salamutschimann hat's verkauft?«

Nechyba und Drabek nickten, und Pötschl fuhr fort: »Deswegen haben S' mich nach einem welschen Gesellen gefragt. Welschen hab i keinen, aber einen aus dem Trentino ... den Alberto Donati.«

Pötschl löschte die Petroleumlampe, schloss die Tür des Gewürzlagers und sagte:

»Frag ma ihn amal.«

Er stapfte durch die Fleischerhalle auf einen kahlköpfigen etwa 40-jährigen Kerl zu. Als dieser Pötschl, die zwei Polizeiagenten und Unterebner auf sich zukommen sah, ließ er sein Fleischermesser fallen und rannte weg: die steilen Stiegen empor und den Gang hinaus. Nechyba, Drabek, Pötschl und Unterebner waren so verblüfft, dass sie ihm vorerst nicht folgten. Verärgert gab Pötschl dem heruntergefallenen Fleischermesser einen Tritt, sodass es in ein Eck schlitterte.

»So ein Schleimscheißer!«, fluchte er, »mir gegenüber hat er immer scheißfreundlich getan, und hinter meinem Rücken macht er Petite*.«

❧

Eine Viertelstunde später gingen Nechyba und Drabek auf das Wohnhaus des geflüchteten Fleischergesellen in der Stiegengasse zu. Plötzlich wurde die Haustür aufgerissen und Alberto Donati kam mit einem Rucksack auf den Schultern heraus. Als er die beiden Kiberer sah, rannte er zur Wienzeile hinunter. Er schlängelte sich durch den dichten Verkehr von Pferdefuhrwerken, Fiakern und Tramwaygarnituren. Eine Straßenbahn bimmelte wütend,

---

* krummes Ding drehen

weil er fast in sie hineingelaufen wäre. Nechyba und Drabek stürzten sich ebenfalls in den Verkehr. Als sie auf der anderen Seite der Linken Wienzeile angekommen waren, war Donati in der Menschenmenge des Marktes untergetaucht. Plötzlich sah Drabek den Flüchtenden in Richtung Würstelmann laufen. Dort stand ein stämmiger uniformierter Polizist vom Kommissariat Mariahilf, der nach dem Salamutschimann Ausschau hielt.

»Binder! Stoppen S' den Glatzerten mit dem Rucksack! Bindeeeer!«

Der Uniformierte schreckte aus seinen Gedanken auf, sah sich um, erkannte die Situation und sprang dem Fleischergesellen in den Weg. Dabei gab er ihm einen gewaltigen Rempler. Alberto Donati stolperte, hielt sich am Wurstkessel des Würstelmanns fest und riss diesen im Fallen um. Brühend heißes Wasser ergoss sich über seine Hand und seinen Oberkörper. Er heulte vor Schmerz laut auf, während sich eine Flut von Würstln auf den mit Schneematsch bedeckten Boden ergoss. Zwei Kinder in Lumpen schnappten sich etliche Würstln und rannten davon. Ein Hund schnappte sich einen Burenwurstkranz, und Binder schnappte sich Alberto Donati. Mit eisernem Griff hielt der Sicherheitswachebeamte ihn am Genick fest.

Beim Verhör am Mariahilfer Kommissariat gestand Alberto Donati, dass er gemeinsam mit seinem Cousin Lorenzo Donati, der vor einigen Monaten aus Venetien zugewandert war und sich als Salamutschimann mehr schlecht als recht in Wien durchschlug, Dienstmädchen in seine Wohnung in der Stiegengasse gelockt, ihnen Gewalt angetan und sie getötet hatte. Die Leichen wurden zerstückelt und nächtens in der Wurstfabrik Wiesner mit viel Paprika zu Schoaf'n verarbeitet. Die Teile, die nicht gut verwertbar waren, hatten sie mit einem Hammer zerschlagen, in Fetzen gehüllt und in Hinterhöfen deponiert.

~⚬~

»Herr Anton, gibt's noch a Schoafe?«

»Drei Paarln hab i noch …«

»I nehm alle drei!«

Der Würstelmann grinste dreckig und nuschelte:

»Was haben S' denn heut' vor, Herr Inspector? Haben S' Hochzeitstag oder besuchen S' gar ein süßes Mädel?«

»Halten S' keine Volksreden! Her mit den Würsteln!«

Kaum hatte sie der Würstelmann auf ein Stück Papier platziert, packte sie Nechyba und wickelte ein weiteres Stück Papier rundherum. Böse grinsend brummte er:

»Die sind konfisziert.«

»Aber das können S' doch net machen!«

Nechyba beugte sich vor und sagte leise:

»In die Würschtln sind die verschwundenen Dienstmädeln hinein faschiert worden. Wollen S' die wirklich noch verkaufen?«

Herr Anton wurde weiß im Gesicht. Er stammelte:

»Aber i hab doch selber grad eine gegessen …«

Nechybas Grinsen wurde noch breiter:

»Ich hoffe, sie hat gemundet!«

Dann tippte er an seine Melone, wandte sich um und ging. Als er in einiger Entfernung sich noch einmal umdrehte, sah er, dass Herr Anton sich vornüber gegen eine Mauer gelehnt hatte. Nun fiel Nechyba der Satz ein, den der alte Schlögl seinerzeit so treffend formuliert hatte:

… der begnügt sich mit der demokratischen Wurst und erklärt auch dieses Erzeugniß heimatlichen Gewerbeflei-ßes für einen Leckerbissen, wenn – er einer ist …

NECHYBA IN FREIBURG
(1912)

»Nechyba! Grüss Sie! Könnten S' ein Sprüngerl zu mir in die Polizeidirection rüberkommen? Was? Sie haben zu tun? Es wäre aber dringend, Nechyba! Es pressiert!«

Joseph Maria Nechyba schluckte. Wenn der Vize-Polizeipräsident so sehr drängte, verhieß das nichts Gutes. Da musste er sich wohl oder übel sofort auf die Socken machen.

»Wie lange werden wir denn brauchen?«

»Na, das kann schon den ganzen Vormittag dauern.«

Nechyba kam ins Schwitzen. Er musste einen Kerl verhören, der im Verdacht stand, eine Witwe umgebracht und ihr Vermögen verprasst zu haben. Der Kerl war aber nicht geständig. Also musste er im Verhör unter Druck gesetzt werden.

»Nechyba! Sind Sie noch dran? Glauben Sie's mir, mir ist das auch nicht recht, den Vormittag heute zu vergeuden. Aber ich sage nur: Die Sache hat höchste, allerhöchste Priorität. Verstehen Sie mich, Nechyba?«

Nun musste der Inspector schlucken. Die Diktion »allerhöchste Priorität« wurde in Polizeikreisen nur dann verwendet, wenn es sich um eine unmittelbare Angelegenheit des Herrscherhauses handelte. Seufzend erwiderte er:

»Ich bin in einer Viertelstunde bei Ihnen drüben – in der Polizeidirection.«

»Ist gut, Nechyba. Aber bittschön beeilen S' Ihnen!«

Grantig schlug Nechyba mit der Faust mehrmals gegen die Wand. Wenige Augenblicke später wurde die Tür seines Dienstzimmers geöffnet, und Pospischil schnarrte:

»Soll ich das Bier zum Gabelfrühstück bringen?«

Nechyba starrte seinen Untergebenen ausdruckslos an und brummte:

»Heut' gibt's kein Bier. Heut' gibt's nur Arbeit. Ich muss weg, und deshalb werden Sie am Vormittag den Lintschinger, den Witwenmörder, verhören. Wenn er net niederlegt*, setzen S' ihn unter Druck. Aber net so rabiat, dass wir nachher die freiwillige Rettungsgesellschaft rufen müssen. Am Nachmittag fertigen Sie dann das Vernehmungsprotokoll an.«

»Jawohl, Herr Inspector.«

»Und noch was: Nehmen S' einen von den jungen Agenten zum Verhör dazu. Damit s' was lernen, die Buam.«

<hr style="border: none; border-top: 1px solid; width: 10%; margin: 1em auto;" />

Als Nechyba in das Vorzimmer des Polizei-Vizepräsidenten eintrat, sprang dessen persönlicher Adjutant Paul Piotek auf und rief:

»Endlich sind Sie da! Der Alte is schon ganz ungeduldig.«

Nechyba entfernte die letzten Brösel der Wurstsemmel, die er auf dem Weg in die Polizeidirection verzehrt hatte, aus dem aufgezwirbelten Bart und murmelte:

»Ich kann ja net fliegen …«

Ferdinand Gorup von Besanz ging in Hut und Mantel in seinem Zimmer unruhig auf und ab. Als Nechyba eintrat, eilte er auf ihn zu, schüttelte ihm die Hand, nahm ihn beim Arm und schob ihn gleich wieder aus dem Zimmer hinaus:

»Da sind Sie ja! Kommen S', Nechyba, gemma!«

---

* gesteht

Im Stiegenhaus informierte er Nechyba:

»Im Hof wartet ein automobiles Kraftfahrzeug auf uns. Wir müssen nämlich hinaus nach Schönbrunn.«

Nechyba zuckte zusammen. Nach Schönbrunn? Das bedeutete, dass tatsächlich jemand aus unmittelbarer Umgebung des Kaisers ihn sprechen wollte. Im Automobil verfiel der Inspector in ein dumpfes Brüten. Ihn drückten die eiligst verzehrte Wurstsemmel sowie die Ungewissheit, was ihn in der kaiserlichen Residenz wohl erwarten würde, im Magen. Da auch Gorup von Besanez keinerlei Anstalten machte, eine Konversation zu führen, verlief die Fahrt schweigend.

⟨∽⟩

Ein livrierter Bediensteter, der sie bereits erwartet hatte, führte den Vize-Polizeidirector und den Inspector über zahlreiche Stiegen in den Westtrakt des Schlosses. Dort klopfte er an eine Tür. Diese wurde geöffnet, und Graf von Paar, der persönliche Adjutant des Kaisers, stand vor ihnen:

»Servus, Ferdinand, mein lieber Freund«, begrüßte er Gorup von Besanez, »schön, dass du so prompt kommen konntest. Und Sie sind der Inspector Nechyba, nicht wahr? Willkommen im Schloss Schönbrunn!«

Er maß den Inspector von Kopf bis Fuß und schmunzelte. Die beiden Polizisten betraten das Dienstzimmer des kaiserlichen Adjutanten. Er bat sie, Platz zu nehmen. Dann begann er leise und konzentriert zu sprechen:

»Es handelt sich um eine delikate, eine sehr delikate Angelegenheit, die Seiner Majestät großen Kummer bereitet. Deswegen braucht Seine Majestät einen erfahrenen und absolut verlässlichen Beamten, der ihm in diesem Schlamassel zur Seite steht.«

Nun blickte Graf von Paar Nechyba in die Augen und fuhr fort:

»Und da hat Seine Majestät an Sie gedacht, mein lieber Inspector.«

Vor Aufregung wurde Nechyba knallrot, und sein Magen verkrampfte sich neuerlich. Er musste sich eisern beherrschen, dass er die zuvor verzehrte Wurstsemmel nicht wieder von sich gab. Kalter Schweiß kroch ihm in den Nacken und auf die Stirn. Er brachte kein Wort heraus. Von Paar, der diese Reaktion beobachtete, lächelte und fuhr fort:

»Regen Sie sich nicht auf, Nechyba. Dass Seine Majestät Sie ausgesucht hat, ist eine Auszeichnung. Sie haben seinerzeit, bei der Kinderhuldigung da bei uns im Schloss Schönbrunn, einen ausgezeichneten Eindruck auf Seine Majestät gemacht. So etwas wird nicht vergessen. Im Gegenteil, das wird ad notam genommen. Und bei Gelegenheit greift Seine Majestät dann auf so herausragende Staatsdiener wie Sie zurück.«

Allmählich fand der Inspector seine Fassung wieder. Er räusperte sich und fragte:

»Um was für eine Aufgabe handelt es sich denn? Soll ich unserer Majestät wieder als Leibwächter dienen?«

Der Adjutant schüttelte den Kopf.

»So einfach stellt sich diesmal Ihre Aufgabe leider nicht dar. Diesmal ist die ganze Angelegenheit ein bisserl komplizierter. Waren Sie schon einmal im Ausland, mein Lieber?«

Nechyba schüttelte den Kopf und schluckte. Graf Paar wandte sich an Gorup von Besanez:

»Das bitte ich dich, zu regeln. Lass dem Herrn Inspector im Innenministerium einen Dienstpass ausstellen. Da hat er dann alle Privilegien, die ein Diplomat genießt. Von unserer Seite bekommt er zusätzlich ein Geleitschreiben, das von Seiner Majestät persönlich unterzeichnet worden ist. Damit müsste unser guter Inspector eigentlich überall problemlos durchkommen.«

Kalter Schweiß rann Nechyba den Buckel hinunter.

»Ich … ich bin k.k. Polizeiagent …«, stammelte er, »für einen Auslandseinsatz bin ich nicht geschult. Da kenn ich mich nicht aus. Außerdem sprech' ich nur unsere Sprachen: Tschechisch und Deutsch.«

Der kaiserliche Adjutant sah Nechyba nun wieder direkt an, und sein Ton wurde um eine Nuance schärfer.

»Keine Sorge. All das wurde von unserer Seite natürlich gründlich erwogen. Ich brauche Ihnen wohl nicht zu erklären, dass der Schutz von Mitgliedern der kaiserlichen Familie sehr wohl zu den Aufgaben des k.k. Polizeiagenteninstituts zählt. Und zweitens: Sie werden nur Deutsch sprechen müssen.«

Danach trat kurz Stille ein. Graf Paar stand auf und verschwand, ohne ein weiteres Wort zu sagen, aus dem Zimmer. Wenig später wurde eine andere Tür geöffnet, und ein Livrierter bat den Polizei-Vizepräsidenten und den Inspector, ihm zu folgen. Es ging durch einen schmalen Gang, danach öffnete der Lakai eine Tapetentür, und plötzlich standen die beiden im Arbeitszimmer des Kaisers. Der Monarch saß an seinem Schreibtisch, sah auf und lächelte. Mit erstaunlichem Elan stand der 84-Jährige auf und trat auf die beiden Besucher, die sich tief vor ihm verneigten, zu.

»Mein lieber Baron. Was für eine Freude, Sie wieder einmal persönlich zu sehen. Das trifft natürlich auch auf Sie zu, geschätzter Inspector Nechyba.«

Der Monarch verschränkte die Arme hinter dem Rücken und begann in seinem Arbeitszimmer auf und ab zu gehen. Dann strich er über seinen schlohweißen Backenbart und begann in nachdenklichem Tonfall:

»Manchmal frag ich mich, warum mir wirklich nix erspart bleibt … Die Prüfungen, die uns Gott der Allmächtige auferlegt, scheinen kein Ende nehmen zu wollen. Unsere derzeit größte Sorge gilt unserem Bruder, dem Erzherzog Ludwig Viktor. Er ist seit letzter Woche verschwunden. Nun erreichte uns eine Nachricht aus Freiburg im Breisgau. Angeblich ist er dort gesehen worden.«

Franz Joseph blieb vor dem um mehr als einen Kopf größeren Nechyba stehen und sah ihm in die Augen:

»Ich wünsche, dass Sie, geschätzter Inspector Nechyba, so schnell wie möglich nach Freiburg aufbrechen und diese Information überprüfen. Zu Ihrer Unterstützung wird in Salzburg der Kammerdiener des Erzherzogs zu Ihnen stoßen. Er passt normalerweise auf ihn auf. Weil mein Herr Bruder manchmal leider ganz merkwürdige Momente hat, in denen er ein bisserl desorientiert ist. Gemeinsam mit dem Kammerdiener – Kiesel heißt er – werden Sie den Erzherzog suchen und, wenn's sein muss mit sanfter Gewalt, zurück nach Schloss Kleßheim bringen.«

Wie im Traum tapste Nechyba nach der Audienz hinter Gorup von Besanez und einem livrierten Diener her. Unzählige Fragen schwirrten ihm durch den Kopf. Wie würde er nach Freiburg gelangen? Wo würde er einen Reisekoffer herbekommen? Was sollte er einpacken? Für wie viele Tage? Wann würde er aufbrechen? Wer würde für die Reisekosten aufkommen? Wo würde er in Freiburg übernachten? Und vor allem: Wie würde er das alles seiner Aurelia beibringen?

Plötzlich befanden sie sich wieder im Dienstzimmer des Grafen Paar. Der lächelte milde, als er Nechybas Verwirrung sah. Er bat die beiden Besucher, Platz zu nehmen.

»So, jetzt werden wir die organisatorischen Dinge klären«, er wandte sich an Gorup von Besanez. »Du, mein lieber Herr Baron, kümmerst dich um den Pass unseres geschätzten Inspectors, nicht wahr?«

Der Polizeipräsident nickte:

»Das hab ich sofort heute in der Früh, als du mich angerufen hast, in die Wege geleitet. Der Pass müsste bereits fertig sein.«

»Wunderbar. Dann kommen wir jetzt zum Finanziellen.«

Er zog aus der Lade seines Schreibtisches eine elegante Brieftasche, diese legte er vor Nechyba hin und sagte in väterlichem Ton:

»Sie enthält 3000 Kronen aus der Privatschatulle Seiner Majestät. Wobei Seine Majestät ausdrücklich betont hat, dass er keinerlei Abrechnung wünscht. Vielmehr sollen Sie das, lieber Inspector, was Sie nicht auf der Reise verbrauchen, als Dankeschön seiner Majestät behalten. Das gilt übrigens auch für die Brieftasche. Sie ist ein ausgesucht schönes Stück. Gefertigt aus Kalbsleder. Ein Sattlermeister hatte sie einst Seiner Majestät geschenkt.«

Nechyba nahm verwirrt das wunderbare Stück in die Hand. Als er einen Blick in das Innere der Brieftasche warf, wurde ihm schwindlig. So viel Geld auf einmal hatte er noch nie in der Hand gehabt.

»Und wann ... wann ... reise ich ab?«, stammelte Nechyba. Graf Paar schmunzelte neuerlich:

»Heute Abend. Mit dem Orientexpress. In Salzburg steigt dann Kammerdiener Kiesel zu. Sie werden mit ihm ein Schlafwagenabteil teilen. In der Eile haben wir leider nicht mehr zwei Abteile bekommen.«

Er schob Nechyba ein Kuvert über den Tisch. Mit zitternden Fingern öffnete der Inspector es und sah ein Billett des Orientexpress. Graf Paar schob ihm ein weiteres Kuvert hin, das mit dem kaiserlichen Siegel verschlossen war.

»Das ist ein kaiserliches Empfehlungsschreiben. Darin bittet seine Majestät den Großherzog von Baden, Ihnen in jeglicher Hinsicht und in allen Angelegenheit Hilfe zuteilwerden zu lassen.«

»Aber ... ich ... ich hab ja gar keinen Reisekoffer.«

Der kaiserliche Adjutant runzelte kurz die Stirn, dann wandte er sich an den Baron:

»Könntest du so gut sein und dem Inspector bei der Auswahl eines Reisekoffers zur Seite stehen? Macht doch einen kurzen Halt auf der Mariahilfer Straße beim Kaufhaus Gerngross, wenn ihr zurück in die Polizeidirection fahrt.«

Gorup von Besanez antwortete schmunzelnd:

»Na, das is kein Problem: Einen Koffer besorgen, das werden der Nechyba und ich schon zusammenbringen.«

»Und meine Frau?«

Nun schmunzelte auch Graf Paar:

»Mein lieber Inspector Nechyba, Sie sind auf allerhöchsten Wunsch ab sofort von allen anderen dienstlichen Angelegenheiten freigestellt. Also: Fahren S' jetzt einen Koffer kaufen und dann schaun S' zu Ihrer Frau Gemahlin. Der Zug geht eh erst am Abend.«

Mit klopfendem Herzen stieg Nechyba hinauf in den ersten Stock und läutete bei Schmerda. Leichte Schritte näherten sich der Tür, die einen Spaltbreit geöffnet wurde. Gerti, das Schmerda'sche Dienstmädchen, sah Nechyba und fing zu strahlen an:

»Herr Inspector, Sie kommen uns besuchen? Des is aber a Freud!«

»Schön, dass du dich freust«, brummte er, »ob sich meine Frau auch über meinen Besuch freuen wird, steht auf einem anderen Blatt.«

»Wieso? Ist was passiert?«

»Du bist a neugierige Nas'n«, grantelte er und klopfte an die verschlossene Küchentür. Ein energisches »Ja!« erscholl aus der Küche. Nechyba öffnete die Tür und sagte beim Eintreten:

»Servus, Aurelia, wie geht's dir denn?«

»Wie soll's mir gehen? Ich arbeite. Aber was machst du da? Ist was passiert?«

»Nein, so kann man das nicht sagen.«

»Was?«

»Na dass ich … dass ich … noch heut Abend … heut Abend weg muss.«

»Was musst du?«

»Ich muss nach Freiburg fahren. Freiburg im Großherzogtum Baden. Auf allerhöchste Anordnung hin.«

»Nein!«

»Leider ja. Ich bin selber ganz verwirrt.«

»Aber du hast ja keinen Reisekoffer und auch keinen Pass.«

Nechyba griff in die Innentasche seines Sakkos und zog seinen funkelnagelneuen Pass hervor. Aurelia nahm ihn in die Hand und öffnete ihn. Dann bekam sie kugelrunde Augen.

»Das ist ja ein Dienstpass. Das heißt, dass du mit diesem Pass im Auftrag Seiner Majestät, des Kaisers, reist.«

Nechyba nickte seufzend. Und Gerti, die die ganze Zeit stumm im Hintergrund gestanden hatte, murmelte ehrfurchtsvoll:

»Im Auftrag Seiner Majestät …«

Aurelia blickte von dem Reisedokument auf und sagte streng:

»Gerti, hast schon die Fenster im Salon und die im Arbeitszimmer des gnädigen Herrn geputzt? Nein? Na, dann steh da net umadum*. Mach gefälligst weiter!«

Das Dienstmädel zog einen Fotz**, drehte sich um und ging langsam aus der Küche hinaus.

»Und mach die Tür hinter dir zu!«

---

* herum
** Schnute

Die Kleine nickte und tat, wie ihr geheißen. Einen Augenblick später war Aurelia bei ihrem Mann und umarmte ihn.

»Heut' Abend reist schon ab? Ich hab solche Angst.« Nechyba erwiderte die Umarmung und murmelte: »Brauchst keine Angst haben. Ich muss nur seine kaiserliche Hoheit, Erzherzog Ludwig Viktor, nach Schloss Kleßheim zurückbringen. Der is nämlich nach Freiburg abpascht*.«

Aurelia blieb der Mund kurz offen, dann murmelte sie:

»Das is aber jetzt net wahr?«

Nechyba lachte kurz auf und antwortete:

»Leider is es wahr. Der Kaiser persönlich hat mich ausg'sucht, um seine kaiserliche Hoheit aufzuspüren und einzufangen.«

Aurelia sah ihren Mann mit glänzenden Augen an und sagte dann sanft:

»Ich bin ja so stolz auf dich.«

❦

Mit jedem Schritt, den er vorwärts machte, wuchs seine Angst. Er verspürte fürchterliches Bauchgrimmen. Schließlich sah er im Menschengewühl des Westbahnhofs die eleganten, mit Teakholz verkleideten Waggons des Orientexpress. Am Perron vor diesen Luxuswaggons drängten sich kaum Menschen. Dafür wimmelte es von dunkelblauen Uniformen der ›Compagnie Internationale des Wagons-Lits et des Grands Express européens‹.

---

* ausgerissen

Der Orientexpress, schoss es dem Inspector durch den Kopf, ist ein Beförderungsmittel für Industriemagnaten und Adelige. Trotzig murmelte er:

»Aber für kleine Beamte wie mich is das nix.«

Am liebsten hätte er auf der Stelle kehrtgemacht. Er blieb kurz stehen, schloss die Augen, spürte, wie er hinten im Kragen und unter den Achseln heftig transpirierte, atmete tief durch, öffnete die Augen, nahm eine aufrechte, stramme Haltung an und marschierte – so wie wenn er einen Besenstil verschluckt hätte – auf die Männer in den dunkelblauen Uniformen zu. Als er drei Schritte vor ihnen war, traten die Träger, Schaffner und Schlafwagenschaffner wie auf Kommando auseinander und bildeten einen Halbkreis um ihn. Ein älterer Schaffner, der hier offensichtlich das Kommando innehatte, verbeugte sich höflich:

»Bon soir, monsieur. Vous désirez?«

Nechyba räusperte sich verlegen und antwortete leise:

»Grüssie! Ich hab' eine Reservierung für heute Abend.«

Mit singender französischer Intonation fuhr der Maître du Train fort:

»Dürfte isch bitte ihr Billett se'en? 'abben Monsieur es zur 'and?«

Nechyba nickte, und sein Gegenüber befahl einem Träger:

»Gardez le bagage du monsieur!«

Dieser nahm Nechyba mit einem höflichen »Excusez« den Koffer aus der Hand, sodass der Inspector unbeschwert das Billett aus der Innentasche seines Sakkos fischen konnte. Der Maître du Train warf einen kurzen prüfenden Blick darauf, verbeugte sich nun neuerlich vor Nechyba und sagte mit einladender Handbewegung:

»Bienvenue a l'Orient-express. Willkommen im Orientexpress.«

Ein anderer Schaffner trat nun vor, verneigte sich und bat Nechyba mit folgenden Worten, den Zug zu besteigen:

»Monsieur, isch bin Pierre. Ihre Schlaffwaggen Conducteur. Wenn Sie irgendwelche Wünsche 'abben, wenden Sie sisch bitte an misch. Würden Sie mir nun an Bord folgen, s'il vous plaît?«

Nechyba holte tief Luft und stieg in den Waggon ein, wo ihn eine Welt aus edlem Holz, dicken Teppichen, teuren Stoffen, gepolsterten Ledermöbeln und blank polierten Messingteilen erwartete.

∽§∾

Im vormittäglichen Getümmel am Perron des Karlsruher Bahnhofs fand Joseph Maria Nechyba sich vorerst überhaupt nicht zurecht. Langsam ging er, seinen Koffer fest umklammernd und den erzherzöglichen Kammerdiener im Schlepptau, in Richtung Bahnhofshalle und Ausgang. Der Kammerdiener war, nachdem Nechyba ein formidables Abendessen im Speisewagen des Orientexpress genossen hatte, in Salzburg zugestiegen. In der Halle, wo deutlich weniger Gedränge herrschte, trat ein Herr in Zivil auf die beiden ratlos dastehenden Reisenden zu, lüftete seinen Hut und fragte höflich:

»Grad hewwe denkt, das Sie die Herre aus'm Orient Express sein müssed? Aus Wien, gell?«

Nechyba blickte ihn forschend an und nickte. Daraufhin fuhr der Fremde fort:

»Sins Sie de Inspector Nechyba? Des freit mich abber.«

»Und Sie, Sie sind der Polizeikommissär Schmitt?«

Die beiden Männer schüttelten einander die Hände. Nechyba stellte seinem Kollegen den Kammerdiener Kiesel vor. Der Kommissär führte die beiden Besucher aus dem Bahnhof und zu einem Automobil. Dort wartete bereits ein uniformierter Chauffeur, der Nechyba und Kiesel die Koffer abnahm und im Heck verstaute. Die Fahrt ging in die Erbprinzenstraße, wo das Staatsministerium lag. Nechyba, der den Prunk und die Größe der kaiserlich königlichen Ministerien in Wien gewohnt war, staunte über den eher schlichten zweistöckigen Sandsteinbau des großherzoglich badischen Staatsministeriums. Auf direktem Weg wurden sie von Kommissär Schmitt in das Vorzimmer des Staatsministers geführt. Kurze Zeit später öffnete ein livrierter Diener eine Tür und bat die Gäste einzutreten. Hinter einem großen Schreibtisch stand Staatsminister Alexander von Dusch auf und ging auf die Gäste zu:

»Meine Herren, seien Sie willkommen im Großherzogtum Baden.«

Nechyba kramte in der Brustinnentasche seines Sakkos und holte das mit dem kaiserlichen Siegel versehene Kuvert hervor. Er überreichte es dem Staatsminister, der einen kurzen prüfenden Blick auf das Siegel warf, bevor er es aufbrach. Mit gerunzelter Stirne, im Raum auf und ab gehend, las er den Brief des Kaisers. Dann hielt er kurz inne und sah seine Gäste ernst an.

»Ihre Mission, meine Herren, ist äußerst delikat. Höchste Diskretion scheint mir geboten zu sein. Kommissär Schmitt! Sie werden die beiden Herren nach Freiburg begleiten und dort dafür sorgen, dass ein ortskundiger Polizist unseren Gästen zur Verfügung steht. Gemeinsam mit den beiden Herren werden Sie seine Hoheit Erzherzog Ludwig Viktor in Freiburg aufspüren und anschließend hierher nach Karlsruhe bringen. Dass diese Operation diskret durchgeführt wird und auch gelingt, dafür sind Sie mir persönlich verantwortlich.«

»Mach ich, Herr Minischter.«

»Ich werde das Stadtpolizeiamt in Freiburg anweisen, Ihnen jegliche nur mögliche Unterstützung angedeihen zu lassen. Vom Quartier angefangen über die Ermittlungen bis hin zum Abtransport seiner Hoheit. Also lassen Sie uns keine Zeit verlieren. Nehmen Sie den nächsten Zug nach Freiburg, mein Sekretär wird Ihre Ankunft für den frühen Abend avisieren. Ich wünsche gute Reise und viel Erfolg. Gott schütze Sie.«

Sie kamen am Nachmittag in Freiburg an. Vor dem Bahnhof nahmen sie eine Pferdedroschke, die sie zum Stadtpolizeiamt brachte. Nechyba genoss die Fahrt. Ihm gefielen die vielen historischen Gebäude, die Universität sowie die einzigartige Atmosphäre. Sie wurde nicht unwesentlich von den zahlreichen, offen dahinfließenden Bächlein geprägt, die den Straßenzügen der Stadt etwas Natürliches, Lebendiges gaben. Vom Stadtpolizeiamt brachte sie ein Polizei-Automobil in den Stadtteil Oberlinden zum Gasthof ›Zum roten Bären‹. Erschöpft von der langen Reise zogen sich Nechyba und der Kammerdiener Kiesel in ihre Zimmer zurück. Mit Schmitt verabredeten sie sich um sieben Uhr Abend in der Gaststube des ›Roten Bären‹, um für den kommenden Tag die weiteren Schritte zu planen. Nechyba schlief fast auf der Stelle ein, obwohl sein Magen knurrte. Kein Wunder, hatte er doch seit dem üppigen Frühstück im Orient-Express nichts mehr zu essen bekommen. Hungrig wie ein Bär wachte er gegen sechs Uhr auf. Er zog sich hektisch an und stolperte fast wahnsinnig vor Hunger die Stiegen hinunter in die Gaststube. Völlig vergessend, dass er sich ja im Großherzogtum Baden befand, orderte er beim Kellner:

»Ein Gulasch und ein Krügerl!«

„Sell henn mer it. Wellener ebbis z' esse?«

»Und ob ich das will. Was kann er empfehlen?«

„Schiifeli mit Herdöpfelsalad.«

»Erdäpfelsalat? Und ein Schiifeli dazu – was immer das sein mag – wunderbar.«

Bei sich dachte er: Das Schiifeli ist sicher ein Fleisch, und laut sagte er:

»Und ein Krügerl Bier.«

„E Bier wellener? E Chleis oder e Großes?«

Nun fiel bei Nechyba endlich der Groschen, dass er hier mit seinem Wienerisch nicht weiterkommen würde. Verschämt grinsend antwortete er:

»Ein Großes, bitte.«

Als das Schiifeli serviert wurde, war Nechyba kurz enttäuscht. Vor ihm auf dem Teller lagen zwei Stück geselchte Schweinsschulter. Als er gierig ein Stück abschnitt und in den Mund schob, verwandelte sich seine skeptische Miene in eine erstaunte. Wenig später waren die zwei Stück weggeputzt. Nechyba leckte sich die Lippen und genoss den feinen Nachgeschmack von Weißwein, Essig und Gewürznelken, in dem das Geselchte offenkundig gekocht worden war. Genießerisch schloss er die Augen und spürte einen weiteren Geschmack: die zarte Bitterkeit von Lorbeer. Mit Sorgfalt putzte er nun zuerst rechts und dann links seinen gewaltigen Schnurrbart ab und nahm sich vor, demnächst in Wien das Geselchte auch in so einem Sud zuzubereiten. Da würde seine Aurelia Augen machen … Diese Zubereitungsart kannte sie sicher nicht. Er konnte aber nicht weiter an seine Frau denken, da er Schmitts Stimme hörte:

»Inspector Nechyba! Ham Se scho g'esse?«

»Ich hab's vor Hunger nicht mehr ausgehalten.«

»Hätt' ich g'nauso g'macht, Nechyba. I muss a noch ebbes mampfe. Was gibt's'n hier z'schpachtle? Was war'n des bei Ihne?«

»Ein Geselchtes … äh … ein … ein Schiifeli mit Erdäpfelsalat.«

»Potzblitz, Ripple un Grumbeeresalad! Des ess ich auch! Kellner! En Schiifeli und en Rothaus*!«

Nun gesellte sich auch Kiesel zu ihnen: ein kleiner, schmächtiger Mann, mit den Gesichtszügen eines Magenkranken. Entsprechend verhielt er sich beim Bestellen. Er orderte eine Flasche Mineralwasser sowie ein Omelett von zwei Eiern. Nach der Bestellung kramte er in der Tasche seines Sakkos und zog ein Portrait des Erzherzogs hervor. Er legte es in die Mitte des Tisches, und Nechyba erschrak. Ein verdrießliches Gesicht mit Glupschaugen,

---

* Bier aus der Großherzoglichen Badischen Staatsbrauerei Rothaus

gewaltigem weißem Rauschebart und kahlem Schädel blickte ihm entgegen. So also sah der jüngste Bruder seiner Majestät aus. Nachdem Kiesel ein Glas Mineralwasser getrunken und in seinem Omelette lustlos herumgestochert hatte, ohne auch nur die Hälfte davon zu essen, seufzte der Kammerdiener tief und rückte mit dem Oberkörper weit nach vorne. Er deutete den beiden Männern, ebenfalls näher zu rücken. Mit leiser, ernster Stimme sagte er:

»Meine Herren! Seine kaiserliche Majestät, Erzherzog Ludwig Viktor, ist ein sehr eigener Mensch. Zeit seines Lebens liebte er es, seine Umwelt zu schockieren. Zusätzlich kultivierte er seit seiner Jugend eine Neigung zum eigenen Geschlecht.«

»Heißt des, dass des Herzögle en Homosexueller isch??«

Kiesel hob beschwichtigend seine Arme, verdrehte die Augen und flüsterte:

»Nicht so laut, meine Herren! Ich bitte Sie um Diskretion.«

Dabei sah er Schmitt, der den Einwurf gemacht hatte, fast flehentlich an. Nechyba sagte gar nichts. Er hatte einen roten Kopf bekommen und starrte in seinen Bierkrug. Kiesel fuhr mit leiser Stimme fort:

»Und je älter seine erzherzogliche Hoheit wird, desto mehr zieht es ihn zu jüngeren Männern hin. So kam es, dass ihm im Salzburger Dom ein Priesterseminarist auffiel. Er folgte ihm, verwickelte ihn in ein Gespräch und lud ihn ins Schloss Kleßheim ein. Als es spät wurde, bot er ihm an, im Schloss zu übernachten. Ich weiß nicht, was genau in dieser Nacht passierte. Faktum ist, dass der

Seminarist am nächsten Morgen verschwunden war und seine kaiserliche Majestät ihn verzweifelt suchte. Als er in Erfahrung gebracht hatte, dass der junge Mann noch am selben Tag heim nach Freiburg gefahren war, bekam er einen Nervenzusammenbruch. Zwei Tage später war dann der Erzherzog ebenfalls verschwunden. Meine Erkundigungen ergaben, dass er am Vorabend mit leichtem Handgepäck und einer beachtlichen Summe in der Geldbörse einen Zug nach Freiburg bestiegen hatte. Darüber informierte ich Seine Allerhöchste Majestät in Wien. Dieser hat uns nun hierher nach Freiburg geschickt, um seinen Bruder mit allen Mitteln – ich betone mit allen Mitteln – nach Schloss Kleßheim in Salzburg zurückzubringen. Hier habe ich eine handschriftliche Anweisung von Seiner Majestät, unserem Kaiser.«

Er faltete ein Schreiben auf und reichte es zuerst Nechyba und dann Schmitt zum Studium. In dem knapp gehaltenen kaiserlichen Schriftstück stand tatsächlich, dass Erzherzog Ludwig Viktor mit allen Mitteln zurück nach Salzburg zu bringen sei. Nechyba brummte:

»Merkwürdig, dass Seine Majestät den Brief an Sie adressiert hat.«

Kiesel schüttelte traurig den Kopf:

»Ganz und gar nicht. Sie müssen wissen, dass ich vor meiner Anstellung im Schloss Kleßheim Oberpfleger in der Kaiser Franz-Josef-Landes-, Heil- und Pflegeanstalt Mauer-Öhling war. Ich wurde von seiner Majestät ausgewählt, auf seinen nervlich arg zerrütteten und manchmal auch unter Wahnvorstellungen leidenden Bruder aufzupassen. Ich bin verpflichtet, jeden Monat seiner Majestät einen Bericht über den Zustand des Erzherzogs zu schreiben. Wenn Sie so wollen, bin ich eher Aufseher als Kammerdiener. Für die eigentlichen Kammerdieneraufgaben habe ich in Schloss Kleßheim einen Gehilfen. Meiner Person obliegt es, aufzupassen, dass seine Hoheit keine Dummheiten macht.«

Seufzend erhob sich Kiesel:

»Beginnen wir morgen unsere Suche im bischöflichen Priesterseminar?«

Als die beiden Polizisten nickten, verabschiedete er sich und ging.

Schmitt orderte zwei weitere Rothaus und zwei Topis*. Als er mit Nechyba anstieß, murmelte dieser betreten:

»Eine peinliche, eine äußerst peinliche Angelegenheit.«

Und Schmitt fügte kopfnickend hinzu:

»'nen homosexuellen Erzherzog ei'fange. Mensch, des hätt ich mir a nedd träume lasse …«

꩜

Splitternackt! So wie Gott ihn erschaffen hatte, tobte Erzherzog Ludwig Viktor über die Wiese. Sein üppiger weißer Backenbart rauschte im Wind, seine Augen waren mit einem Stück Stoff verbunden. Ihn umgaben vier fröhlich kreischende Jünglinge, die ebenfalls splitternackt waren und die der Erzherzog zu erhaschen suchte. Ob dieses Anblicks standen Nechyba, Schmitt, Kiesel und ein Freiburger Sicherheitswachmann namens Schopp wie vom Blitz getroffen da. Schmitt bemerkte schließlich süffisant:

---

* Topi= Topinamburschnaps (regionale Spezialität)

»S' Herzögle spielt nackich ›Blinde Kuh‹ un Bimber-
lesgrabbsche!«

Nechyba beugte sich zu ihm und flüsterte:

»Können Sie den Schopp zu der Mietdroschke schicken, mit der die fünf hergekommen sind? Der Kutscher
soll mitsamt seinem Gefährt verschwinden. Wir schnappen uns inzwischen den Erzherzog und seine Lustknaben. Und ziehen ihnen was an.«

Schmitt nickte und gab Schopp einen entsprechenden
Befehl. Dann sagte er:

»So, jetzt werde mir dem Erzherzog emol den Bob-
bes versohle.«

Nechyba und Kiesel eilten auf den Erzherzog zu, der
ihnen mit verbundenen Augen in die Arme lief. Die vier
anderen Nackten erstarrten, als Schmitt mit lauter Stimme
verkündete: »Ihr da, macht mol die Lauscher uff! Mir verhafte Sie hiermit wege nackigem Rumlaafe un Unzucht!«

Einer der vier wollte in Richtung Droschke fliehen,
lief aber dem Sicherheitswachmann Schopp direkt in die
Arme. Der Erzherzog wand sich in Nechybas eisernem
Griff, strampelte wie ein kleines Kind und schrie mit sich
überschlagender Altmännerstimme:

»Nehmen Sie gefälligst Ihre Klebeln* von meinem
hochwohlgeborenen Körper. Sie … Sie … unförmiges
Ungetüm, Sie!«

Nechyba juckte es in den Fingern, dem Bruder des Kaisers den Hals umzudrehen. So ein widerwärtiger Kerl,
dieser Ludwig Viktor! Zuerst spielte der alte Mann mit
einer Handvoll Studenten, die seine Enkel oder auch
Urenkel sein könnten, Ringelpiez mit Anfassen, und

---

* abschätziger Ausdruck für Finger

dann wurde er auch noch beleidigend! Mit viel Mühe gelang es dem Kammerdiener Kiesel, der sich sträubenden Hoheit eine Hose anzuziehen. Dann wurde er genauso wie die vier nunmehr wieder bekleideten Studenten in den Arrestantenwagen gesperrt. Schopp kletterte so wie bei der Herfahrt zu dem Kutscher des Wagens auf den Kutschbock, während Schmitt, Nechyba und Kiesel in ein Polizeiautomobil einstiegen. Auf der Fahrt zurück ins Stadtpolizeiamt beratschlagten die drei Herren, welche Schritte sie als Nächstes unternehmen sollten. Sie einigten sich darauf, dass der Erzherzog mit einer Spritze vom Polizeiarzt ruhiggestellt werden müsse. So betäubt könne man ihn dann mit einem Eilzug nach Karlsruhe bringen und von dort zurück nach Salzburg. Die vier Studenten wurden nach einer Nacht im Kerker entlassen. Allerdings unter der strengen Auflage, niemandem über ihr Abenteuer mit seiner Hoheit zu erzählen. Falls sie sich nicht daran hielten, würden sie wegen öffentlicher Unzucht, homosexueller Umtriebe und Erregung öffentlichen Ärgernisses angeklagt werden.

∽◎∾

Kunstvolle Rauchkringel stiegen in die tabakgeschwängerte Luft des Rauchsalons. Das gleichmäßige Rollgeräusch des Zuges ließ den silbernen Löffel, der auf der Kaffeeuntertasse lag, vibrieren. Nechyba streckte sich gemütlich in seinem Fauteuil, nippte an seinem Kaffee und betrachtete entspannt die Einlegearbeiten der mit Mahagoni verkleideten Wand des Fumoir. Endlich wieder auf dem Weg nach Hause! Was waren das für verrückte

Tage gewesen! Vorgestern, als sie den Erzherzog zuerst im Priesterseminar gesucht hatten. Dort erfuhren sie, dass er sich ursprünglich als Kapuzinermönch verkleidet in die Seminarräumlichkeiten eingeschlichen hatte. Als der von ihm begehrte Seminarist ihn erkannt und laut schreiend in das Refektorium geflüchtet war, hatten andere Seminaristen den liebestollen Erzherzog festgehalten. Er war zum Regens des Seminars gebracht worden, der ihn laufen ließ. Allerdings hatte der Regens einen schriftlichen Bericht an den Freiburger Bischof verfasst, und dieser hatte sich telegrafisch an den kaiserlichen Hof in Wien gewandt. Das hatte dazu geführt, dass der Kaiser einen k.k. Polizeiagenten und den erzherzöglichen Kammerdiener nach Freiburg entsandt hatte. Der Erzherzog hatte inzwischen seinen Liebeskummer überwunden und trieb sich nächstens in der alten Burse und in den Kneipen rund um die Universität herum. Da er mit Geld nur so um sich warf, hatte er bald einen Schwarm jugendlicher Anhänger, die mit ihm allerlei Tollheiten aufführten. Zentrale Figur in dieser erzherzöglichen Schelmenkomödie spielte der Droschkenkutscher Möllmann, in dessen Haus sich Erzherzog Ludwig Viktor einquartiert hatte. Der Kutscher und seine Frau boten dem Erzherzog nicht nur ein Dach überm Kopf, sie tolerierten es auch, dass er junge Herren nächtens mit aufs Zimmer nahm. Möllmann spielte, das ergab das Verhör des Kutschers, offensichtlich mit großer Freude und nicht geringem Engagement den erzherzöglichen Maître de Plaisir. Dafür wurde er, wie er ohne zu zögern zugab, fürstlich entlohnt. Da Möllmann in Freiburg ein stadtbekanntes Original war, fiel es Kiesel und den beiden Polizeibeamten nicht schwer, Erzherzog Ludwig Viktor auf die Spur zu kommen. Diese führte sie zu besagter Waldwiese, wo sich der Erzherzog mit seinen Lustknaben splitternackt vergnügt hatte. Nechyba seufzte. Er orderte beim Barmann noch einen Kaffee und einen weiteren Cognac. Zu seiner Überraschung wurden ihm dazu drei wunderbare Petits Fours serviert, die er mit großem Vergnügen vernaschte. Es kam ihm das fulminante Diner in den Sinn, das er bei der Herfahrt im Speisewagen des Orient Express genossen hatte. Versonnen kramte er das Menüblatt aus der Sakkoinnentasche. Auf der Herfahrt hatte er es eingesteckt, um es daheim seiner Frau Aurelia zu zeigen. Sein Blick glitt über … Huitres … ah ja, das waren die Austern. Etwas schlatzig, aber herrlich weich und zart nach Meer duftend. Dann das Süppchen … Consommé de Volaille – ein Gedicht! Anschließend Sterlet du Danube, ein Stör aus der Donau – was für ein Fisch! Beim Fleischgang hatte er die Wahl gehabt: entweder Lamm, das den komischen Namen Gigot de Mouton getragen hatte oder aber Bécasses rotie. Er hatte sich für letztere entschieden: Gebratene Schnepfen – was für ein wunderbares Geflügel! Ein Gaumenschmaus! Nechyba seufzte. Daheim musste er unbedingt seinen Lieblingsfleischhauer, den Mostbichler fragen, ob der ihm Schnepfen auftreiben könne. Seine Aurelia würde die sicher ähnlich knusprig braten. Abschließend hatte er dann noch eine Creme Chocolat genossen. Dann war er so satt gewesen wie noch nie in seinem Leben. Obwohl die Gesellschaft am Nebentisch sich noch an Früchten und diversen Petits Fours gütlich getan hatte. Tja, die Petits Fours … Müde gähnte er vor sich hin. Und da er bei dieser Fahrt ein Schlafwagenabteil für sich alleine hatte, ließ er sich vom Conducteur dorthin begleiten. Der Kammerdiener schlief Gott sei Dank bei dem noch immer betäubten Erzherzog im Abteil.

Der Abschied vom Erzherzog und von Kiesel erfolgte kurz und formlos. Auf dem Perron in Salzburg warteten schon zwei kräftige Pfleger, die die noch immer betäubte Hoheit aus dem Abteil holten, aus dem Zug hievten und dann auf eine bereitstehende Tragbahre legten. Kiesel murmelt etwas, das wie »Gott zum Gruß … danke für Ihre Unterstützung …« klang, und dann war er schon auf dem Bahnsteig, wo er den Abtransport der Bahre veranlasste. Nechyba taumelte schlaftrunken in sein Abteil zurück, wo er sich – so wie zuvor – voll angezogen aufs Bett fallen ließ. Bis Wien schlief er tief und fest durch.

〜〇〜

Louis, der Conducteur, hatte ihn sanft geweckt, im Speisewagen wurde ihm noch rasch Kaffee serviert, der seine Ganglien wieder einigermaßen auf Trab brachte. Trotzdem hätte er beim Aussteigen seinen Koffer im Abteil vergessen, wenn er ihm von Louis nicht nachgereicht worden wäre. Nechyba schmunzelte, er fühlte sich richtig gut umsorgt. Als Dankeschön kramte er eine Fünf-Kronen-Münze aus der Tasche, die er Louis zum Abschied in die Hand drückte. Dieser lächelte, verbeugte sich und rief ihm nach:

»Au revoir, Monsieur Nechyba!«

Mit stolz geschwellter Brust marschierte er durch das Gedränge des Westbahnhofs. Und er erinnerte sich, wie er sich als kleinlauter Wiener diesem Weltklassezug vor ein paar Tagen genähert hatte. Nun kehrte er als weltgewandter Monsieur Nechyba zurück. Fünf Kronen Trinkgeld, das durfte er seiner sparsamen Aurelia nicht sagen. Sie würde ihn auf der Stelle für verrückt erklären. Aber er hatte ja noch einen schönen Batzen Geld in der Tasche! Wie viel war es eigentlich noch? Er wusste es nicht. Das erste Mal in seinem Leben hatte er einfach Geld ausgegeben, ohne nachzudenken. Leise schlich sich schlechtes Gewissen bei ihm ein. Und deshalb begab sich Monsieur Nechyba auf die Bahnhofstoilette. Er schloss sich in eine Kabine ein, und während rechts und ein Stückchen weiter links von ihm aus den Kabinen Geräusche der Darmentleerung erklangen, zählte er in aller Ruhe das ihm verbliebene Geld. Es waren stattliche 2183 Kronen und 50 Heller. Nechyba verließ beschwingt die öffentliche Bedürfnisanstalt. Mit einer Stadtbahn der Gürtellinie fuhr er bis Meidling. Dort stieg er in die Wiental-Linie um. Sein Ziel war die Station Kettenbrückengasse beziehungsweise der Naschmarkt. Es war schon spät am Nachmittag, aber er fand tatsächlich noch eine Blumenfrau, die gerade einpackte und die ihm einen wunderschönen Strauß für gar nicht viel Geld überließ. Danach führte ihn sein Weg die Engelgasse hinauf zum Café Sperl, wo er Zeitungen las, sich mit Kaffee stärkte und im Übrigen darauf wartete, dass es dreiviertel acht Uhr abends wurde. Um diese Uhrzeit brach er aus dem Café auf und spazierte zur Wohnung der Familie Schmerda, wo er Punkt acht läutete. Die Wohnungstür wurde ihm von Aurelia persönlich geöffnet, da sie gerade heimgehen wollte. Als seine Frau ihn sah, fiel sie ihm um den Hals und umarmte ihn innig, sodass fast die Blumen zerdrückt wurden. Mit feuchten Augen gab sie ihm mehrere Busserln und murmelte:

»Nechyba … Gott sei Dank … Du bist wohlbehalten zurückgekommen … ich hab so gebetet für dich …«

Nechyba musste schmunzeln. Ganz vorsichtig nahm er ihr liebes Gesicht in die Hand und küsste sie auf den Mund. Dann hielt er ihr den Blumenstrauß unter die Nase. Plötzlich erscholl hinter Aurelia die Stimme des Dienstmädels:

»Frau Aurelia! Blumen hat er Ihnen auch mitbracht!«

Die Köchin drehte sich um, strich noch immer gerührt dem Mädel über die Haare und sagte sanft:

»Du bist a neugierige Nas'n. Komm, geh in die Küche und bring der gnädigen Frau ihren Gutenacht-Tee.«

»Wird gleich erledigt! Einen schönen Abend wünsch ich noch!«

»Das wünsch ich dir auch, Gerti.«

Dann hakte sie sich bei ihrem Mann ein und schloss leise die Wohnungstür. Nechyba bestand darauf, dass sie zur Feier des Tages essen gingen. Ihr Weg führte sie in die Goldene Glocke, wo Nechyba, nachdem er zwei Vierterln Wein sowie zweimal Backhendel bestellt hatte, seiner Frau wortlos die edle Brieftasche über den Tisch schob.

»Nechyba, was is das? Wo hast die teure Geldtasch'n her?«

»Von unserem allergütigsten Kaiser persönlich.«

»Mach keine Witze.«

»Das is kein Witz. Die hat er mir geschenkt. Samt Inhalt. Komm, zähl nach!«

Mit zitternden Händen griff Aurelia in die Brieftasche und begann, die darin enthaltenen Geldscheine zu zählen. Sie wurde immer blasser.

»Wem g'hört denn das viele Geld?«

»Na, mir. Und ich hab mir auch schon überlegt, was ich damit machen werde.«

»Was hast damit vor, Nechyba?«

Er nahm zärtlich ihre Hand, blickte ihr in die Augen und sagte liebevoll:

»Wir holen unsere Hochzeitsreise nach.«

»Was für eine Hochzeitsreise?«

»Na unsere!«

»Aber wir waren doch schon ...«

»Wir waren in Röschitz bei deiner Tante. Aber jetzt fahr'n ma so richtig auf Hochzeitsreise.«

»Und wohin?«

»Na ... nach Venedig.«

NUR EIN DIENSTBOTE
(1912)

Joseph Maria Nechyba grinste von einem Ohrwaschl bis zum anderen. So breit, so glücklich hatte ihn seine Frau noch selten lächeln gesehen. Sie runzelte die Stirn und sah ihn verständnislos an. Was hatte der Nechyba? Sie erzählte ihm von ihren Sorgen, und er grinste, gerade so wie ein fetter Kater, der gerade eine Maus verspeist hatte.

»Das ist nicht lustig, Nechyba!«

»Wer sagt denn, dass ich das lustig finde?«

»Na weilst so unverschämt grinst!«

»Ich freu mich halt …«

»Du freust dich? Es macht dir Spaß, dass ich mich um die arme gnädige Frau sorge? Hast narrische Schwammerln* 'gessen?«

Nun musste Nechyba lachen, er stand auf, umarmte seine vor ihm sitzende Frau und gab ihr ein Busserl auf den Kopf. Er liebte den Duft ihrer Haare.

»Jetzt sag endlich, warum bist so narrisch?«

Aurelia weiterhin umarmend, flüsterte er ihr ins Ohr:

»Weil wir jetzt endlich unsere Hochzeitsreise nachholen können.«

Wie von einer Tarantel gestochen sprang sie vom Küchensessel auf, löste sich aus seiner Umarmung, blickte ihn fassungslos an und stammelte:

»Was? Was … für eine … Hochzeits… reise?«

»Na unsere Hochzeitsreise.«

»Fangst schon wieder mit dieser fixen Idee an. Ich hab dir schon hundert Mal g'sagt, dass wir unsere Hochzeitsreise damals nach Röschitz g'macht haben.«

---

* bist du verrückt?

»Geh! Das war doch nix. Ich meine eine richtige Reise. Nach Venedig. Jetzt im Dezember, wenn der Hofrat Schmerda mit seiner Frau zum Polizeikongress nach Berlin fährt.«

»Du bist völlig überg'schnappt , Nechyba!«

»Ganz und gar net! Du hast mir jetzt vorhin gerade erzählt, dass der Hofrat Schmerda vom 18. bis zum 22. Dezember mit seiner Frau zum Polizeikongress nach Berlin fährt. Da ist mir augenblicklich die Idee gekommen, dass wir während dieser Zeit nach Venedig fahren und unsere Hochzeitsreise nachholen können. Weil da brauchen die Schmerdas keine Köchin.«

»Aber das kostet doch ein Vermögen …«

Neuerlich grinste Nechyba. Er drehte sich um und ging von der Wohnküche ins eheliche Schlafzimmer. Dort griff er unter die Matratze und zauberte die wunderbare Brieftasche hervor, die ihm Seine Majestät, der Kaiser, anlässlich der Freiburgreise geschenkt hatte. Er ging in die Küche zurück und legte sie vor Aurelia auf den Tisch. Dann sagte er sanft:

»Schau, das hat mir Seine Majestät für Reiseausgaben gegeben. Nach Freiburg ist, wie du weißt, einiges übrig geblieben. Damit finanzieren wir unsere Reise nach Venedig.«

»Aber das ist doch ein Notgroschen. Den sollten wir net einfach so verputzen.«

»Das ist Reisegeld. Und so wird's auch ausgegeben«, antwortete Nechyba resolut. Dann nahm er seine Frau in die Arme und küsste sie.

Nach der Arbeit fuhr er mit der Tramway vom Schottenring zur Oper. Dort stieg er aus und spazierte zum Haus
Kärntnerring N° 6. Hier befand sich die Generalagentur
des Österreichischen Lloyd. Er betrat die Büroräumlich-
keiten, betrachtete die vielen bunten Plakate und trat dann
an einen Schalter, um sich bezüglich einer Schiffsüber-
fahrt von Triest nach Venedig zu erkundigen. Der Schal-
terbeamte überreichte Nechyba einen aktuellen Prospekt
und fragte ihn, wann er denn zu reisen gedenke.

»Zwischen 18. und 22. Dezember.«

»In der Vorweihnachtszeit? Da sollten Sie aber bald
buchen. Da ist viel los. Da fahren viele Italiener über die
Adria hin und her, um ihre Verwandten zu besuchen. Wie
wollen der Herr denn fahren: 1. oder 2. Klasse?«

Nechyba erinnerte sich an den großartigen Luxus, den
er im Orientexpress genossen hatte, und wollte schon
1. Klasse sagen, besann sich jedoch. Wie er seine Frau
kannte, würde die nie und nimmer in die 1. Klasse ein-
steigen. Im Gegenteil, er musste froh sein, wenn sie der
2. Klasse zustimmte. Schließlich gab es ja noch eine
3. Klasse, aber daran wollte Nechyba gar nicht denken.

※

Daheim angekommen packte er die italienischen Köstlichkeiten aus, die er anschließend an seinen Besuch
beim Österreichischen Lloyd in der Himmelpfortgasse
N° 4 eingekauft hatte. In dieser Nebengasse der Kärnt-
nerstraße gab es nämlich seit 1854 den Feinkostladen Piccini. Eine erste Adresse für Spezialitäten aus dem südli-
chen Nachbarland. Auf einem großen ovalen Teller legte

er mit viel Liebe den rohen Schinken und die großen, hauchdünn geschnittenen Blätter Mortadella auf. Diese fette Wurst schmeckte wunderbar! Wie ein ungezogener Bub leckte er sich beim Belegen des Tellers zwischendurch immer wieder die Finger ab. Abschließend nahm er das große Stück harten Käse, das er ebenfalls erstanden hatte. Wie der Verkäufer beim Piccini ihm geraten hatte, brach er mit einem spitzen Messer unregelmäßige Stücke von dem großen Stück ab und zerkleinerte solchermaßen den Zwickel Parmesan. Prüfend schob er ein kleineres Stück in den Mund und begann es vorsichtig zu kauen. Augenblicklich hatte er auf seinem Gaumen den Geschmack des bröseligen, zart salzigen und wunderbar aromatischen Käses. Er schloss die Augen und kaute mit Andacht. Als er das Stück Parmesan zerkaut und hinuntergeschluckt hatte, bekam er unglaublichen Gusto auf einen Schluck Rotwein. Auch diesen hatte er bei Piccini erstanden: einen Cabernet Franc aus dem Veneto. Mit hektischen Handbewegungen entkorkte er den Wein, nahm einen Schluck, ließ ihn langsam über den Gaumen rollen und genoss dann die Verschmelzung der Aromen von Käse und Rotwein. Nechyba war glücklich. Ja, das war schon etwas anderes als ein Vöslauer Rotwein und ein Schmalzbrot. Fröhlich schenkte er sich noch ein Gläschen ein und kaute neuerlich an einem Stück Parmesan. Er deckte den Küchentisch mit einem neuen Tischtuch, platzierte darauf die Weinflasche, zwei Gläser und den großen ovalen Teller mit Rohschinken, Mortadella und Parmesanstückchen. Was fehlte noch? Er kratzte sich den Schädel und brummte dann:

»Ah ja …«

Er holte aus seiner Aktentasche das Stück Weißbrot,

das er beim Bäcker um die Ecke vom Piccini erstanden
hatte. Er schnitt es in appetitliche Scheiben und arran-
gierte es auf einem kleinen Teller, den er zwischen die
Weinflasche und den großen Teller schob. Dann ging er
mit dem Krug hinaus auf den Gang, holte frisches Wasser und goss zwei Wassergläser ein.

Kurz nach acht Uhr abends kam seine Frau Aurelia heim.
Sie machte große Augen ob des schön gedeckten Tisches.
Dann ließ sie sich mit großem Genuss die italienischen
Spezialitäten schmecken, sprach auch dem Wein mit
Freude zu und studierte den Prospekt des Österreichi-
schen Lloyd. Während all dieser Verrichtungen sprach
sie kein Wort. Als sie den Prospekt zuschlug, sah sie
Nechyba liebevoll an und sagte:

»Also gut, fahr ma nach Venedig.«

Und nach einer kurzen Pause fuhr sie fort:

»Aber dass eines klar ist, Nechyba: Wir reisen auf keinen Fall 1. Klasse. Weder im Zug noch auf dem Schiff.
Und in Venedig übernachten wir in einer einfachen Pension und nicht im Hotel. Damit das klar ist.«

Er grinste und tätschelte ihre Hand. Gott sei Dank
hatte er nicht 1. Klasse gebucht!

☙

»Gnädige Frau, haben Sie einen Augenblick Zeit? Ich
möcht' Sie was fragen.«

»Ja selbstverständlich, liebe Aurelia. Was liegt Ihnen
denn am Herzen?«

»Mein Mann ... also mein Mann möchte, dass ich ...«

»Nein, Aurelia! Tun Sie mir das nicht an!«

Fassungslos beobachtete Aurelia, wie sich auf den Wangen ihrer Arbeitgeberin hektische rote Flecken bildeten.

»Sagen S' mir jetzt bitte nicht, dass Ihr Mann Sie überredet hat, zu kündigen!«

»Aber ich …«

»Aurelia, ich bitte Sie! Bleiben S' unsere Köchin. Ich werde mit meinem Mann reden, dass er Ihren monatlichen Verdienst aufbessert. Ich bitte Sie: Bleiben S' bei uns!«

Wie bei einem aufgescheuchten Huhn die Flügel, so flatterten bei der gnädigen Frau die Hände. Schließlich umarmte sie Aurelia und fing hemmungslos zu weinen an. Aurelia wurde stocksteif, da ihr die Peinlichkeit dieser Szene voll bewusst war. Zögernd und vorsichtig ergriff sie die Schultern der gnädigen Frau und schob sie ein Stückerl von sich fort. Sanft sagte sie:

»Ich wollt' ja nur fragen, ob ich nach Venedig fahren darf.«

»Nach Venedig?«

Die gnädige Frau löste sich von Aurelia, wischte sich wie ein kleines Rotzmensch mit den Handrücken die Tränen von den Wangen, taumelte etwas und setzte sich auf den Küchensessel.

»Ja, nach Venedig. Mein Mann hat die fixe Idee, dass er unsere Hochzeitsreise nachholen will.«

»Das ist doch wirklich lieb von ihm. Na dann fahren S' doch! Allerdings: Wer wird in Ihrer Abwesenheit bei uns kochen?«

»Niemand, gnädige Frau. Weil wir würden genau in der Zeit nach Venedig fahren, wenn Sie und der Herr Hofrat bei der Polizeikonferenz in Berlin sind.«

»Das ist ja großartig. Eine wunderbare Idee! Fahren Sie meine Liebe, fahren Sie!«

Damit stand Frau Schmerda auf, umarmte die Köchin noch einmal und stürmte erleichtert aus der Küche. Gerti, das Dienstmädel, das alles mit angesehen und angehört hatte, kam zu Aurelia und nahm ihre Hand:

»Frau Aurelia, ich freu mich so für Sie! Sie fahren auf Hochzeitsreise nach Venedig. Das ist ja so romantisch!«

Liebevoll streichelte die Köchin dem Dienstmädel übers fettige Haar, das zu einem langen Zopf geflochten war. Mit kritischem Blick rieb sie dann die fettigen Finger gegeneinander und sagte in einem fürsorglichen Ton:

»Komm, Gerti, jetzt koch ma das Mittagessen fertig. Und dann, am Nachmittag, mach ma a Wasser heiß, und ich wasch dir die Haare. Das ist wieder einmal notwendig.«

Gerti strahlte. Nichts liebte sie so sehr, als wenn die Köchin sie hin und wieder bemutterte. Ein Verhalten, das für ein Waisenkind völlig normal war. Mit Eifer schälte das Dienstmädel die Kastanien fertig, die sie vorher gerade aus dem Rohr genommen hatte, wo sie weich gebraten worden waren. Die Köchin löste mit einem spitzen Messer aus einem Hasenrücken die Filets heraus. Sie halbierte die Filets, klopfte, salzte, pfefferte sie und legte sie zur Seite. Die würden später kurz angebraten und mit Preiselbeeren und Salat serviert werden. Für sich und das Dienstmädel löste Aurelia beim Hasenrücken die nicht so feinen Fleischstücke aus. Wobei sie die Hasenkeulen extra behandelte: Diese wurden gesalzen, gepfeffert und mit Öl bedeckt in einer großen Schüssel aufbewahrt. Hasenkeulen in Paprikasauce würde es übermorgen zum

Nachtmahl geben. Gerti hatte inzwischen das Wurzelgemüse fein geschnitten und röstete es nun in Butter an. Die Köchin goss mit einer Kalbsknochensuppe auf. Danach wurden die gedünsteten und passierten Kastanien mit der Suppe vermischt und alles gemeinsam noch einmal püriert. Das Ganze wurde nun mit einem Eidotter sowie mit zwei Esslöffeln Obers verfeinert. Gerade als die Kastanienpüree-Suppe fertig war, kam die Dame des Hauses wieder in die Küche:

»Liebe Frau Aurelia, haben Sie kurz Zeit? Kommen Sie!«

Aurelia nickte und folgte der gnädigen Frau in deren Boudoir. Dort hing auf einem Kleiderständer ein Winterkostüm.

»Liebe Aurelia, Sie brauchen unbedingt ein anständiges Reisekostüm. Nach Venedig können Sie nicht in einem Ihrer Kleider fahren. Deshalb hab' ich mir gedacht, dass ich Ihnen dieses Kostüm schenke. Es war mir immer um Einiges zu weit. Da Sie etwas stärker sind als ich, müsste es Ihnen passen.«

»Gnädige Frau, aber das kann ich doch nicht annehmen. Das Kostüm ist ja aus einem exquisiten Wollstoff.«

»Schottischer Tweed, meine Liebe. Das ist mein Geschenk für Ihre Hochzeitsreise.«

Jetzt war es Aurelia, die feuchte Augen bekam. Sie griff nach dem Kostüm und wollte es vom massiven hölzernen Kleiderhaken nehmen. Doch die gnädige Frau wehrte ab:

»Nehmen S' den Kleiderhaken gleich mit. Der gehört zu dem Kostüm dazu.«

∾ঞ১

Von der Schiffsanlegestelle strebte Nechyba schnurstracks über eine Brücke und stürzte sich in Venedigs Häusermeer. Der sehr bemühte Beamte in der Generalagentur des Österreichischen Lloyd hatte ihm die Adresse einer Pension gegeben. Ohne eine Miene zu verziehen, schleppte Nechyba den schweren Koffer über so manchen malerischen Campo, durch schmale Calle und dunkle Sotoportegi sowie über Brücken, die über träg dahinfließende Kanäle führten. Aurelia, die ihm kaum nachkam, blieb immer wieder zurück. Sie musste einfach schauen, viel schauen. Venedig, diese uralte auf dem Wasser errichtete Stadt, nahm ihr fast den Atem. Und dies bezog sich keineswegs auf die nicht immer gut riechenden Kanäle. Sie war einfach überwältigt. Noch nie hatte sie auch nur annähernd etwas Ähnliches gesehen. Es war wie in einem Märchen. Eine Verzauberung ergriff sie. Sie kam sich vor wie ein kleines Mädchen, das von einer Fee – oder war es eine Hexe? – in eine andere Epoche weit vor dem Jahr 1912 zurückversetzt worden war. Diese Stadt war unglaublich! Sie kam ganz ohne den modernen Großstadtverkehr aus: keine Pferdefuhrwerke, Fiaker und Kutschen, keine Straßenbahnen und auch keine Automobile. Hier war es seltsam leise. Außer, man kam auf einen Platz, auf dem sich fröhlich plaudernde und laut einander Grußworte zurufende Einheimische befanden. Bog man dann in eine schmale Calle ein, war man plötzlich wieder in absoluter Stille, inmitten abbröckelnder Wände der vier bis fünf Stockwerke hohen Häuser und Paläste. Hier hörte man nur das Hallen der eigenen Schritte sowie hin und wieder den hektischen Flügelschlag einer aufgescheuchten Taube. Vor lauter Schauen und Staunen war sie ziemlich weit zurück geblieben und hörte plötzlich Nechybas Schritte nicht mehr. Auf dem Campiello, auf dem sie sich nun befand, plätscherte leise ein Brunnen. Ein Schauer überrieselte sie. Was würde geschehen, wenn sie Nechyba verloren hatte? Wie würde sie aus diesem Labyrinth jemals wieder herausfinden? Das enge Gässchen, das von dem Campiello weiterführte, machte plötzlich einen scharfen Knick nach links. Und dann sah sie Nechyba wieder. Ratlos stand er vor einem ihm den Weg absperrenden Kanal. Er rührte sich nicht, der Koffer stand neben ihm am Kanalrand. Aurelia trat neben ihren Mann, umfasste sein breites Kreuz und neckte ihn:

»Na, hast uns in eine Sackgasse geführt? Da werden wir aber keine Pension zum Übernachten finden.«

Er antwortete nicht. Sie schmiegte sich an ihn, und beide betrachteten den leise plätschernden Kanal, den prachtvollen Palazzo vis-à-vis und die romantische Brücke, die gleich nebenan, aber für sie im Moment unerreichbar, über den Kanal führte. Schließlich kam wieder Bewegung in den riesigen Mann. Er schob sich die Melone aus dem verschwitzten Gesicht und murmelte:

»Auf dem Stadtplan, den mir der Beamte vom Österreichischen Lloyd gezeigt hatte, hat das alles ganz einfach ausgesehen. Von der Schiffsanlegestelle immer geradeaus, und schon war man beim Albergo Stella Alpina. Dort soll es einen Portier geben, der Deutsch spricht.«

»Weißt was? Wir drehen um und gehen zur nächsten Gasse, die zu dem Brückerl nebenan führt. Dann überqueren wir den Kanal und gehen immer geradeaus weiter. Es ist ja wunderschön da, wie im Märchen. Wirst sehen, wir werden schon wieder in belebtere Gegenden kommen. Dort werden wir uns dann mit Händen und Füßen zu verständigen versuchen. Vielleicht finden wir wen, der Deutsch spricht.«

Sie gingen nun schon eine Weile, Aurelia bei ihrem Mann eingehängt und ihn auf die Attraktionen der Stadt aufmerksam machend, als sie auf eine breitere Straße stießen. Hier ließen sie sich mit der Menschenmenge mittreiben und kamen zu einer großen Brücke. Die Stiegen waren links und rechts von kleinen Läden gesäumt. Als sie oben auf der Brücke angelangt waren, hielt Aurelia inne und sah hinunter auf den mächtigen Kanal, der links und rechts von Prachtbauten gesäumt war. Ergriffen standen die beiden eine Zeit lang an die uralte, steinerne Brüstung der Brücke gelehnt und sahen dem geschäftigen Treiben auf dem Kanal zu. Plötzlich hörten sie eine Männerstimme, die Deutsch sprach:

»Der Canal Grande ist 'ne wahre Pracht. Jedes Mal, wenn ick hier oben stehe, jeht mir dat durch den Kopp.«

Nechyba sah sich um. Der beleibte ältere Deutsche, der dies sagte, stand in unmittelbarer Nähe. Zwischen ihm und Nechyba stand ein junger Kerl, der nun murmelte:

»Da haben Sie wohl recht, Herr Lützow.«

Nechyba trat auf den älteren der beiden zu, lüftete seine Melone und sagte freundlich:

»Das ist ja eine wahre Freude, hier ein deutsches Wort zu hören. Erlauben Sie, dass ich mich vorstelle: Joseph Maria Nechyba aus Wien. Und das ist meine Gattin Aurelia.«

»Donnerlüttchen! Ist dat 'ne Überraschung. Mitten am Rialto zwee Wiener! Sehr erfreut, Friedrich Lützow, Kaufmann aus Berlin.«

Der Berliner schüttelt beiden Nechybas die Hand und stellte dann den jungen Mann als Rüdiger Safransky vor, seinen neuen Verkaufsrepräsentanten in Venedig. Als Nechyba den beiden erzählte, dass sie sich verlaufen hatten und dass sie dringend ein Hotel suchten, schlug ihm Lützow auf die Schulter und sagte:

»Ihr Problem lässt sich lösen. Am besten jehn wir aber zuvor auf'n Glas Wein und 'nen Happen. Die Italiener haben zwar keene Buletten, dafür aber janz jute Nudeln mit Tunke. Anschließend zeig ick Ihnen dat Hotel, wo ich Jeschäftsfreunde unterbringe.«

Lützow bemerkte, dass Aurelia Nechyba schluckte.

»Nee! Keene Angst, gnädige Frau. Det is keene Luxus-unterkunft. Det is wat für janz normale Menschen. Ick bin ja nich der Kaiser von Schina. Ick bin Jeschäftsmann und muss rechnen.«

Aurelia lächelte dankbar und erwiderte:

»Rechnen müss ma wohl alle.«

»So isses, gnädige Frau. Jenau so isses.«

◦◦◦

»Mein Portemonnaie ist weg!«

Dieser Aufschrei Aurelias erklang im gemütlichen Hotelzimmer, das die Nechybas auf Lützows Empfehlung hin bezogen hatten. Gerade als Nechyba sich Hose, Sakko und Gilet ausgezogen hatte und ein kleines Nach-mittagsnickerchen auf dem breiten Hotelbett machen wollte. Mit einem Schlag war die fröhlich entspannte Stimmung, in der sich die beiden Eheleute gerade noch befunden hatten, perdu. Verschlafen murmelte er:

»Was is weg? Dein Portemonnaie?«

»Weg is! G'stohlen is!«

»Geh, das glaub ich net.«

»Doch! Jetzt weiß i, warum sich dieser Kerl, dieser dunkle Zigeunertyp, auf der Brücke so an mich gedrängt hat.«

»Schatzi, ich bitt' dich! Auf der Rialto Brücke war doch generell a Gedränge.«

»Nein, das war sicher dieser Zigeuner. Komm steh auf, den such ma jetzt.«

Widerwillig krabbelte Nechyba aus dem Bett. Er zog sich an und vergewisserte sich, dass er die vom Kaiser geschenkte Brieftasche samt den darin enthaltenen über 1000 Kronen noch immer bei sich hatte: in der linken Innentasche seines Gilets. Er trug sie sozusagen an seinem Herzen. Da konnte man sie ihm nicht stehlen, das würde er spüren.

Auf dem Weg zur Rialtobrücke kaufte sich Nechyba einen Stadtplan von Venedig. Dann ging er mehrmals mit seiner Aurelia die Brücke auf und ab. Jedes Mal blieben sie oben stehen. Er genoss den Ausblick, und Aurelia suchte den Typen, der sie am Vormittag angerempelt hatte. Nach über einer Stunde, als Nechyba allmählich fad wurde, konnte er Aurelia überreden, mit ihm ein Stück in Richtung des Marktes zu gehen. Der war nun am Nachmittag schon verlassen, man sah nur mehr leere Standln und roch unter dem mächtigen Dach der Halle, dass hier vormittags Fische verkauft wurden. Nechyba rann das Wasser im Mund zusammen und er bekam einen leichten Hunger. Er lenkte also seine Schritte vom Markt weg, hinein in das enge Gassengewirr. Und siehe da, plötzlich standen sie vor einem kleinen Beisel, der Cantina due Mori.

»Schatzi, mach ma a kleine Pause?«

Seine Frau war ganz desperat und nickte nur. Also betraten die beiden die Cantina, und was Nechyba da sah, machte aus einem zarten Hungergefühl einen wahren Heißhunger. Das Beisl bestand aus einem länglichen dunklen Raum, auf dessen einer Seite sich eine durchgehende Bar samt Vitrinen befand. In Letzteren gab es eine Unzahl köstlich aussehender dreieckiger weißer Brote, die zusammengeklappt und dick gefüllt waren. Weiters gab es marinierte Artischockenböden, halbe harte Eier mit Sardellen drauf, in Rohschinken eingewickelte Gemüse, aufgespießte eingelegte Zwiebel mit Sardellen drauf, Käsestückchen auf Spießen, größere und kleinere Paradeiser mit Kräutern und Käse, grüne und schwarze Oliven, Salami, gekochten sowie luftgetrockneten Schinken, Speck, verschiedene Baccalà-Aufstriche auf Brotstückchen und, und, und … Lauter handliche, appetitliche Happen. Nechyba kam sich wie ein kleiner Bub vor, dem das Christkind nun alle Wünsche erfüllte. Auf zwei riesigen Tellern ließ er sich eine Unzahl von Tramezzini und Häppchen auftürmen. Dazu orderte er, auf eine große Korbflasche deutend, Wein.

»Un vino bianco della casa?«

Nechyba verstand kein Wort, nickte und deutete mit den Fingern, dass er zwei Gläser wollte. Er zahlte und balancierte zuerst die Köstlichkeiten und dann die beiden Weingläser zu der in einem Eck lehnenden Aurelia, die ein bisserl schmollte. Er ließ sich von ihrer üblen Laune nicht anstecken. Italien war wie Weihnachten! Er drückte ihr ein Glas Wein in die Hand und schnurrte

»Prost Schatzi«, bevor er den ersten Schluck machte. Der Weiße war trocken und fruchtig. Am sich entspannenden Gesichtsausdruck Aurelias merkte er, dass ihr der Wein ebenfalls mundete. Gierig biss er von einem mit Schinken und Eiern gefüllten Tramezzino ab. Vor Genuss verdrehte er die Augen und trat schweren Herzens die zweite Hälfte an seine Frau ab. Sie kostete zuerst vorsichtig und verschlang dann das restliche Stück. Nun griff sie zum Artischockenboden und biss davon ab. Andächtig kaute sie und stopfte dann das zweite Stück des zarten Gemüses Nechyba in den Mund. Und so ging das hin und her: Sie teilten jede einzelne der Köstlichkeiten und fütterten einander gegenseitig. Nechyba spazierte während dieser Schlemmerei zwei Mal zur Theke, um Wein für sich und seine Frau nachzuholen. Schließlich hatten sie alles weggeputzt und Nechyba bekam Lust auf Rotwein. Als an der Theke ein anderer Gast ein Glas Rot bestellte, war er flugs dort und deutete dem Wirt, dass er auch zwei Mal von diesem Wein haben wollte. Aurelia schmunzelte, als sie ihren Mann beobachtete. Ohne ein Wort Italienisch zu sprechen, konnte er doch seine Wünsche artikulieren. Später, beim dritten Achterl Rot, sah er ihr tief in die Augen, strich ihr zärtlich über's Haar und sagte:

»Weißt, Geld ist nicht alles.«

Beide nahmen einen Schluck von dem kräftigen Roten, der so gut auf all die gebotenen und verschlungenen Genüsse passte. Nachdenklich sagte sie:

»Es waren halt 30 Kronen, die ich mir zusammengespart hab'. Ums Portemonnaie tut's mir eh nicht leid. Das war schon an allen Ecken abgeschabt und an einer Stelle is das Leder auch schon eingerissen gewesen.«

Nechyba schmiegte seinen übervollen Bauch an seine Frau, die in ihrem neuen Tweedkostüm ganz hinreißend aussah, und brummte zärtlich:

»Die 30 Kronen ersetz ich dir von unserem Reisegeld. Und morgen schau ma, ob ma ein neues Geldbörsel für dich finden. Die Italiener sollen ja sehr schöne Ledersachen haben.«

Es dämmerte. Dunkle Schatten krochen in die engen Gassen, Lichter schimmerten aus Lokalen und Geschäften. Sie gingen ineinander eingehängt ins Hotel zurück. Zwangsläufig führte ihr Weg wiederum über den Ponte Rialto. Nun war der Anblick des Canal Grande fast unerträglich kitschig: Lichter brannten in den prächtigen Palästen und spiegelten sich im Wasser wider. Gondoliere ruderten ihre schlanken Boote über den Kanal, in einiger Entfernung stieß ein Vaporetto watteförmige Dampfwölkchen aus, und über all dem leuchtete eine Mondsichel. Im Hotel gab es einen Portier, der passabel Deutsch sprach. Bei ihm bestellte Joseph Maria Nechyba ein Extra: ein heißes Bad. Bereits zuvor hatte er entdeckt, dass es auf jeder Etage dieses Etablissements ein Badezimmer gab, das man gegen Aufpreis benutzen konnte. Es dauerte zwar fast eine Stunde, bis der Ofen aufgeheizt und die Wanne mit warmem Wasser gefüllt war, doch dann liefen die beiden Nechybas – nur in ihre Schlafröcke gehüllt – über den Gang ins Badezimmer, das Joseph Maria von innen sorgfältig verriegelte. Seine Frau war inzwischen aus dem Schlafrock geschlüpft, und mit liebevollem Blick betrachtete er ihre runden Formen und die allerliebsten Speckwülste um ihre Leibesmitte. Blitzschnell und schamhaft versenkte sie diese in der Wanne. Einzig ihre schweren, birnenförmigen Brüste ragten, gekrönt von zwei mächtigen Brustwarzen, aus dem Wasser empor. All das regte ihren Mann sichtbar auf, denn als er splitternackt zu ihr in die Wanne stieg, seufzte sie kokett:

»Also ... also ... Nechyba ...«

Nach einer wunderbaren Nacht, in der sie tief und fest geschlafen hatten, spazierten die beiden, bedächtig dem Stadtplan folgend, in Richtung Markusplatz. Dabei kamen sie auch auf den Campo Santo Stefano, einen gewaltigen Platz mit einer Statue und einem Brunnen. Hier sah Nechyba auf der rechten Seite ein Sattler- und Lederwarengeschäft. Alles, was man aus Leder herstellen konnte, mit Ausnahme von Schuhen, fand man hier. Nechyba bugsierte seine Frau in den Laden, in dem sie sich verschiedene Geldbörsen ansahen. Ein kastanienbraunes Portemonnaie aus weichem, geschmeidigem Leder wurde sodann erstanden. Aurelia strahlte vor Glück, und Nechyba führte sie schnurstracks auf die andere Seite des Platzes, wo es ein Café gab. Hier tranken sie wunderbaren Cappuccino und verspeisten jeder ein mit Marmelade gefülltes Kipferl, zu dem die Venezianer interessanterweise Brioche sagten. »Ein Briocheteig ist bei uns in Wien was anderes«, bemerkte die Köchin mit strengem Blick, aber das aus mürbem Blätterteig bestehende Kipferl mundete ihr trotzdem sehr.

Als sie aus den gewaltigen Kolonnaden auf den Markusplatz hinaustraten, verschlug es beiden die Sprache. Die Atmosphäre dieses Platzes war unglaublich. Und vor ihnen stand der just in diesem Jahr fertiggestellte neue Campanile*. Nechyba hatte schon in Wien darüber gelesen und hatte nun einen dringenden Wunsch:

»Gemma auf den Turm rauf? Da soll man eine herrliche Aussicht haben.«

Aurelia sah ihren Mann überrascht an und antwortete schmunzelnd:

»Wenn du deinen dicken Bauch da hinaufbewegen willst, komm ich mit. Weil dieses Spektakel will i net versäumen.«

Auf der Aussichtsplattform des Turms keuchend und schwitzend angekommen genossen sie den Blick auf den benachbarten Dogenpalast, die Basilika San Marco sowie die Aussicht über die bunte Dachlandschaft der Serenissima. Das atemberaubende Panorama faszinierte sie: die Lagune mit ihren zahlreichen Inseln, in der es von größeren und kleineren Schiffen nur so wimmelte, und schließlich das Meer, das man im Dunst hinter dem lang gestreckten Lido erahnte. Als gerade niemand in der Nähe war, gab die von dem Ausblick völlig verzauberte Aurelia ihrem dicken Gatten ein Busserl. Er lächelte und drückte sie ganz eng an sich. Dann flüsterte er ins Ohr:

»Du wirst nicht glauben, was i jetzt hab.«

»Na was wirst schon haben? Einen Hunger natürlich!«

Nechyba zwickte sie zärtlich in die Seite und murmelte:

---

* Der im 10. Jahrhundert erbaute, ursprüngliche Campanile war 1902 eingestürzt. Der Neubau wurde nach zehn Jahren Bauzeit 1912 fertiggestellt.

»Du kennst mich in- und auswendig.«

»Das ist aber net so schwer bei dir.«

◦≈◦

»Da vorn is der Kerl! Der was mein Geldbörsel g'stohlen hat.«

Wie ein Derwisch fegte Aurelia durch eine Gruppe von Touristen hindurch, die vor dem Campanile Tauben fütterte. Es gab Geschrei, hektisches Geflatter des Taubenschwarms sowie empörtes Gurren, das auf dem mächtigen Platz widerhallte. Nechyba rannte keuchend seinem Eheweib nach, doch die war schon zwischen den Kolonnaden verschwunden. Hier war es dunkler und enger. Er musste immer wieder Menschengruppen ausweichen. Schwitzend und schnaufend erreichte er schließlich die Stirnseite des Platzes. Hier hatten sie vorher, von der Rialtobrücke kommend, die Piazza San Marco betreten. Aurelia stand ratlos in dem gewaltigen Durchgang. Nechyba hängte sich bei seiner Frau ein, doch die war starr und verkrampft. Die verliebte Stimmung, die er am Campanile oben so genossen hatte, war verflogen. Verloren standen die beiden nun unter den Kolonnaden, Touristen und Einheimische drängten unablässig an ihnen vorbei. Letztere erkannte man daran, dass sie sich zielstrebig und nicht in der Gegend herumgaffend fortbewegten.

»Komm, geh ma was essen. Es hat ja doch keinen Sinn. Der Pülcher ist verschwunden«, seufzte Joseph Maria, und Aurelia nickte. Er nahm sie bei der Hand, und die beiden steuerten ein Ziel an, das er schon längst ansteuern wollte: die Birreria Pilsen. Ein elegantes, weitläufiges

Speiselokal, das, wie der Namen schon sagte, köstliches böhmisches Bier ausschenkte. Ob der Eleganz des Lokals zögerte Aurelia etwas, doch Nechyba zerstreute ihre Einwände mit dem Argument, dass man nur einmal im Leben auf Hochzeitsreise sei und dass man sich da schon ein feines Speiselokal gönnen sollte. Die Speisekarte der Birreria vereinte eine interessante Mischung aus böhmischer und italienischer Küche. Zu Nechybas großer Erleichterung stammte Pavel, der Oberkellner, aus Pardubice. Mit ihm unterhielt sich Nechyba auf tschechisch. Auf Pavels Empfehlung aßen sie Spaghetti neri und danach als Hauptspeise einen Branzino in Salzkruste. Nechyba, der zuerst eigentlich ein böhmisches Saftgulasch bestellen wollte, rang sich seiner Frau zuliebe dazu durch, den für zwei Personen vorgesehenen Fisch zu ordern. Dazu bestellte er, auf Anraten Pavels, eine Flasche Pinot grigio, der wunderbar fruchtig schmeckte und mit dem Wolfsbarsch perfekt harmonierte. Auch der in der Salzkruste saftig gegarte Fisch war ein Erlebnis. Ganz zu schweigen vom gesamten Prozedere: Zwei Kellner brachten ein riesiges Silbertablett, auf dem der Branzino unter einem gelblichweißen Berg von Salz verborgen war. Am Beistelltisch wurde vor Aurelias und Nechybas Augen die steinharte Salzkruste mit einem silbernen Hammer zertrümmert und danach der Fisch routiniert und flink filetiert. Aurelia beobachtete all das mit kritischem Blick und großem Interesse. Als die Branzinofilets vor ihr auf dem Teller lagen und sie sich den ersten Bissen auf der Zunge hatte zergehen lassen, meinte sie:

»Also, Fisch zubereiten können die in Italien.«

Nach dem üppigen Essen, das mit Dessert, Kaffee und Schnaps bis drei Uhr nachmittags gedauert hatte, besuchten sie auf Aurelias Drängen die Basilika von San Marco. Obwohl sich Nechyba zuerst ein bisschen gesträubt hatte, war er dann von der prunkvollen, mit unzähligen Mosaiken ausgestatteten Kirche sehr beeindruckt. Aurelia kniete nieder und sprach ein kurzes Gebet. Auch Nechyba konnte nicht anders, als dem Herrgott zu danken. Für diese herrliche Reise und auch dafür, dass der Allmächtige ihm so ein wunderbares Eheweib geschickt hatte. Heiter entspannt wanderten die beiden anschließend über den Markusplatz. Plötzlich zuckte Aurelia zusammen. Nechyba murmelte:

»Nicht schon wieder der Kerl.«

Ob dieses Ausspruchs musste Aurelia schmunzeln und sagte unsicher:

»In dem Café dort, Florian heißt's, hat einer so ausg'schaut.«

Nechyba, der nie abgeneigt war, ein neues Kaffeehaus kennenzulernen, antwortete:

»Na dann schau ma ins Florian, vielleicht find ma ihn jetzt, den Halawachel.*«

Sie betraten das Florian und gingen von Raum zu Raum. Das Florian war ja ein Kaffeehaus, das eine ganze Reihe von intimen Kemenaten und kleinen Salons aufzuweisen hatte. Nachdem sie im Parterre den mutmaßlichen Taschendieb nicht gefunden hatten, stiegen sie auch noch in den ersten Stock hinauf, wo sich die Toiletten befanden. Auch hier war der Kerl nicht. Aurelia nahm es mittlerweile gelassen auf, und Nechyba, der eine gewisse Müdig-

---

* Schlingel

keit verspürte, konnte sie davon überzeugen, hier einen Kaffee zu trinken. Es bedurfte keiner großen Überredungskünste, da Aurelia von der wunderschönen Inneneinrichtung des Florian fasziniert war. Nechyba bestellte seinen Kaffee, indem er auf eine Schale schwarzen Kaffee auf dem Nebentisch deutete. Für Aurelia bestellte er einen Cappuccino. Dieses italienische Wort hatte er bereits in seinen Sprachschatz aufgenommen. Das war ihm nicht sonderlich schwer gefallen, da Cappuccino ihn an den Kapuziner erinnerte, der in Wien ebenfalls als Milchkaffee, allerdings ohne Schaum, serviert wurde. Mit glänzenden Augen beobachtete Aurelia die elegant gekleideten Ober und die nicht minder elegant gekleideten Gäste. Sie war ihrer Arbeitgeberin, der Frau Schmerda, zutiefst dankbar, dass diese ihr das schöne Tweedkostüm geschenkt hatte. Ohne dieses elegante Kleidungsstück wäre sie sich hier äußerst deplatziert vorgekommen. Als die Nechybas schließlich draußen in der Dunkelheit eng ineinander eingehängt über den Markusplatz spazierten, sagte sie zu ihrem Mann:

»Weißt, die Italiener sind schon ein fesches Volk.«

Nechyba, dem das mittlerweile auch aufgefallen war, entgegnete:

»Das stimmt schon, dass man hier am Markusplatz sehr viele elegante Menschen sieht. Aber erinner' dich, als wir uns gestern verlaufen hatten, haben wir auch jede Menge ärmlich gekleidete Einheimische gesehen. Die haben nicht besser ausg'schaut als die Menschen bei uns in der Vorstadt. Und wahrscheinlich sind sie genauso arm und haben genauso wenig zu fressen wie die Leut' bei uns.«

Aurelia seufzte:

»Da hast schon recht. Und ich genier mich auch ein bisserl, wegen dem vielen Geld, das wir hier ausgeben. So als ob wir zu die ganz noblen Leut' gehören würden.«

◦◦◦

»Müsse essen unbedingte!«

Der Portier des Albergo fuchtelte begeistert mit den Armen.

»Fritto misto di mare. Molto buono!«

Nechyba glotzte den Portier groß an. Nun mischte sich Aurelia ein:

»Ist das was Frittiertes?«

»Si, si! Frittiertes Fisch, frittiertes Calamari e frittiertes Gamberetti.«

Aurelia erinnerte sich an den wunderbaren Fisch, den sie zu Mittag genossen hatte, und bat den Portier ihr ›Fritto misto di mare‹ auf einen Zettel aufzuschreiben. Zusätzlich markierte er dann auf Nechybas Stadtplan eine Trattoria, wo es diese Spezialität gab. Idealerweise befand sie sich ganz in der Nähe der Anlegestelle des Österreichischen Llyod. Weiters empfahl er ihnen, am Ponte Rialto einen Vaporetto zu besteigen und damit direkt zur Anlegestelle des Lloyd Austriaco zu fahren. Die Nechybas bedankten sich für all die guten Ratschläge, beglichen ihre Rechnung, gaben ein anständiges Trinkgeld und wandelten sodann mit ihrem Koffer zum Ponte Rialto. Tatsächlich sahen sie dort eine Anlegestelle, und nach einiger Zeit näherte sich dampfend und schnaufend ein mit ziemlich vielen Menschen besetztes Boot. Joseph Maria und Aurelia standen in einer Schlange, denn offensichtlich benutzten nicht nur sie als Touristen, sondern auch viele Einheimische den Vaporetto. Als sie dann an Bord waren und Nechyba zwei Fahrkarten gelöst hatte, brummte er:

»Das Vapodingsda is wie a Tramway. Nur dass es net auf Schienen, sondern am Wasser fahrt.«

Danach war er still und genoss die nächtliche Fahrt durch Venedigs Kanäle. Die historischen Häuser und Paläste, deren Beleuchtung sich im Wasser spiegelte, boten eine märchenhafte Kulisse. Viel zu schnell erreichte der Vaporetto die Anlegestelle des Österreichischen Lloyd, wo die Nechybas ausstiegen. Ernüchtert standen sie am Kai. Und dann hauchte Aurelia ihrem Mann ein Busserl auf die Wange. Gleich neben seinen aufgezwirbelten Schnurrbart.

»Die Hochzeitsreise nach Venedig war die beste Idee, die du jemals g'habt hast, Nechyba.«

⟨◦⟩

Nachdem sie ihren Koffer bei der Gepäckaufbewahrung der Schifffahrtslinie deponiert hatten, spazierten die Nechybas zur Trattoria, die ihnen der Hotelportier empfohlen hatte. Und siehe da, diesmal verirrten sie sich im Gewirr der venezianischen Calle und Campielli nicht. Ein Kellner wies ihnen einen gemütlichen Ecktisch zu, reichte ihnen eine kleine, übersichtliche Speisekarte und fragte dann, was sie trinken wollten. Nechyba kratzte sich kurz den Schädel und stammelte dann:

»Na … einen … einen Pi… Pinot … Grischo.«

Der Kellner verbeugte sich lächelnd und antwortete:

»Perfetto. Una bottiglia di Pinot grigio. Desidera un acqua minerale?«

»Wos? Wos?«

»Una bottiglia d'acqua. Acqua …«

Aurelia schaltete sich ein:

»Du ich glaub, der meint a Wasser. Ob ma a Wasser zum Wein wollen.«

»Ah so! Ja, freilich. Si, si …«

Der Kellner verbeugte sich und verschwand. Wenig später brachte er eine Flasche Grauburgunder und eine Flasche Mineralwasser. Er entkorkte die Weinflasche und ließ Nechyba kosten. Der Inspector tat dies voller Andacht und war überrascht. Dieser Weißwein war angenehm fruchtig und gleichzeitig kein bisschen süß. Er nickte anerkennend, und der Kellner schenkte ihnen Wein und danach Wasser ein. Aurelia hatte inzwischen den Zettel des Hotelportiers aus ihrer Handtasche hervorgekramt und die Speisekarte mit der Notiz verglichen. Und tatsächlich fand sie auf der Speisekarte Fritto misto di mare. Nun hielt sie die Karte dem Kellner hin und deutete auf die gewünschte Speise:

»Das! Das hätten wir gerne zwei Mal.«

Der Kellner las und lächelte:

»Va bene! Fritto misto di mare. Due volte?«

Er zeigte zwei Finger, und Nechyba nickte grinsend. Danach nahm er die Hand seiner Frau und küsste diese. Stolz war er auf seine Aurelia, wie sie sich in diesem fremden Land durchschlug. Dann stießen sie mit dem Wein an, der auch Aurelia sehr mundete. Und so tranken sie dann zum Fritto misto di mare ein zweites Flascherl. Danach nahmen sie Kaffee, zu dem der freundliche Kellner ihnen zwei Schnäpse spendierte. Es war ein Treberner, so wie ihn Nechyba aus Wien kannte. Hier hieß er Grappa. Nach diesem wunderbaren Abendessen, bei dem Nechyba die bisherige Reise vor seinem geistigen Auge Revue passieren ließ, spazierten sie etwas illuminiert zur Anlegestelle ihres Schiffes zurück. Das Fritto misto di mare ging ihm dabei nicht aus dem Kopf. Diese nur in Mehl gewälzten und dann herausfrittierten winzigen Meeresbewohner hatten einfach köstlich geschmeckt. Tief atmete er die würzige Luft der Lagune, die nicht ganz so salzig wie die Meeresluft war, ein und freute sich auf die Überfahrt mit dem Schiff nach Triest sowie auf den nächsten Tag, den sie in der österreichischen Hafenstadt verbringen würden. Morgen galt es, Triest zu entdecken, denn der Zug nach Wien fuhr erst um halb sieben Uhr abends ab. Über Laibach, Marburg, Graz würden sie dann innerhalb von zwölf Stunden, ohne umsteigen zu müssen, nach Wien gelangen*. Nechyba hatte zwei Fensterplätze in der 2. Klasse reserviert und freute sich auf die nächtliche Bahnfahrt, während der er sicher tief und fest schlafen würde. So wie er es auf der Herfahrt vor drei Tagen nach einem üppigen Mittagessen im Speisewagen ebenfalls schon getan hatte.

～◎～

Ein livrierter Mitarbeiter des Österreichischen Lloyd begleitete die Nechybas zu ihrer Kabine, gleichzeitig nahm er die Billetts für die Überfahrt sowie ihre Pässe an sich. Als sie es sich bequem gemacht hatten, eng anei-

---

* In Österreich-Ungarn gab es diese direkte Zugverbindung nach Triest. Heute muss man, wenn man mit der Bahn reist, den Umweg über Kärnten und das Kanaltal machen und in Udine nach Triest umsteigen.

nander gekuschelt dasaßen und hinaus auf die Lichter der Lagune sahen, klopfte es plötzlich. Nechyba richtete sich auf, rückte sein Sakko zurecht und öffnete die Tür. Ein Offizier des Österreichischen Lloyd stand mit den Pässen in der Hand vor ihm.

»Joseph Maria Nechyba? Inspector Joseph Maria Nechyba?«

Nechyba nickt ernst und erinnerte sich, dass er ja einen Dienstpass hatte. Der Offizier salutierte kurz und überreichte ihm dann – Nechyba konnte es nicht fassen – Aurelias abgewetztes Geldbörsel.

»Das haben Sie, respektive Ihre Frau Gemahlin, bei der Herfahrt in der Kabine vergessen. Ein Steward hat es gefunden und nachgesehen, wann Sie zurückfahren. Er hat es mir zu treuen Handen in unserer Depositur hinterlegt.«

»Ich danke Ihnen und dem betreffenden Steward. Wir hatten schon gedacht, dass das Portemonnaie meiner Frau in Venedig gestohlen wurde.«

»Na, dann ist ja jetzt alles in bester Ordnung. Ich empfehle mich. Wünsche dem Herrn Inspector und seiner Frau Gemahlin eine gute Überfahrt nach Triest.«

Als Nechyba die Kabinentür wieder geschlossen und seiner Frau ihr abgewetztes Geldbörsel, in dem sich tatsächlich auch die 30 Kronen befanden, überreicht hatte, umarmte er Aurelia. Sie kuschelte sich ganz eng an ihn und sagte schließlich mit leiser Stimme:

»Weißt, Nechyba, du verwöhnst mich auf dieser Reise wie eine Fürstin. Das bin i net g'wohnt. Das macht mich ganz meschugge. Weil im Grund meiner Seele bin ich ja nur ein Dienstbote …«

DER TOD DES CAFETIERS
(1917)

»Einen Kapuziner*, eher hell mit schön viel Milch«, scherzte Wilhelm Kerl bitter, als er das Kaffeehaus seines Freundes Heinrich Sekyra betrat. Wobei Kaffeehaus eigentlich ein Euphemismus war. Denn Sekyras Lokal im 7. Wiener Gemeindebezirk war eher ein Tschecherl als ein richtiges Kaffeehaus. Ein Kaffeehaus, ja das hatte er selbst bis Ende letzten Jahres besessen. Eines der prächtigsten in ganz Wien, das Café Landtmann. Aber all das war mittlerweile Geschichte, denn er hatte es im Oktober letzten Jahres an den Hotelier Karl Anton Kraus verkauft. Dieser Umstand machte ihn nicht bitter. Was ihn verbitterte, war die Tatsache, dass ausgerechnet am Weihnachtstag, am 24. Dezember 1916, seine geliebte Ehefrau Fanny verstorben war. 35 Jahre lang hatte er gemeinsam mit ihr das Café Landtmann geführt. Wobei sie als Sitzkassierung beim Eingang ins Landtmann ihres Amtes gewaltet hatte. Was heißt gewaltet? Sie war die heimliche Königin des Café Landtmann gewesen. Und: Sie hatte das Geld eisern zusammengehalten. Seine Fanny, die nun bei den Würmern unter der Erde lag.

Wilhelm Kerl wurde aus seinen trüben Gedanken aufgeschreckt. Heinrich Sekyra servierte seinem Freund mit vollendeter Grandezza den Kaffee. Kerl fürchtete sich vor dem ersten Schluck des nicht sehr gut schmeckenden Kriegskaffees. Kaffeebohnen waren darin kaum enthalten. Dafür hatten sich in diesem Gebräu allerlei Ersatzstoffe wie Zichorie, Getreide, Eicheln und Bucheckern breitgemacht. Leise sagte der Cafetier:

---

* Altwiener Milchkaffee, der so braun wie die Kutte eines Kapuziner war

»Einen Kapuziner, eher hell mit schön viel Milch. Für dich, mein lieber Wilhelm. Damit du auf andere Gedanken kommst. Sinnierst schon wieder über die alten Zeiten, als deine Fanny noch gelebt hat?«

»Als meine Fanny noch gelebt hat … Und als der Krieg uns noch nicht das Kaffeetrinken verleidet hat …«

Mit einem Seufzer und einem resignierenden Lächeln nahm er den Löffel vom Wasserglas und rührte gewohnheitshalber in der Kaffeeschale um. Dann traute er seinen Augen kaum. Der Kaffee färbte sich einheitlich braun. Ein schönes, molliges Kastanienbraun glänzte ihm entgegen. Wilhelm Kerl rührte noch einmal um und schüttelte den Kopf, um diese Fata Morgana zu vertreiben. Aber es handelte sich um keine Illusion. In seiner Kaffeeschale befand sich tatsächlich ein ordentlicher Schluck Milch. Und: Der Kaffee roch wirklich nach Bohnen. Vorsichtig führte er das Häferl an die Lippen und begann in kleinen Schlucken zu trinken. Ah! Was war das für eine Wohltat! Endlich wieder einmal Bohnenkaffee mit Milch. Dankbar grinste er seinen Freund Heinrich an, der ihm jovial auf die Schulter klopfte und ihm die aktuelle Tageszeitung reichte. Ja, der Heinrich! Der trieb auch in Zeiten des ärgsten Mangels immer wieder ein bisschen Milch und etwas echten Bohnenkaffee auf. Der Heinrich war ein Organisationsgenie.

»Lass dir 'n gut schmecken, Willi.«

»Das werd' ich«, brummte Kerl und begann in der Zeitung zu blättern.

»Ich hätt' auch gern einen Kapuziner mit schön viel Milch.«

Diese Bestellung machte ein junger Mann mit frechem Blick, der einen Tisch weiter saß. Heinrich Sekyra verbeugte sich höflich und schüttelte voll Bedauern den Kopf:

»Wenn ich Milch hätt', mein Herr, wär' mein Kaffeehaus bummvoll.«

»Aber Sie haben doch gerade dem Herrn am Nebentisch einen Kapuziner mit Milch serviert!«

»Bedaure, aber da müssen Sie sich verschaut haben. Wissen Sie, in Notzeiten wie diesen überkommen einen leicht die Sehnsucht und das Verlangen. Und dann fantasiert man sich etwas zusammen, was es gar net gibt.«

Wilhelm Kerl trank rasch den Rest seines Kapuziners aus und löffelte dann die letzten verräterisch braunen Flecken mit dem Kaffeelöffel weg, den er dann genussvoll abschleckte. Inzwischen war der junge Lackel* aufgesprungen und zu Kerls Tisch gestürzt. Grob riss er diesem die Kaffeeschale aus der Hand und hielt sie Sekyra vor die Nase. Sekyra betrachtete interessiert das Innere der Schale und replizierte:

»Also i seh nur Kaffeesud.«

Wütend inspizierte nun auch der Lulatsch das Schaleninnere. Dann versetzte er dem Cafetier einen groben Stoß gegen die Brust und schrie:

»Sie Halawachel, Sie! Sie Rosstäuscher, Sie Taschenspieler! Ich hab's genau gesehen: Sie haben dem Herrn da einen Kaffee mit Milch serviert.«

Es folgte ein Handgemenge, in das Wilhelm Kerl mithilfe seines Spazierstocks eingriff. Diesen hieb er dem jungen Mann mehrmals auf den Buckel, sodass ihm im wahrsten Sinn des Wortes die Luft ausging. Dann wurde

---

* grober Kerl

er von Kerl und Sekyra links und rechts bei den Armen gepackt und in hohem Bogen aus dem Lokal geworfen. Der junge Raufbold landete auf allen Vieren im Straßenschmutz der Neustiftgasse. Ein vorbeidonnerndes Pferdefuhrwerk hüllte ihn zusätzlich in eine Wolke aus Staub und Dreck. Hustend rappelte er sich auf, ballte die Faust und rief Sekyra zu:

»Wart nur, g'schissener Kaffeesieder! Du kommst schon noch einmal in meine Gass'n. Und dann hau ich dir a Wendeltrepp'n in den Schädel!«

～◎～

Das Telephon klingelte, und Joseph Maria Nechyba schreckte aus seinen trüben Gedanken. Er richtete den Oberkörper auf und starrte den Apparat so lange missmutig an, bis er aufhörte zu läuten. Mit einem Schnaufer ließ sich der Oberinspector zurück in eine bequemere Sitzposition fallen. Doch einen Augenblick später begann der vermaledeite Apparat neuerlich zu klingeln. Nechyba hatte keine Lust, abzuheben. Allerdings könnte es ja etwas Wichtiges sein. Vielleicht wollte Zentralinspector Pamer oder gar der neue Polizeipräsident etwas von ihm? Mit einer müden Geste hob er den Hörer ab und nuschelte:

»Nechyba.«

»Herr Oberinspector, ein gewisser Herr Kerl ist da bei uns an der Pforte. Er behauptet, Sie kennen ihn.«

»Was? Der ehemalige Kaffeesieder Kerl?«

»Ja genau der, Herr Oberinspector. Er behauptet, dass ihm einmal das Landtmann g'hört hat.«

»Soll raufkommen«, murmelte Nechyba und legte den Hörer auf.

Kurze Zeit später klopfte es an der Tür seines Bureaus. Nachdem er »Herein!« gerufen hatte, wurde die Tür zaghaft geöffnet, und es trat ein alter gebeugter Mann ein. Nechyba erschrak. Diese jämmerliche Figur hatte fast gar nichts mehr mit dem einst so stolzen und selbstbewussten Wilhelm Kerl gemein. Mit zögernden, zittrigen Schritten näherte sich Kerl dem Schreibtisch des Polizeiagenten. Nechyba überwand seine Verblüffung, stand auf, ging um den Schreibtisch herum und begrüßte mit einem Handschlag den ehemaligen Besitzer von Leo Goldblatts Stammcafé.

»Ich begrüße Sie, Herr Kerl. Nehmen S' doch bittschön Platz.«

Die beiden Männer saßen einander eine Zeit lang stumm gegenüber. Nechyba war noch immer verdattert ob des rasanten physischen Verfalls seines Gegenübers. Wilhelm Kerl wiederum war beeindruckt von Nechybas Position. Oberinspector, dachte er sich, ein hohes Vieh. Vielleicht sollte ich ihn lieber nicht mit meinen Hirngespinsten belästigen.

»Und? Schaun S' noch manchmal im Landtmann vorbei?«

Wilhelm Kerl winkte ab:

»Seitdem ich's verkauft hab, war ich kein einziges Mal mehr dort.«

»Ich bin schon noch hin und wieder im Landtmann. Ich treff den Goldblatt dort. Dann plaudern ma halt. Wobei, in letzter Zeit gibt's nimmer viel zu plaudern. Bei einem Zichorienkaffee ohne Milch geht einem ziemlich bald der Schmäh aus. Manchmal tarockieren wir. Aber da gehen Sie uns sehr ab. Unsere gemeinsamen Tarockpartien waren legendär. Die Jungen heut', die können's nimmer so. Es ist ein Jammer. Alles miteinander.«

»Sie sagen es, Herr Inspector, pardon, Herr Oberinspector.«

Nechyba machte eine abschätzige Handbewegung:

»Das is doch völlig wurscht. Glauben S', ich hab mich um das Amt gerissen? Aufgedrängt hat 's mir der ehemalige Polizeipräsident, der Baron Gorup von Besanez. Bevor er pensioniert worden is'. Oberinspector, nein, darum hab ich mich wirklich net g'rissen.«

Beide saßen nun wieder schweigend da.

»Also, Herr Kerl, was führt Sie zu mir?«

»A komische G'schicht. A sehr a komische G'schicht mit einer Leich.«

»Mit einer Leich?«

Wilhelm Kerl nickte. Seine Augen wurden feucht und er musste einige Male schlucken, bevor er zu erzählen anfing:

»Mein alter Freund, der Sekyra, is tot. Der Heinrich Sekyra, der was ein Tschecherl in der Neustiftgasse geführt hat. Gestern hab ich ihn g'funden. Gemeinsam mit der Hausbesorgerin. Die hat mir aufg'sperrt, als der Sekyra net geöffnet gehabt hat. Beim Reingehen ins Lokal is uns plötzlich ganz komisch g'worden, und die Hausmeisterin hat g'schrien: ›Da strömt Gas aus!‹ Ich hab ihr die Schlüssel wegg'nommen und bin zum Vordereingang getaumelt, wo ich die Tür aufg'sperrt hab. Den Heinrich, den Sekyra, hab ich dann, wie das Café durchgelüftet war, in der Küche g'funden. Kasweiß war er. Kalt, steif und tot.«

⁓⊛⊱

»Nechyba? Was machen Sie denn bei uns da?«

»Sie haben gestern eine Leiche bekommen?«

»Ich bekomme dauernd Leichen.«

»Einen gewissen Heinrich Sekyra.«

»Ah! Der Selbstmörder aus der Neustiftgass'n.«

»Und?«

»Was und?«

»War's ein Selbstmord oder net?«

»Sie haben eine Nase wie ein Trüffelschwein, Nechyba. Nur dass Sie keine Trüffel, sondern merkwürdige Todesfälle finden. Am besten is, wenn Sie mit mir runter in den Kühlkeller kommen. Schau ma uns den Sekyra gemeinsam an.«

Mit grantigem Gesichtsausdruck folgte der Oberinspector dem Gerichtsmediziner Dr. Haberda in den Keller. Das hatte er wieder einmal notwendig gehabt! Warum hatte er den ehemaligen Landtmann-Cafetier nicht abgewimmelt? Warum musste er seine Nase in die Sache hineinstecken? Apropos Nase: Der strenge Formalingeruch nahm ihm fast den Atem. Er hasste es, nackte tote Körper anschauen zu müssen. Als Oberinspector müsste er eigentlich nur Verwaltungsarbeit erledigen. Aber vielleicht war das auch der Grund: Endlich konnte er sich wieder einmal von seinem Schreibtisch fortbewegen. Oh, wie er es genossen hatte, zu Fuß vom Polizeigebäude über die Berggasse hinauf zur Währinger Straße zu spazieren

und dann weiter am Josephinum vorbei in die Sensengasse, wo sich das Gerichtsmedizinische Institut befand.
Für diesen unerwarteten Spaziergang in der herrlichen
Frühlingssonne war er dankbar. Der Preis, den er dafür
zu zahlen hatte, war nun, dass er den Anblick des nackten toten Sekyra zu ertragen hatte. Ein Prosekturgehilfe
holte die Leiche auf einem Wagerl und knallte sie auf den
Seziertisch. Haberda tänzelte wie ein nervöses Rennpferd
um Sekyra herum und begann zu dozieren:

»Mit Gas hat er sich umgebracht, net wahr? Zuerst
wollten die Kollegen vom Polizeikommissariat Neubau die Leiche gleich der Bestattung übergeben. Aber
die Hausparteien und vor allem ein Bekannter des Ver-
blichenen hatten dagegen so vehement protestiert, dass
die Beamten um des lieben Friedens willen den Sekyra
zu uns überstellen haben lassen. Ich hab' mir zuerst die
Atemorgane und das Herz angeschaut. Da hab' ich mir
gedacht: ein klassischer Selbstmord mit Gas. Aber …
mein geschätzter Herr Oberinspector, was mir gar nicht
gefallen hat und was mir auch jetzt nicht gefällt, sind die
vielen blauen Flecken, die der Sekyra am Körper hat. Das
schaut so aus, wie wenn ihm irgendwer die Scheiße aus
dem Leib geprügelt hätte. Bevor er dann selbst in völli-
ger Verzweiflung den Gashahn aufgedreht hat. Das wäre
ja alles auch noch nicht so außergewöhnlich. Aber …
mein lieber Nechyba, schauen Sie sich einmal die Handgelenke des Toten an. Da schaun S' her! Die Leich beißt
nicht, die is eh schon tot.«

Nechyba überwand seinen Ekel und betrachtete die
Handgelenke des Toten. Was er dort sah, gefiel ihm gar
nicht. An den Gelenken waren eindeutig Fesselungsspu-

ren zu sehen. Wie hatte der gefesselte Sekyra den Gashahn aufdrehen können? Nechyba inspizierte die zum Teil recht tiefen Hautabschürfungen und Spuren der Einschnürungen an den Handgelenken. Sekyra musste mit aller Gewalt versucht haben, die Fesseln abzustreifen. In Todesangst, während das Gas ausströmte. Nechyba richtete sich auf und brummte:

»Der wollt' net sterben.«

»Der hat um sein Leben gekämpft. Der wollte unbedingt die Fesseln loswerden und den Gashahn abdrehen.«

»Das hat er aber nimmer g'schafft und is erstickt. Dann is sein Mörder noch einmal in die Wohnung geschlüpft, hat ihm die Fesseln abgenommen und is durch die Hintertür, die er einfach ins Schloss fallen hat lassen, wieder aus dem Kaffeehaus verschwunden. Das war übrigens einer der Gründe, warum der Bekannte vom Sekyra, der Wilhelm Kerl, nicht an Selbstmord geglaubt hat. Weil der Sekyra stets alle Schlösser gründlich abgesperrt und danach auch noch immer drei bis vier Mal kontrolliert hat. Eine Tür einfach ins Schloss fallen zu lassen, das soll net seine Art gewesen sein.«

»Na also, Herr Oberinspector. Damit haben wir einen klassischen Mordfall. An wen soll ich das offizielle Obduktionsergebnis schicken? Denen im Kommissariat Neubau oder direkt an Sie?«

Nechyba seufzte tief. Er fuhr sich mit beiden Händen übers Gesicht, strich danach links und rechts den gewaltigen Schnauzbart zurecht und seufzte:

»Um den Fall kümmer ich mich persönlich.«

Der Oberinspector verließ mit einem flauen Gefühl im Magen das Gebäude der Gerichtsmedizin. Nein, nackte tote Körper zu betrachten, das war auch nach so vielen Jahren Erfahrung nichts für ihn. Er überlegte kurz, ob er zurück ins Polizeigebäude gehen sollte, entschied sich jedoch anders. Er ging vor zur Spitalgasse und stieg dort in eine Tramway der Linie 5, mit der er bis zur Station Stollgasse fuhr. Diese sowie die Lindengasse ging er ein Stück stadteinwärts, bis er sich schließlich an seinem Ziel befand: beim Haus N° 46. Das schöne zweistöckige Altwiener Gebäude hatte ein großes Tor, das offen stand. Er spazierte hinein und hörte plötzlich eine keifende Stimme hinter sich:

»Na hallo? Wo gemma denn hin?«

Nechyba drehte sich zu der Hausmeisterin um, die offensichtlich unmittelbar hinter ihm von der Gasse in den Hausflur hereingekommen war. Er zückte seine Polizeiagenten-Kokarde und nuschelte:

»Ich möchte zum Hausherrn. Zum Herrn Kerl.«

»Na da schau her! Hat er was ang'stellt, der gnädige Herr?«

»Das geht Sie einen feuchten Dreck an. Wo is der Hausherr?«

»Man wird ja noch fragen dürfen … Der gnädige Herr befindet sich hinten im Garten. Ja da machen S' die Glastür vor Ihnerer Nasen auf und dann kommen S' in den Garten ausse.«

Nechyba tat, wie ihm geheißen, und begab sich in ein grünes Paradies mit alten Bäumen, gepflegten Büschen und einem kleinen Salettl. Dort sah er den ehemaligen Cafetier sitzen und ein Mittagsschläfchen halten. Mit bedächtigen Schritten näherte er sich, der Kies knirschte unter seinen Schuhsohlen und er hoffte, Wilhelm Kerl nicht allzu sehr zu erschrecken. Gerade als er sich räuspern wollte, ertönte hinter ihm das schrille Organ der Hausmeisterin:

»Gnädiger Herr, wachen S' auf. Da will wer was von Ihnen. A Kiberer noch dazu …«

Wilhelm Kerl schreckte aus seinem Schlaf hoch und murmelte:

»Jessas na! Was is denn los?«

»Die Hausmeisterfurie hat Sie grad aus dem Schlaf aufg'schreckt.«

»Nechyba, was tun Sie denn da? Na das is eine Überraschung. Wollen S' was trinken? Viel hamma ja wegen der Rationierung net daheim. Aber an Nussschnaps hätt ich noch.«

»Ich hab nix im Magen. Ich weiß net, ob des g'scheit is.«

»Gehen S', Frau Pichler«, wandte er sich an die Hausmeisterin, die noch immer in der Tür zum Garten stand und blöde gaffte.

»Gehen S' rauf in meine Wohnung und sagen S' der Linnerl, dass Sie für den Herrn Oberinspector irgendetwas Essbares herunterbringen soll. Außerdem soll s' auch den Nussschnaps vom letzten Jahr und eine Karaffe Wasser mitbringen.«

Nun wandte er sich Nechyba zu und bat ihn, im Salettl Platz zu nehmen. Nach einem kurzen Schweigen fragte er ohne Umschweife:

»Und? War's ein Selbstmord?«

Nechyba schüttelte den Kopf, nahm die Melone ab,

strich sich über seine mittlerweile schon ziemlich graue Bürste und brummte:

»Ganz und gar net. Gut, dass Sie darauf bestanden haben, dass der Sekyra in die Gerichtsmedizin überstellt worden ist. Ich war grad dort. Faktum ist, dass den Sekyra jemand kräftig verprügelt hat. Außerdem hat er ihm die Hände gefesselt. Und so wie's ausschaut, wurde erst dann das Gas aufgedreht.«

»Wie kommen S' denn darauf?«

»An den Fesselungsspuren sieht man, dass er verzweifelt versucht hat, die Fesseln loszuwerden. Als er nämlich gefesselt am Boden gelegen is und das Gas ausgeströmt is.«

Die frechen Augen des jungen Tutters* ärgerten Nechyba. Mit Seelenruhe und vollkommener Unverfrorenheit saß er vis-à-vis von Nechyba. Was hieß hier sitzen? Er lümmelte mit überkreuzten Beinen auf dem Stuhl und bestritt hartnäckig, dass er den Sekyra bedroht hatte und ihm eine Wendeltreppe in den Schädel schlagen wollte. Mit einem Seufzer stand Nechyba auf und ging zum Fenster seines Bureaus. Er sah hinunter auf das emsige Treiben auf der Elisabethallee und dachte über den jungen Lulatsch nach. Eigentlich müsste er an der Front sein. Da er es nicht war, handelte es sich um ein Protektionskind, dessen Herr Papa es ihm gerichtet hatte. Untauglich aufgrund von Plattfüßen. Oder so ähnlich. In Nechyba kroch kalte Wut hoch. Er schlenderte zu seinem Schreibtisch zurück und

---

* Junger, unerfahrener Mann

riss dabei dem frechen Kerl mit einem Ruck den Sessel unter dem Hintern weg, sodass dieser auf seinen Allerwertesten fiel und laut aufschrie. Vorsichtig wurde die Tür des Oberinspectorenzimmers geöffnet, und Nechybas Assistent lugte ins Zimmer herein. Nechyba sagte in freundlichem Ton:

»Pospischil, gut, dass Sie da sind. Übernehmen Sie doch das Verhör. Der Herr da … der Herr Milanovic will nicht zugeben, dass er den ermordeten Cafetier Sekyra bedroht hat. Obwohl es dafür einen verlässlichen Zeugen gibt. Vielleicht können Sie ihn zum Reden bringen. Ich geh mir inzwischen die Hände waschen.«

Nechyba ließ den sich aufrappelnden Milanovic mit Pospischil, dessen schmales Gesicht sich zu einer starren Maske verzerrt hatte, allein im Zimmer zurück. Pospischils Gesichtsausdruck erinnerte ihn an einen Bullterrier knapp vor dem Zubeißen. Nechyba grinste, als er zur WC-Anlage spazierte.

Zehn Minuten später kam Nechyba zurück in sein Zimmer. Milanovic kauerte verängstigt in einem Eck. Er hatte ein blaues Auge und blutete aus der Nase. Als Nechyba einen scharfen Geruch wahrnahm, blickte er kurz auf die Hose des Verdächtigen und nickte. Ein Riesenfleck verriet, dass er sich während des Verhörs angemacht hatte. Pospischil saß auf Nechybas Stuhl und schrieb eifrig das Geständnis des Anatol Milanovic nieder. Nechyba öffnete ein Fenster und wandte sich mit gütiger Stimme an das am Boden liegende Häufchen Elend:

»Sehen Sie, Herr Milanovic. Mit ein bisschen gutem Willen geht es doch. Sie haben also gestanden, dass Sie den Herrn Sekyra bedroht haben. Nun frage ich Sie weiter: Haben Sie ihn in der Nacht vom 14. auf den 15. April in seinem Kaffeehaus ermordet?«

Milanovics Blick wurde starr vor Angst. Er kreischte: »Nein! Um Gottes willen, nein! Ich hab ihn bedroht. Ja, und eine Abreibung hätt ich ihm auch gern verpasst. Aber umgebracht hab ich ihn nicht!«

Nechyba macht einen Schritt auf ihn zu: »Und wer soll ihn sonst umgebracht haben?«

»Das weiß ich nicht! Wirklich nicht!«

Nechyba machte noch einen Schritt auf den im Eck Kauernden zu: »Wirklich nicht?«

»Vielleicht … vielleicht war's dieser Riese. Ein Bär von einem Mann. Größer als Sie, Herr Oberinspector. Mit dem hat der Sekyra oft gemauschelt. Mit dem hat er ja seinen Schleichhandel abgewickelt.«

»Was für einen Schleichhandel? Jetzt einmal ganz langsam: Der Sekyra war ein Schleichhändler?«

»Und was für einer! Der hat immer was auf Lager g'habt. Deshalb hab ich ja so einen Gachen* bekommen, als er dem Herrn Kerl einen Kaffee mit Milch verkauft hat. Mir aber nicht. Weil Milch hat der Sekyra fast immer g'habt.«

~⊚~

Bohnenkaffee! Im Hausflur roch es intensiv nach Bohnenkaffee. Und je näher Nechyba der Hausmeisterwohnung kam, umso intensiver wurde der Geruch. Er klopfte vehement an die Tür und rief:

---

* Wutanfall

»Karminsky, komm ausse! Wir müssen reden!«

Nach einem Augenblick der Stille näherten sich von innen leise, schnelle Schritte, und die Tür wurde von dem Friederl geöffnet. Nechyba trat ein, grüßte zuerst die alte Agnesz, die am Herd stand und kochte, und dann den im seidenen Morgenmantel am üppig gedeckten Frühstückstisch sitzenden Hausherrn.

»Karminsky, du tafelst ja wie ein Kaiser.«

Der ›Guade‹ grinste und bot Nechyba an, Platz zu nehmen. Dann befahl er dem Friederl, dem Oberinspector eine Schale Kaffee, einen Teller und ein Messer zu bringen.

»Mein lieber Herr Inspector, pardon, Oberinspector, wie man mir berichtet hat. Was führt Sie in mein bescheidenes Heim? Doch nicht die Lust auf ein Schalerl anständigen Kaffee?«

Das Friederl brachte Nechyba eine Schale Bohnenkaffee, und dieser überlegt kurz, dem unverschämten Zuhälter und Schleichhändler das kostbare Gebräu ins Gesicht zu schütten. Doch die Gier verhinderte diese Geste. Mit kleinen Schlucken nippte er an der Kaffeeschale, atmete das wunderbare Aroma gerösteter Kaffeebohnen ein und schloss genussvoll die Augen.

»A bissal Milch, wollen S'?«, erklang es hinter ihm. Die Stimme der alten Agnesz. Die Schwester von Karminskys früh verstorbener Mutter, die den Bengel großgezogen hatte und nun seinen Haushalt führte. Nechyba öffnete die Augen und verneinte lächelnd. Offensichtlich hatte die Alte nicht vergessen, wie er vor Jahren ihre gute Küche gelobt hatte.

»Greifen S' zu, Nechyba! Wollen S' a Butterbrot? Semmerln hamma leider net. Sie wissen, der Krieg ... Man bekommt einfach nix mehr G'scheites zu essen.«

Nechyba verlor alle Hemmungen. Ein Butterbrot! Gierig griff er zum Messer und schmierte sich dann dick Butter auf eine Scheibe frisches Schwarzbrot. Er biss hinein und schloss neuerlich voll Genuss die Augen. Gleichzeitig ermahnte er sich, sich nicht zu sehr gehen zu lassen. Deshalb nuschelte er mit vollem Mund:

»Vom allseits herrschenden Mangel merkt man aber bei dir in der Küche nix.«

»Ich bitte Sie! Keine Semmerln, keine Kipferln, nur Schwarzbrot. Was ist denn das für ein Frühstück?«

»Karminsky, du bist ein unverschämter Patron. Und außerdem ein Schleichhändler.«

»Wie kommen S' denn da drauf?«

»Ich hab seit Monaten keinen Bohnenkaffee mehr bekommen. Und auch keine Butter. Nur Ersatzkaffee und Margarine. Also Karminsky, woher hast du das Zeug?«

Der ›Guade‹ wurde ernst. Seine Augen verengten sich zu Schlitzen, und er murmelte:

»Ich dachte, darum kümmern Sie sich nicht mehr. Als Oberinspector ...«

»Im Prinzip nicht. Aber hier geht es um einen Mordfall, in den einer deiner Männer verwickelt ist.«

Nechyba trank den Kaffee aus und schob ein letztes Stück Butterbrot in den Mund. Karminsky lehnte sich zurück und fragte leise:

»Wer?«

»Leszek der Bär.«

»Haben Sie Beweise?«

»Ich hab einen Zeugen, der ausg'sagt hat, dass er mit dem ermordeten Cafetier Sekyra Geschäfte g'macht hat.«

»Was? Der Sekyra is tot?«

Nechyba nickte und registrierte die Überraschung des ›Guaden‹. Kurze Zeit waren beide Männer still, dann stand Karminsky auf, befahl dem Friederl, Nechyba noch eine Schale Kaffee einzuschenken, und entschuldigte sich kurz. Zehn Minuten später kam Karminsky angezogen und rasiert in die Hausmeisterwohnung zurück. Nechyba, der inzwischen ein zweites Butterbrot verschlungen und eine dritte Schale Kaffee getrunken hatte, sah ihn erstaunt an.

»Kommen S', Herr Oberinspector! Jetzt hör ma uns einmal an, was der Leszek dazu zu sagen hat.«

Nechyba stand schweren Herzens vom reich gedeckten Frühstückstisch auf. Schluss mit der Völlerei. Die Arbeit rief.

Von der Zirkusgasse gingen sie in Richtung Volkertplatz. Sie überquerten die breite Allee der Kaiser-Joseph-Straße* und kamen schließlich in die Rueppgasse. Eine Schar bloßfüßiger Lausbuben rannte an den beiden Männern vorbei. Karminsky stutzte, steckte zwei Finger in den Mund, ein scharfer Pfiff ertönte. Die Rotzbuben hielten wie versteinert inne und starrten ihn an. Einer kam katzbuckelnd näher.

»Gott zum Gruß, Euer Gnaden. Suchen S' meinen Herrn Vattern?«

---

* Heute: Heinestraße

Karminsky nickte, kramte aus einer Seitentasche seines Gilets eine 10-Heller-Münze hervor, drückte sie dem Buben in die Hand und befahl ihm, den Vater zu holen. Der Lauser zischte wie ein Pfitschipfeil ab, und Karminsky führte den Oberinspector in den Hof eines ärmlichen Hauses. Dort befand sich als eigenes kleines Gebäude eine Waschküche, aus der es mächtig heraus dampfte. Karminsky öffnete die Tür und stand im Nebel. Als sich die Dämpfe ins Freie verflüchtigt hatten, kommandierte er:

»Ihr zwei Menscher macht's jetzt a Pause.«

Neuerlich kramte er in der Seitentasche seines Gilets und zog eine Krone heraus. Die drückte er der älteren der beiden Frauen in die Hand und brummte:

»Geht's ins Wirtshaus ums Eck. In einer Viertelstunde könnt's wieder kommen.«

Die beiden ausgezehrten, dünnen Frauen machten einen Knicks und verschwanden. Deshalb also wird der Karminsky in der Leopoldstadt der ›Guade‹ genannt, räsonierte Nechyba, weil er mit dem Geld nur so um sich schmeißt. Er warf einen Blick in die Waschküche und sah einen großen Bottich heißen Wassers am Ofen stehen, in dem ein munteres Feuer loderte. Auf dem Boden stand ein ebenso großer Bottich, in dem aus Bergen von Seifenschaum zwei nun verwaiste Waschrumpeln und einige Bettwäschestücke herauslugten. Plötzlich verdunkelte sich die Waschküche. Leszek der Bär stand in der Tür.

»Serwas, Zygmunt, wos gibt's? Warum kommst da her zu mir?«

Karminsky deutete dem Bären, einzutreten. Dann richtete er die Spitze seines Spazierstocks gegen dessen Brust und bugsierte ihn in Richtung des kochenden Wasserbottichs.

»Was ist mit dem Sekyra?«

»Welcher Sekyra?«

Karminsky stieß seinen Spazierstock brutal gegen Leszeks Brust. Der taumelte zurück und stieß an den Bottich an. Siedend heißes Wasser schwappte über und verbrühte den Rücken des riesigen Mannes. Der brüllte auf.

»Was ist mit dem Sekyra?«

»Mit dem Sekyra in der Neustiftgasse?«

»Kennst sonst noch einen?«

»Na!«

»Also?«

»Der Sekyra in der Neustiftgassn is tot.«

»Das hat mir der Herr Oberinspector schon vor einer Stund' erzählt.«

Nun mischte sich Nechyba ein:

»Hast ihn umbracht, den Sekyra?«

»Nein! Ich hab nur g'hört, dass er tot is.«

»Und warum is er tot?«

Leszek der Bär trat von einem Fuß auf den anderen. Er schielte ängstlich zu Karminsky hinüber. Schließlich begann er zu erzählen:

»Das waß i net! I waß nur, dass i dem Sekyra an Denkzettel verpasst hab. Weil er mir Geld schuldig war.«

»Was für einen Denkzettel?«

»Z'erst hab ich ihn eing'schüchtert. Dann hab ich ihm die Hosenträger ausgezogen und ihn damit g'fesselt, bevor ich ihn birnt* hab.«

»Und dann?«

---

* geschlagen, verprügelt

»Dann bin i gangen.«

»Und der Sekyra?«

»Den hab i am Boden liegen lassen.«

»Und vorher hast das Gas aufdraht.«

»Was für a Gas?«

»Na das Gas in der Kuchl von seinem Tschecherl.«

»Der Sekyra is vorn im Gastraum g'legen, wie i gangen bin. Und g'lebt hat er a no.«

Nach einer Pause fügte der Riese trotzig hinzu:

»I bin ja net deppert, dass i an, der was ma Geld schuldig is, hamdrah*.«

～◎～

Nechyba war grantig. Warum tat er sich das an? Warum ermittelte er in diesem Mordfall? Er hätte jeden seiner untergeordneten Inspectoren damit beauftragen können.

»Ich bin ein schöner Depp«, murmelte er, als er kurz nach acht Uhr abends die Tür seiner Wohnung aufsperrte. Seine Frau Aurelia begrüßte ihn mit einem Busserl auf die Wange und einem schelmischen Grinsen:

»Was murmelst da, Nechyba? Wer is deppert?«

»Na wer? Ich bin deppert!«

Sie streichelte über die Stacheln seiner grauen Bürstenfrisur und bemerkte in einem mütterlichen Ton:

»Geh! Stell nicht immer dein Licht unter den Scheffel. Bist doch erst letztes Jahr zum Oberinspector befördert worden. Das wär einem echten Deppen sicher net passiert.«

»Beim Ärar** werden grad die größten Deppen am

---

* umbringen
** Staat

ehesten befördert«, schmollte Nechyba und zog sich die Schuhe aus. In seinen bequemen Hauspatschen setzte er sich an den Tisch, und Aurelia servierte ihm eingebrannte Hund*. Diese Speise aus Erdäpfeln und Einbrenn entsprach der allgemeinen Versorgungslage. Wie gerne hätte Nechyba eine Augsburger oder ein Paar Frankfurter dazu gehabt! Aber das war Wunschdenken. Im Krieg war alles streng rationiert, und Fleisch bzw. Wurst waren purer Luxus. Er aß die eingebrannten Hund, die Aurelia mit fein gehackten Gurkerln, etwas Majoran sowie mit glasig gedünsteten Zwiebeln verfeinert hatte. Ja, seine Frau war wirklich eine Spitzenköchin, die sogar noch aus dem primitivsten Gericht etwas Feines zauberte. Als Nechyba wenig später todmüde ins Bett fiel, überkam ihn eine Sehnsucht, die ihn nun schon seit Monaten quälte: die Sehnsucht nach dem Duft von Bohnenkaffee. Bohnenkaffee, den seine Frau früher immer in der Früh gekocht hatte, und mit dem der Beginn des Tages immer ein bisschen leichter vonstattengegangen war. Bohnenkaffee …

∽៙〜

Der Oberinspector klopfte an die Hausmeistertür. Er musste eine Weile warten, bis diese geöffnete wurde.

»Oberinspector Nechyba, k.k. Polizeiagenteninstitut.«

»Ja da schau her! Ein Kiberer! Was treibt Sie denn her?«

»Na was schon? Der Tod vom Sekyra.«

»Aber das war doch a Selbstmord. Was wollen S' da noch untersuchen?«

Nechyba schnupperte. Aus der Wohnung strömte ein

---

* Kartoffeln in Mehlschwitze

zarter Geruch. Er antwortete mit einer süffisanten Gegen-
frage:

»Und? Was geht Sie das an?«

»Na entschuldigen schon! Ich hab den Sekyra schließlich g'funden. Wann i net des Gas abdraht hätt, wär das
ganze Haus in die Luft g'flogen. Da hätte schon der
kleinste Funken genügt, mein Lieber.«

Die Hausmeisterin holte tief Luft und wollte mit ihrer
Tirade fortfahren, als Nechyba ihr das Wort abschnitt:

»Halten S' keine Volksreden! Sperren S' mir lieber dem
Sekyra sein Café auf.«

»Aber warum denn?«

»Weil ich was nachschauen will. Also wird's bald? Ich
hab net den ganzen Tag Zeit.«

Beleidigt zuckte die Hausmeisterin mit den Achseln,
schlurfte zum Hintereingang des Lokals und sperrte
auf. Nechyba ging ohne Umschweife in den Gastraum,
hockerte sich nieder und betrachtete ganz genau den
Fußboden, der mit hellem Linoleum bedeckt war. Nirgendwo war ein Staubkörnchen zu sehen. Und natürlich auch keine Blutspritzer oder Schleifspuren, wie es sie
hätte geben müssen. Wenn Leszek der Bär den Cafetier
hier grün und blau geschlagen hatte, dann musste inzwischen jemand die Spuren verwischt haben. Nechyba sah
unter die Bänke, auch dort waren kein Lurch und keine
Brösel zu sehen. Er richtete sich ächzend auf und fragte
die hinter ihm stehende Hausmeisterin:

»Hat da wer aufg'waschen?«

»Ja, ich. Weil wenn einer kommt und sich für das Kaffeehaus interessiert, dann soll alles ordentlich und sauber
sein.«

»Sie sind a saubere Person«, bemerkte er süffisant und verabschiedete sich. Anstatt ins Polizeigebäude zurückzukehren, spazierte er die Neustiftgasse ein Stück stadtauswärts und bog dann nach rechts in die Myrthengasse ein. Er ging die Myrthengasse hinauf, überquerte die Burggasse und kam in die Hermanngasse, die er bis zum Amtshaus vorging. Im Erdgeschoss klopfte er an der erst besten Bureautür an und trat ein.

»Guten Tag, meine Damen und Herren. Ich bin Oberinspector Nechyba, k.k. Polizeiagenteninstitut, und ich bräuchte Amtshilfe. Könnten Sie für mich im Polizeigebäude anrufen?«

Eine ältere Beamtin nickte und ging in den Nebenraum, wo sich ein Telephonapparat befand. Sie wählte die Vermittlung und verlangte das Polizeigebäude. Dann fragte sie Nechyba:

»Wen wollen S' denn dort sprechen?«

»Darf ich den Hörer haben, ich mach das selber … Hallo? Ja, Oberinspector Nechyba hier. Ich möchte den Fraczyk. Den Inspector Fraczyk sprechen … is dringend … hallo … Fraczyk, sind Sie's? Nechyba hier. Passen S' auf, kommen S' mit einem Arrestantenwagen in die Neustiftgasse, zum Café Sekyra. Sofort. Haben S' verstanden? … Gut. Ich erwarte Sie dort. Danke.«

Wenig später stand er wieder vor der Tür der Hausmeisterin. Diesmal klopfte er nicht, sondern pumperte mit der Faust gegen die Tür. Wieder dauerte es ein bisschen, bis die Tür geöffnet wurde. Nechyba schob die Hausmeisterin zur Seite und sah, dass sie in der Küche gerade eine Mahlzeit zu sich genommen hatte. Sein Magen knurrte, und er verfluchte den Krieg und die damit verbundene Rationierung von Lebensmitteln. Er schnupperte herum und roch es wieder, dieses unvergleichliche Aroma.

»Sie! Das is a Unverschämtheit, dass Sie wie ein Vandale hier eindringen! Ich werde mich bei Ihrem Vorgesetzten beschweren.«

»Beim Salzamt kannst dich beschweren. Sonst nirgends.«

Nechyba war grantig. Er riss sämtliche Laden und Türen der Küchenkredenz auf und leerte alles auf den Boden. Dann kamen die Küchenkasteln dran. Scheppernd und klirrend warf er Kochgeschirr, Teller, Besteck, Schüsseln und alles, was ihm sonst noch in die Finger kam, auf den Küchenboden. Als er solchermaßen vor der mit Schreck geweiteten Augen in einem Eck stehenden Hausmeisterin alle Küchenmöbel ausgeräumt hatte, ohne das Gesuchte zu finden, fing er an, die Möbel von der Wand wegzuschieben. Schließlich riss er das einzige Bild in der Küche, das einen röhrenden Hirsch zeigte, von der Wand. Und siehe da! Hinter dem großen Bild gab es ein gewaltiges Loch in der Mauer, in dem die Hausmeisterin ihre Schätze aufbewahrte: eineinhalb Kannen Milch, ein Viertelkilo Butter, Brot, Salami und das, was Nechybas Nase ursprünglich erschnüffelt hatte: einen Sack, der bis oben mit Kaffeebohnen angefüllt war. Bohnenkaffee hatte ihm verraten, dass die Hausmeisterin Sekyras Warenlager geplündert hatte. Als er den Sack öffnete und genussvoll an den Bohnen schnüffelte, stürzte sie sich wie eine Furie auf ihn und versuchte, ihm diesen Schatz aus der Hand zu reißen. Als ihr das nicht gelang, prügelte sie mit flachen Händen schreiend und fluchend auf den

Oberinspector ein. Genau in diesem Moment betraten der blade Fraczyk und der lange Paul die Haumeisterwohnung. Die beiden bändigten die Furie. Als sie zum Arrestantenwagen abgeführt wurde, warf sie Nechyba einen Schwall obszöner Ausdrücke an den Kopf.

Die Hausmeisterin, sie hieß übrigens Ernestine Jansa, leugnete stundenlang, dass sie den gefesselten und bewusstlosen Sekyra in die Küche geschleppt, ihn dort neben den Gasherd gelegt und dann das Gas aufgedreht hatte. Nechyba ließ daraufhin die hausmeisterliche Wohnung noch einmal aufs Gründlichste durchsuchen. Als dabei Sekyras Hosenträger gefunden wurden, brach die Jansa zusammen und gestand den Mord. Spätabends und todmüde verließ Nechyba das Polizeigebäude. Auf dem Heimweg murmelte er mehrmals: »Unglaublich, was der Krieg aus uns Menschen macht …«.

Gegen Mitternacht sank er zufrieden neben seiner Aurelia ins Ehebett und schlief mit einer wunderbaren Vorfreude auf das Frühstück am nächsten Morgen ein. Denn er hatte von der heute requirierten Menge Kaffee ein Viertelkilo für sich abgezweigt.

DAS ENDE
(1918)

Es regnete Schusterbuben*. Sturmböen peitschten Regenfluten gegen die großen Fenster des Café Sperl. Grau rannen sie in gewaltigen Schlieren die Scheiben hinunter. Grau schimmerte das Kopfsteinpflaster der Gumpendorfer Straße, und grau vor Hunger und Entbehrung waren auch die Gesichter der Menschen, die draußen vorbeihuschten. Drinnen im Kaffeehaus war es einigermaßen behaglich, obgleich nicht geheizt wurde. Brennmaterial war Mangelware geworden. Die Kaffeehausgäste waren alle in ihre mehr oder weniger wärmenden Mäntel und Jacken gehüllt. Nechyba schlürfte seinen brennheißen Kaffee oder das, was jetzt in Kriegszeiten Kaffee genannt wurde. Eine Mischung aus Zichorien, Eicheln und anderen Ersatzstoffen, die einen bräunlichen Sud ergaben, den man nur mit sehr viel Fantasie als Kaffee bezeichnen konnte. Zum Glück hatte Adolf Kratochwilla noch einige Flaschen mit Tresterschnaps aus der Zeit vor dem Krieg eingelagert. Heute, an diesem nasskalten Tag, hatte der Cafetier eine aufgemacht. Nicht für Krethi und Plethi, nur für seine Stammgäste. Das waren unter anderem die drei Herren, mit denen er am Tisch saß und Tarock spielte. Nechyba schlürfte neuerlich an seiner Schale und genoss die Süße und gleichzeitige Schärfe des Trebernen. Dessen Aroma machte die braune Brühe in seinem Kaffeehäferl einigermaßen erträglich. Bohnenkaffee! Wie er sich danach sehnte! Trübsinnig blickte er in sein Blatt. Was er da sah, munterte ihn auch nicht gerade auf. Leo Goldblatt sagte einen Besserrufer mit dem Herzkönig an, und Nechyba zuckte zusammen. Es war zum Aus-der-Haut-Fahren! Goldblatt hatte ihn gerufen, und er

---

* es regnet sehr stark

war zum Mitspielen verdammt. Mit ganzen vier Tarock! Das konnte ja heiter werden. Nechyba war Vorhand und spielte sofort Tarock aus. So wie es sich für den braven Partner eines Besserrufer-Spielers gehörte. Damit war dem Scharfrichter Lang und dem Cafetier Kratochwilla klar, dass sie gegen ihn und Goldblatt spielten. Die Partie plätscherte dahin, bis Goldblatt den Mond Kratochwillas mit dem Gstieß stach. Der Scharfrichter Lang wiegte bedächtig den Kopf und brummte: »Mondfang …« Da musste Nechyba grinsen. Denn seine letzte Tarockkarte, die er im Blatt hatte und die jetzt zum Einsatz kam, war der Pagat.

»Net so voreilig, Herr Lang! Ich hab ja auch noch mitzuspielen.«

Und damit knallte er seinen Pagat auf die zwei höchsten Karten des Spiels. Kratochwilla verzog peinlich berührt das Gesicht und stöhnte auf:

»Ui! Ein Kaiserstich[*]! Das wird teuer.«

Da Goldblatt genügend weitere Tarock hatte, konnte er auch den angesagten Uhu durchbringen. Und damit hatten er und Nechyba wirklich ein ganz schönes Sümmchen gewonnen. Nechyba atmete tief durch und schaute aus dem Fenster des Cafés. Doch was er dort sah, raubte ihm mit einem Schlag die Entspanntheit. In einen dünnen britischen Regenmantel gehüllt, mit hochgezogenen Schultern und in die Stirn gezogenem Hut schritt ohne sichtbare Eile Aloysius von Schönthal-Schrattenbach an den Fenstern seines einstigen Stammcafés vorbei. Nechyba glotzte ihm nach, sprang auf und rief:

---

[*] In diesem Sonderfall sticht die niedrigste Tarock-Karte die beiden höchsten Tarock.

»Da draußen geht der Schönthal-Schrattenbach!«

Den Redakteur Goldblatt riss es, als ob er einen elektrischen Schlag bekommen hätte. Sein Blick folgte Nechybas ausgestrecktem Zeigefinger und er erkannte Schönthal-Schrattenbach, als dieser am letzten großen Fenster des Kaffeehauses vorbei spazierte. Auch Lang gaffte in diese Richtung und riss staunend das Maul auf. Einzig Kratochwilla war zu langsam. Als er sich umdrehte, hatte der Baron das Kaffeehaus bereits passiert.

»Jetzt schnapp ich mir 'n«, rief Nechyba und stürmte aus dem Sperl hinaus. Dicht gefolgt von Lang und Goldblatt. Draußen auf der Gumpendorfer Straße sahen sie, dass der Gesuchte schon fast vorne am Getreidemarkt war. Sie rannten los, und Schönthal-Schrattenbach verschwand nach rechts aus ihrem Blickfeld. Vom Jagdfieber erfasst, liefen sie so schnell sie konnten. Nechyba voran. Vor der Kreuzung Gumpendorfer Straße und Getreidemarkt überholte ihn der dünne Goldblatt. Der schwergewichtige Scharfrichter Lang keuchte weit hinterher. Eine Tramwaygarnitur der Linie H2 rumpelte den Getreidemarkt hinunter zur Sezession. Fassungslos mussten die drei Läufer zusehen, wie Schönthal-Schrattenbach in diese Tramway einstieg und Richtung Karlsplatz davon fuhr. Der voranlaufende Goldblatt wurde langsamer, blieb stehen und keuchte:

»Jetzt is er uns entwischt.«

Nechyba rannte verbissen weiter und schrie:

»Aufgegeben wird nicht! Aufgeben tu ich nur einen Brief bei der Post.«

An der Ecke Getreidemarkt und Wienzeile befand sich ein einsamer Fiaker mit einem klapprigen dünnen

Gaul. In sich zusammengesunken stand der Fiakerkutscher neben seinem Pferd im Regen und tätschelte hin und wieder dessen Hals. Nechyba schrie den Mann an:

»Kommen S', fahr ma! Der Tramway, dem H2 nach!«

Der Fiakerkutscher schaute den keuchenden Nechyba verblüfft an und kletterte dann in aller Ruhe auf den Kutschbock. Inzwischen waren Goldblatt und Lang auch beim Fiaker angelangt. Sie stiegen in den überdachten und daher trockenen Fahrgastraum der Kutsche ein, während sich Nechyba zu dem Kutscher auf den Bock schwang. Der murmelte nun:

»Alsdann! Fahr ma, Euer Gnaden.«

Der H2 war mittlerweile außer Sichtweite. Doch der Kutscher kannte die Linienführung der Tramway, und so rollte der Fiaker in Richtung Schwarzenbergplatz. Knapp vor der Kreuzung zum Rennweg erblickten sie den H2 wieder, wie er in Richtung Stadtpark fuhr. Nechyba, der im strömenden Regen saß, hatte die Krempe seiner Melone tief ins Gesicht gezogen und den Kragen seines Mantels aufgestellt. Regen klatschte ihm auf die Wangen, und sein aufgezwirbelter Schnauzbart hing mittlerweile triefnass und traurig über beide Mundwinkel hinab. Doch das beeinträchtigte den Inspector nicht. Mit dem seit Jahrzehnten geübten Blick eines Polizisten suchte er die Gegend rund um die Station Schwarzenbergplatz nach Schönthal-Schrattenbach ab. Nein, da war der Baron nicht ausgestiegen. Endlich konnten sie die Kreuzung Schwarzenbergstraße-Rennweg überqueren und weiter in Richtung Stadtpark fahren. Als sie beim Stadtpark anlangten, war der H2 schon um die nächste Ecke in

Richtung Hauptzollamt verschwunden. Nechyba grantelte den Kutscher an:

»Können S' net a bisserl schneller fahren?«

Der sah ihn zweifelnd an und begann zu lamentieren:

»Was glauben S', warum ich überhaupt noch Fiaker fahren kann? Weil meine Rosi schon so alt is, dass sie nicht mehr fürs Militär requiriert wurde. Was wollen S' von dem alten Würstel*? Das arme Viech kriegt ja nur mehr Heu und Stroh zu fressen. Von Hafer ist schon lang keine Rede mehr. Alles is rationiert. Und net amal auf die Lebensmittelkarten bekommt man mehr was G'scheites. Meine eigene Brotration teil ich mit der Rosi. Damit's wenigstens a bisserl was Nahrhaftes zum Beißen hat. Dieser verdammte Krieg bringt uns noch alle um. Wer net an der Front stirbt, verhungert im Hinterland.«

Nechyba seufzte:

»Ja, i weiß eh …«

»Schaun S', die Rosi ist uralt und unterernährt. Ich bin froh, dass sie überhaupt noch so brav das Zeugl** ziagt …«

Und so rollten sie im etwas beschleunigten Schritttempo den Heumarkt entlang. Gerade schnell genug, dass Nechyba noch sehen konnte, wie der H2 über die große Ungarbrücke weiter in Richtung Hauptzollamt fuhr. Auch hier war auf den fast menschenleeren Straßen keine Spur von Schönthal-Schrattenbach zu sehen. Überall kroch nun die Nässe dem Oberinspector hinein: Beim Kragen, vorne beim Hals und auf der Brust, auf den Hosenbeinen, ja selbst unterhalb der Hose waren seine Waden schon nass. Mit Unbehagen registrierte er,

---

* Pferd
** Fiaker

wie das Wasser seine Beine entlang in die Schuhe floss. Nicht plötzlich und nicht als Sturzflut, sondern langsam und unaufhörlich wurden zuerst die oberen Enden der Socken klatschnass und nach und nach dann die Schuhe. Auf sie prasselte ja auch von außen der Regen.

An der Kreuzung Invalidenstraße und Ungargasse musste ein vorwitzig heranpreschendes Automobil vor einer Schar Schulkinder scharf bremsen. Es kam ins Schleudern und schlitterte in eine Straßenbahngarnitur der Linie O, während der H2 schon etwas weiter vorne in die Hintere Zollamtstraße einbog und aus Nechybas Blickfeld wieder einmal verschwand. Der Automobilchauffeur und der Fahrer der Tramway waren ausgestiegen und beschimpften einander. Nechybas Fiaker musste abbremsen und stehen bleiben. Voll Ingrimm glitt der klatschnasse Nechyba vom Kutschbock, zückte seine noch trockene Polizeiagenten-Kokarde und brüllte die beiden Streithansln an:

»Schaut's, dass weiterfahrts! Ihr Fetzenschädeln behinderts eine Amtshandlung.«

Und zu dem verdutzten Automobilisten sagte er:
»Mach die Fahrbahn frei, aber sofort!«

Der zog den Kopf ein und fuhr wenige Augenblicke später mit seinem Kraftfahrzeug weiter. Als Nechyba sich wieder auf den Kutschbock schwang, gab es ihm einen Stich im Kreuz. Vor den Augen wurde ihm schwarz. Mit schmerzverzerrtem Gesicht lehnte er sich zurück und registrierte, dass der Fiaker die Fahrt wieder aufnahm. Jede kleine Unebenheit der Straße verursachte ihm nun Schmerzen. Der Kutscher musterte ihn neugierig und fragte:

»Euer Gnaden? Was ist Ihnen denn?«

»I hab mir grad das Kreuz verrissen.«

»Sie Armer. I kenn das. Is mir letzten Winter auch so gegangen. Das kommt von der Kälte und der Feuchtigkeit.«

Bei der Marxergasse fasste Nechyba einen Entschluss: Er befahl dem Kutscher, in diese einzubiegen und so schnell wie möglich vor zur Kreuzung Rasumofskygasse zu fahren. Er sah keine andere Chance mehr, die Tramway einzuholen. So hoffte er, den Vorsprung des H2 wettzumachen, der ja eine größere Runde über die Radetzkystraße, den gleichnamigen Platz und die Löwengasse fuhr. Hoffentlich steigt der Schönthal-Schrattenbach nicht dazwischen aus, dachte sich Nechyba. Mit der Abkürzung durch die Marxergasse hatten sie die Chance, Schönthal-Schrattenbach bei der Tramwayhaltestelle Rasumofskygasse zu schnappen.

Herrgott, wenn es eine Gerechtigkeit auf dieser Erde gibt, dann lass diesen Falotten* nicht am Radetzkyplatz oder in der Löwengasse aussteigen! Lass uns ihn erwischen! Dieses Stoßgebet schickte Nechyba in den noch immer weinenden Himmel. Als ob es etwas geholfen hätte, begann Rosi nun plötzlich munter loszutraben. So schafften Nechyba, Goldblatt und Lang es tatsächlich, gleichzeitig mit dem H2 bei der Haltestelle Rasumofskygasse anzukommen. Nechyba brüllte in die Fahrgastkabine.

»Meine Herren! Springt's in die Tramway und kauft's euch den Pülcher! Ich hab mir vorhin des Kreuz verrissen. Ich komme nach ...«

---

* Gauner

Nechyba drückte dem Kutscher ein Bündel Geldscheine in die Hand, bedankte sich und rutschte ganz langsam vom Kutschbock auf die Straße hinunter. Mit dem linken Fuß landete er in einer knöcheltiefen Lacke.

»Hurenarschwetter!«, schimpfte Nechyba und humpelte den anderen beiden nach, die bereits in der Tramway waren und sich auf den völlig überraschten Schönthal-Schrattenbach stürzten. Dieser wehrte sich nach Kräften. Der Tramwayschaffner und auch der Fahrer kamen ihm zu Hilfe. Erst als Nechyba mit seiner Polizeiagenten-Kokarde wild fuchtelnd Schaffner und Fahrer zur Ordnung rief, ließen sie von Goldblatt und Lang ab. Diesen Augenblick der allgemeinen Verwirrung nützte Schönthal-Schrattenbach, sprang aus der Tramway und lief vor zur Sofienbrücke. Goldblatt wieselte ihm nach, stellte ihn auf der Brücke und begann eine Rangelei mit ihm. Als der dicke Lang schnaufend wie ein Dampfross die beiden beinahe erreicht hatte, riss sich Schönthal-Schrattenbach los, kletterte aufs Brückengeländer und drehte sich zu seinen Verfolgern um. Nervös am schmalen Geländer tänzelnd, das Gesicht zu einer höhnischen Fratze verzerrt, schrie er:

»Ihr habt mich vor 15 Jahren nicht erwischt und ihr werdet mich jetzt nicht erwischen. Ich war in Mexico, den Vereinigten Staaten von Amerika und was weiß der Kuckuck wo noch. Nirgendwo konntet ihr meiner habhaft werden. Meine Herren, es war mir kein Vergnügen ...«

Schönthal-Schrattenbachs letzte Worte hörte Nechyba nur mehr verzerrt. Während er sie geschrien hatte, war der Baron bereits hinunter in die graubraunen, stark ange-

schwollenen und wild dahinfließenden Fluten des Donaukanals gesprungen. Nechyba sah seinen Körper am Wasser aufschlagen und versinken. Mühsam humpelte er auf
die andere, flussabwärts gelegene Seite der Brücke. Er
sah Schönthal-Schrattenbachs Hut in den Fluten davon-
schießen. Vom Mörder selbst war nichts mehr zu sehen.

GLOSSAR DER
WIENER AUSDRÜCKE

Adabei	neugieriger Wichtigtuer
Ärar	Staat
abpaschen	abhauen, wegrennen
abstieren	jemanden finanziell ausnehmen
abwatschen	ohrfeigen
anschmieren	jemanden betrügen
baff	verblüfft
Bahöö / Mordsbahöö	Wirbel / Riesenwirbel
Bankl reissen (ein)	sterben
Bassena	gemeinsames Wasserbecken am Gang
Beisl	Kneipe, Gasthaus
biberln	Alkohol trinken
birnen	jemanden schlagen
Bissgurn	zänkisches Weib
Couvert machen	im Zuchthaus Stein eine Strafe verbüßen
dunsten lassen	warten lassen
Einbrenn	Mehlschwitze
einbrennte Hund	Kartoffel in Mehlschwitze
Erdäpfel	Kartoffeln
Falott	Gauner
Faschiertes	Hackfleisch
Faschiermaschine	Fleischwolf

Fetzentandler	Händler von gebrauchten Kleidern
Frankist	Unbescholtener
Fleischer / Fleischhauer	Metzger
Fleischlaberl	Frikadelle, Bulette
Fotz	Schnute
Fratschlerin	Marktfrau
Frnak	Nase
Gachen kriegen	Wutanfall bekommen
Galerie	Unterwelt
Gewurl	Gewimmel
Gigerer	Pferdefleischhauer
Gilet	Weste
Glatz'n	Spielkarte, die nichts zählt
Glumpert	wertloses Zeug
G'nack	Genick
Goldblatt	Türkischer Kaffee ohne Sud mit einem Schuss Tresterbrand
Graffelwerk	Zeug
Greisler(ei)	Tante-Emma-Laden
Gretzl	nahe Umgebung, städtisches Viertel
Griasler	Unterstandsloser
Habakuk	siehe Adabei
Habe die Ehre! / Hawedere!	Altwiener Gruß oder Ausruf der Verwunderung
Hackler / Hack'n	Arbeiter / Arbeit
Häf'n	Gefängnis
Halawachel	Schlingel
hamdrahn	jemanden ermorden

Jessasmarandjosef / Jessasna	Ausruf der Bestürzung
junger Tutter	unerfahrener Jüngling
Kalupp'n	Hütte
Katzlmacher	Italiener
Keif'n	zänkisches Weib
Kiberer	(Kriminal-)Polizist
Kipfler	Kartoffelsorte
Klebeln	Finger
Knofelhütt'n	stinkende, miese Gastwirtschaft
Koberin	Puffmutter, Wirtin
Krampen	Spitzhacke oder: hässliche Frau
Kredenz	(Küchen-)Kasten
Kruzitürkn	Fluch
Krügel	großes, offenes Bier
Lackel	grober Kerl
leiwand	gut, nett, super
Mann	Messer
Mamlas	dummer Kerl, Tölpel
Marille	Aprikose
maukas machen	jemanden umbringen
Meier machen	jemanden verhaften
Menagereindl	verschließbares Gefäß für den Essentransport
Mensch (das)	junges Ding / Mädchen
miachteln	stinken
niederlegen	Geständnis machen
papierln	verkackeiern
Patschachter	hilfloser Typ
Patschen	Hausschuhe
Patschen strecken	sterben

Petite machen	ein krummes Ding drehen
Pfeifenstierer	dürrer, hagerer Kerl
Prader	Uhr
Prater	Wiener Erholungs- und Grüngebiet samt Vergnügungspark
Pü(l)cher	Verbrecher
pumpern	klopfen
Rotzpip'n / Rotzer	Rotzbub
Ruderleiberl	Unterhemd
Salamutschi (Mann)	italienischer Wanderhändler von luftgetrockneten Würsten
schlapfen	schlurfen
schleichen (sich)	verschwinden
Schmalz	Gefängnisstrafe
Schmierbeisl	schmutzige Kneipe
Schusterbuben regnen	sehr heftig regnen
Seicherl	weicher Typ
Simandl	Pantoffelheld
Spompanadeln	Dummheiten, blödsinnige Aktivitäten
Stamperl	Schnaps- bzw. Likörglas
stessen	jemandem etwas stehlen. Oder: jemandem einen Stoß geben
Strizzi	Zuhälter
Tramway	Straßenbahn
Treberner	Tresterbrand (Grappa)
Tschecherl	mieses Vorstadtlokal
Tschik	Zigarettenstummel
tschinageln	arbeiten
Tuttl / Hundstuttel	Busen/Hundetitte
umadum	herum

umadum nasern	herum schnüffeln
Ungustl	widerlicher Typ
verdrahen	verkaufen
vernadern	verpfeifen
Waserl	braver Junge
welsch	italienisch
Würstel	Pferd
Zeugl	Fiaker
Zniachitiger	kleiner, schmächtiger Kerl
zuwebeuteln	zuteilen

QUELLEN

Adriatischer Dienst
Österreichischer Lloyd, Triest 1912

ANNO – AustriaN Newspapers Online
Der virtuelle Zeitungslesesaal der Österreichischen
Nationalbibliothek, http://anno.onb.ac.at/

*Der lange Schatten des Staates – Österreichische Gesell-
schaftsgeschichte im 20. Jahrhundert* Ernst Hanisch, Verlag Ueberreuter, Wien 1994

Der österreichische Bundes-Kriminalbeamte
Redaktionskomitee Heinrich Dehmal [u. a.], Verlag für
Polizeiliche Fachliteratur, Wien 1933

Die Wiener Gauner-, Zuhälter- und Dirnensprache
Dr. Albert Petrikovits, Selbstverlag der Öffentlichen
Sicherheit, Wien 1922

Ehrenkodex
Gustav Ristow, L.W. Seidl & Sohn, Wien 1908

Freiburg Altstadt-Geschichten
Günther Klugermann, Herkules Verlag, Kassel 2008

Freiburg im Breisgau in alten Ansichten
Peter Kalchthaler, Europäische Bibliothek, Zaltbommel
2001

Historisches Lexikon Wien
Felix Czeike, Kremayr & Scheriau, Wien 1992
*Projektionen der Sehnsucht, Saturn – Die erotischen
Anfänge der österreichischen Kinematografie*
Michael Achenbach, Paolo Caneppele, Ernst Kieninger,
Edition Film und Text 1, Wien 1999

Sechzig Jahre Wiener Sicherheitswache
Selbstverlag der Bundespolizeidirektion Wien, Wien 1929

Sprechen Sie Wienerisch?
Peter Wehle, Verlag Carl Ueberreuter, Wien - Heidelberg 1980

*The Orient Express: the history of the Orient Express-
service from 1883 to 1950*
Anthony Burton, David & Charles, Newton Abbot 2001

Venezia tra ottocento e novecento
Daniele Resini & Myriam Zerbi, Palombi Editori, Roma
2013

Wien – Ein Führer durch Stadt und Umgebung
Redigiert von Eugen Guglia, Gerlach & Wiedling, Wien
1908

Wiener Verbrecher
Emil Bader, Verlag von Hermann Seemann Nachfolger,
Berlin und Leipzig 1905

Weitere Titel finden Sie auf den folgenden Seiten und im Internet:

WWW.GMEINER-SPANNUNG.DE

Inspector Nechyba ermittelt:

Weitere Bücher von Gerhard Loibelsberger

Lyrik, Songs & Kurzprosa

SPANNUNG

GMEINER

WWW.GMEINER-VERLAG.DE
Wir machen's spannend

Inspector Nechyba ermittelt:

Weitere Bücher von Gerhard Loibelsberger

Lyrik, Songs & Kurzprosa

GMEINER SPANNUNG

WWW.GMEINER-VERLAG.DE
Wir machen's spannend